EL AMOR DEL HIGHLANDER

Al tiempo del highlander Libro 4

MARIAH STONE

Traducción:
CAROLINA GARCÍA STROSCHEIN

«Pero verla era amarla,
    solo a ella y para siempre».
    — Robert Burns

PRÓLOGO

En las cercanías de *loch* Awe, 1295

El grito de una mujer perforó el aire.

—¡Alto! —Owen Cambel jaló las riendas de su caballo. Pronto llegaría al castillo de Innis Chonnel, la sede de su clan. Sabía que no debía detenerse, en especial considerando lo que llevaba, pero no podía ignorar el grito en las tierras de su familia.

Unas aves cantaban en los árboles del bosque que lo rodeaba, las hojas se mecían en el viento, y un pájaro carpintero tallaba un tronco. Olía a...

—¡Ay! ¡Auxilio! —Volvió a oír. La mujer necesitaba ayuda.

¿Dónde estaba? Una brisa recorrió las ramas de los árboles altos. Varias mariposas revoloteaban sobre las margaritas. Owen se llevó la mano a la *claymore* y chasqueó la lengua para que el caballo avanzara a paso lento sobre el camino.

—¡Suéltame! —gritó una mujer en algún punto más alejado.

«Lo único que te importa es perseguir distracciones y faldas en lugar de tomar responsabilidad y convertirte en un líder como tus hermanos». Las duras palabras de su padre le resonaron en la mente.

Sin embargo, era evidente que la mujer estaba en peligro. Owen no podía vivir consigo mismo si no ayudaba a alguien que lo necesitaba. El corazón le latía desbocado, espoleó el caballo y cabalgó más rápido apretando la mano alrededor de la empuñadora de la espada. Un movimiento entre los árboles a su izquierda le llamó la atención. Un hombre constreñía a una muchacha joven contra un árbol y le recorría el cuerpo con las manos. Ella intentaba apartarlo y se retorcía para liberarse.

Owen detuvo el caballo.

—¡Suéltala!

El hombre se volvió con el rostro ensombrecido y una expresión amenazadora. Avanzó hacia él y extrajo una daga. Los bíceps se le tensaron bajo las mangas de la túnica, y tenía el pecho tan ancho como un barril. ¿Cómo podría derrotar a un hombre como ese solo? Con dieciséis años, no era un muchacho menudo, pero era evidente que el hombre lo superaba en tamaño y fuerza. El pulso le latía en los oídos, pero se bajó del caballo de un salto y desenvainó la *claymore*.

—¿Vas a luchar con una daga? —le preguntó Owen.

—Cierra el pico, cachorro —gruñó el hombre.

Acto seguido, se abalanzó contra él y lo embistió con el puñal, pero Owen no había entrenado con espadas desde los ocho años para nada: se agachó y desvió el arma, que cayó sobre el césped. El hombre quedó con las manos vacías.

Al hombre se le ruborizó el rostro y, en lugar de buscar el arma, se arrojó sobre el muchacho como un toro furioso. Owen se apartó del camino, pues no quería lastimar a un hombre desarmado. El atacante se cayó sobre el césped, así que aprovechó para apuntarle la espada a la garganta y recobrar el aliento.

—No quiero matarte —le advirtió—. ¿Quién es, muchacha?

—No lo conozco —le respondió—. Me quitó las monedas de plata y quería... algo más.

—Devuélvele las monedas —escupió Owen.

—No les daré nada —gruñó el hombre apretando los dientes.

Owen le apretó la punta de la *claymore* contra el cuello.

—Se la darás o te mataré.

El asaltante se llevó la mano a la bolsa que le colgaba del cinturón. Extrajo la bolsa de cuero y la arrojó al suelo.

—Bien hecho —señaló Owen—. Ahora, lárgate.

El hombre lo miró con malicia antes de volverse y adentrarse en el bosque sin mirar atrás. Cuando Owen lo perdió de vista, envainó la *claymore*. La muchacha estaba sentada al lado de un árbol y temblaba. Recogió la bolsa y la daga del hombre y se las ofreció.

—Ten, aquí tienes tus monedas y este puñal para protegerte.

A Owen se le infló el pecho. No solo llevaba un regalo muy importante de los MacDougall para el rey Juan de Balliol, sino que también había conocido y salvado a una muchacha hermosa. Con las manos temblorosas, ella tomó la bolsa y la daga. Tenía el cabello rubio enmarañado, las mejillas sonrosadas y los ojos abiertos y humedecidos. No parecía ser mayor que él, y se veía muy bonita, vulnerable e indefensa.

—Gracias —le dijo.

Se acuclilló delante de ella.

—¿Cómo te llamas?

—Aileene.

El vestido y la túnica interior desgarrados dejaban ver más piel en el pecho de la que mostraría una mujer modesta.

—¿Vives cerca de aquí? —le preguntó.

—En una aldea a cierta distancia a pie.

—¿Te espera alguien? ¿Un esposo, quizás? Te puedo llevar a casa.

Debía tener cuidado, pues llevaba oro suficiente como para comprar una gran propiedad. Aunque ¿quién pensaría que un joven como él llevaría semejante cantidad de oro? Además, era evidente que la muchacha necesitaba ayuda...

—Aún no estoy casada. —Se frotó el tobillo debajo del vestido—. Creo que todavía no me puedo mover.

—De acuerdo. Haré una fogata para que entres en calor y puedes comer mi comida, tengo algo de pan y queso.

Sin embargo, estaba todavía la pregunta de qué hacer con el oro. ¿Debería llevarlo a Innis Chonnel primero? Una sonrisa bonita floreció en el rostro de la muchacha.

No, la mejor forma de esconder algo era tenerlo a la vista, ¿no? Además, se sentía necesitado, apreciado e importante.

—Cuando te sientas mejor, te llevaré a donde quieras —añadió.

—Tiene un corazón de oro, *milord* —repuso la muchacha.

Lo había llamado «*milord*»... Una sensación de calidez le brotó en el pecho. A su edad, no había hecho nada para merecer ese trato. Sí, su abuelo era el jefe del clan y un importante aliado del rey de Escocia, y su padre era un gran guerrero, al igual que sus hermanos. Los Cambel eran orgullosos descendientes de Diarmid *el Jabalí*, un gran héroe de leyenda. Y, a pesar de todo eso, era la primera vez que se sentía importante.

¿Acaso oiría el mismo respeto en la voz de su padre cuando entregara el oro?

Armó una fogata y se mantuvo alerta por si regresaba el atacante de Aileene. El hombre podía volver con otra arma o con algunos amigos, pero lo dudaba. Lo más probable era que asumiera que había emprendido la marcha, al igual que Aileene. Owen ya había tenido suficientes aventuras con criadas y con las hijas de varios granjeros, pero esa muchacha... Nadie nunca lo había mirado con tanta admiración y gratitud.

Él era el libertino de la familia, el irresponsable abandonado a sus propios medios. Por eso se sorprendió cuando los MacDougall le dieron la bolsa de oro que llevaba escondida entre otras bolsas sobre el lomo del caballo. Y se sintió honrado; tenía la oportunidad de demostrarle el valor que tenía a su clan.

El rey Juan de Balliol era un invitado que estaba de visita en Innis Chonnel, la sede del clan Cambel. Owen no veía la hora de ver el rostro anonadado de su padre y de sus hermanos. De seguro, Craig y Domhnall estarían sorprendidos. A lo mejor, su vida cambiaría por completo ese día. Quizás, su padre por fin lo llevaría consigo a la batalla.

Aileene se sentó al lado del fuego y se masajeó el tobillo. Owen le ofreció un trozo de pan y queso.

—Gracias —le dijo antes de aceptar la comida. Sus manos se rozaron, y los ojos de ella se posaron en él. Con la mirada, le recorrió la túnica y bajó más, hasta detenerse en sus pantalones. ¿Acaso estaba sugiriendo algo? La acababan de atacar. ¿Estaría lista?

Aileene interrumpió el contacto visual y mordió el pan con queso.

—Te quiero agradecer —agregó—. Necesito el dinero para comprar una poción para mi padre, que está enfermo. Puede que le hayas salvado la vida.

Owen se encogió de hombros.

—No hace falta que me agradezcas.

Ella extrajo una botella de la cesta.

—Hago un vino de frutos rojos delicioso y voy a la próxima aldea a comercializarlo. Me encantaría darte una botella. ¿Quieres probar?

—Sí. —Owen sonrió—. Nunca me niego a un buen vino.

Ella le devolvió la sonrisa y se le formaron unos hoyuelos en las mejillas. Extrajo el corcho y le ofreció la botella.

—*Slàinte* —dijo Owen y bebió. Como el vino era dulce y no demasiado fuerte, bebió más y sintió una sed repentina. Compartieron la botella y la comida mientras charlaban. Aileene era una muchacha encantadora, y él sentía que disfrutaba de su compañía. No dejaba de robarle miradas insinuadoras, y él sabía lo que significaban. Si bien compartía el mismo deseo, no quería aprovecharse de ella.

La cabeza le daba vueltas por el vino y la compañía. Ella se frotaba el tobillo y hacía muecas de dolor de vez en cuando.

—¿Sabes algo de cuidados de heridas? —le preguntó—. Me duele el tobillo.

Owen se lamió los labios y sintió la boca seca.

—Puedo examinarlo si quieres.

—¿De verdad?

—Sí, pero ¿estás segura? No es adecuado... Y ese hombre...

—Confío en ti.

Se echó hacia atrás y le ofreció la pierna. Owen se acercó, empezó a sentir calor en la entrepierna, y se le despertó el miembro al imaginarse su piel suave bajo los dedos. Tomó el pie y subió el dobladillo de la falda para revelar un delicado tobillo blanco. Tenía un rasguño, aunque no era profundo, y lo cubrió con la mano. De inmediato, comenzó a masajearle el pie con cuidado. La piel de Aileene era tan suave contra sus palmas duras que se le encendió la sangre.

Tragó con dificultad y la miró a los ojos. Tenía los labios entreabiertos, y debajo de las pestañas, tenía los ojos oscurecidos de deseo.

—No hay nada que puedas hacer en contra de mi voluntad, porque estoy dispuesta a todo.

Owen maldijo por lo bajo. Aunque hubiera llegado un ejército de hombres enfadados, con torsos del tamaño de barriles, no hubiera podido detenerse.

Le apoyó el pie en el suelo y la cubrió con su cuerpo. La besó, y, cuando ella le correspondió, sus lenguas se debatieron en una dulce batalla. Estaba duro. Nunca antes había estado tan duro. Su miembro estaba más firme que una roca.

Una neblina con olor a vino de frutos rojos, piel dulce y femenina y césped le cubrió la mente.

De pronto, se despertó de un salto y se incorporó. El bosque estaba en penumbras a su alrededor, y la fogata se había apagado. Le dolía la cabeza, y cada pálpito en la sien le daba puntadas. Miró alrededor. ¿A dónde había ido Aileene? Aún llevaba los pantalones bajos y tenía el miembro duro y listo. ¿Qué tipo de brujería era esa?

—¿Aileene? —la llamó al tiempo que se frotaba el rostro. A lo mejor había ido a ocuparse de sus necesidades.

Owen se cerró los pantalones bajo la incómoda erección y se puso de pie. Todo le daba vueltas.

—¿Aileene? —la volvió a llamar.

La cesta había desaparecido. ¿Debería sentirse herido de que se hubiera marchado sin despedirse? ¿Cómo se había quedado dormido de ese modo? ¿Cómo había oscurecido tan rápido?

Miró hacia su caballo, y lo recorrió un escalofrío.

La bolsa que contenía el oro había desaparecido. Aileene se la había llevado. Y se había marchado. ¿Cómo la encontraría en la oscuridad, con la cabeza dándole vueltas como un estandarte al viento?

Eso era malo. Era peor que cualquier cosa que hubiera hecho. Peor que robar las prendas de sus hermanos mientras se bañaban. Peor que beber medio barril de *uisge*, disparar flechas en la oscuridad y destruir el mejor ariete de la propiedad por accidente. Peor que tomar la virginidad de la hija del jefe del clan Mackintosh. Al fin y al cabo, si alguien se llegara a enterar, tendría que casarse con la muchacha.

Qué tonto había sido. ¡Qué tonto! ¿Y por qué diablos aún tenía el miembro erecto? Eso nunca le había ocurrido antes. Además, no se sentía excitado en lo más mínimo.

No debía confiar jamás en su instinto a la hora de tomar decisiones. Debería haber sabido que ella le robaría. Bien podría ser que todo el ataque hubiera estado orquestado.

Ahora nunca la encontraría. Había transcurrido demasiado tiempo.

Lo mejor sería regresar a casa y aceptar la vergüenza que allí lo esperaba... no solo a él, sino también a su familia.

CAPÍTULO 1

Granja Mallyne, cercanías de la aldea de Inverlochy, 2020

Amber oyó pasos que provenían de afuera de la puerta de entrada y alzó el rostro.

—Amber Ryan, ya deja de preocuparte. —Su tía negó con la cabeza y bebió un sorbo de café—. Es Rob. Fue a alimentar a las vacas.

Suspiró y removió las gachas con una cuchara. Había llegado hacía una semana, ya se debería haber acostumbrado a que Rob, el hijo de la tía Christel, alimentara a las vacas y las ovejas antes de desayunar. Y debería comenzar a disfrutar más de las gachas. ¿Dónde había un sándwich de mantequilla de cacahuete y jalea cuando más lo necesitaba?

Por lo menos había buen café en Escocia; su taza sobre el mantel a cuadros emanaba un aroma muy agradable. Aunque era verano y el sol iluminaba por completo la cocina rústica, hacía frío. Era posible que las antiguas casas de campo escocesas nunca estuvieran cálidas.

O quizás se había acostumbrado demasiado al verano caluroso en Afganistán. Ese pensamiento le hizo sentir un escalofrío al tiempo que miraba la puerta de reojo. De momento, estaba a salvo. Nadie venía por ella.

«Todavía».

—Debería partir pronto —comentó Amber—. Debo seguir mi camino. Tarde o temprano, la policía o alguien vendrá a hacerles preguntas.

—Sí, bueno... —la tía Christel negó con la cabeza de cabello ondulado y rojizo—, ya sabes que ni Rob ni yo diremos nada.

Amber se estiró para apretarle la mano.

—Gracias, para mí significa mucho que me creas.

La tía le devolvió el apretón.

—Conocí a tu padre, muchacha. Era mi primo, y durante dieciocho años, pasé todos los veranos con él. Sé que no crio a una asesina. La gente no tiene escrúpulos a la hora de usar a un alma bondadosa como tú. Así que, sí, creo que te han tendido una trampa.

Amber exhaló temblorosa. Se sentía bien saber que, aunque el gobierno la creía una asesina, tenía personas en su vida que estaban de su lado. Sin embargo, eso no evitaría que pasara el resto de su vida en prisión o que la condenaran a muerte.

Christel bebió otro sorbo y estudió a su sobrina con sus cálidos ojos café.

—Entonces, cariño, ¿qué quieres hacer en el futuro? No te puedes esconder para siempre. Eres inocente. ¿Por qué no luchas y lo demuestras?

Sintió un escalofrío ante la idea.

—No tiene sentido, tía. Esos hombres poderosos aplastan a las personas comunes y corrientes como yo. En especial cuando hay dinero y drogas de por medio. Y un asesinato.

—Sí, cariño, pero debes buscar justicia en algún momento. No eres ninguna cobarde. ¿Cómo puedes pasarte la vida huyendo? ¿Qué sentido tiene? No podrás tener amigos, ni casarte, ni tener hijos. Siempre estarás mirando por encima del hombro en busca de alguna sombra.

Amber recorrió el dibujo de una flor que decoraba el mango

de la taza. Sabía que su tía tenía razón. Se había unido al ejército porque quería ver el mundo, luchar por su país y proteger a las personas inocentes de los terroristas.

¿Por qué actuaba como una cobarde ahora? No era el tipo de persona que se alejaba de una pelea. De niña, nunca había tenido miedo de asumir la culpa de los actos de sus tres hermanos mayores, ya fueran floreros rotos o rayaduras en el coche. Ese había sido su modo de protegerlos. En lugar de apreciar su sacrificio, ellos la habían tratado como un felpudo.

—Lo sé, tía, tienes razón. Mamá me enseñó a ser una buena persona, a ir a la iglesia y a vivir una vida honrada. Es probable que papá se esté revolcando en su tumba de verme en esta situación y de que no esté buscando justicia. Todos mis instintos me piden a gritos que luche y demuestre que no he cometido ese asesinato.

—Entonces, ¿por qué no lo haces?

Se acercó la taza a la boca con la mano tan temblorosa que el café casi se derrama sobre el mantel. Bebió un sorbo, pero su bebida favorita no le supo a nada.

—Sería muy ingenua si confiara en el sistema. El comandante Jackson me está usando de chivo expiatorio para cubrir sus crímenes. Se las ha ingeniado para traficar drogas de Afganistán a los Estados Unidos durante años. Imagínate a cuántas personas del ejército debe tener en su bolsillo. Y ahora que asesinó a un soldado estadounidense, será más despiadado que nunca. —Negó con la cabeza—. No, no puedo derrotarlo sola.

—Puede que no, pero ¿por qué no le pides ayuda a tus hermanos? Jonathan también estuvo en el ejército. ¿No conoce a alguien que te pueda ayudar?

—Seguro. —Soltó un bufido—. Jonathan no quiere tener nada que ver conmigo. Vendió nuestra casa tras la muerte de papá, y ahora cada uno vive su propia vida.

Amber aún era adolescente cuando murió su madre y la familia comenzó a deshacerse. Luego de la muerte de su padre dos años atrás, los hermanos habían dejado de verse para celebrar Acción de Gracias y Navidad. Kyle era un abogado exitoso en Nueva York. Daniel vivía en San Francisco, hasta donde ella sabía, e intentaba vender sus esculturas.

—Aun así —continuó la tía Christel—, si les pides ayuda... La familia es la familia.

—Puede que ese sea el caso en Escocia. Y no puedo decirte lo agradecida que estoy por tu ayuda. Pero si acudo a Jonathan en busca de ayuda, él será el primero en entregarme a las autoridades.

Su tía le cubrió la mano con la suya, y Amber se la apretó. Su piel de color caramelo se veía más oscura en contraste con la complexión pálida de su tía.

—Estoy segura de que no, cariño —sostuvo la tía Christel.

Suspiró.

—No se arriesgaría por mí. Estoy segura de que tiene buenos contactos en el ejército, pero también tiene una esposa, dos hijos y una hermosa casa.

—Pero...

—¡La policía! ¡La policía! —exclamó Rob.

Todo se movió en cámara lenta. Se oyó el sonido distante de los neumáticos y los motores de los coches. La puerta de entrada se abrió de par en par, y Rob se detuvo en el umbral. La silueta se veía oscura a contraluz.

—¡La policía! —gritó.

Amber se incorporó de un salto y sacudió la mesa. Las tazas de café y las gachas salieron volando.

La tía Christel gritó:

—¡La puerta trasera!

Amber salió corriendo y sintió los pies pesados, como si estuviera avanzando en un pantano. Se sentía atrapada en una de esas pesadillas en las que no podía huir de un asesino.

Atravesó corriendo el pasillo y llegó a la antigua puerta de roble. Por suerte, estaba abierta. Salió a toda prisa, pasó por delante del establo y se metió en un campo de avena. El aliento entrecortado le zumbaba en los oídos. ¿A dónde correría? ¿A dónde iría?

Lejos. Esperaría un buen tiempo y luego regresaría a la casa de la tía Christel a buscar sus cosas. Entonces se marcharía. Iría al bosque. A algún sitio. El que fuera.

No permitiría que la castigaran por algo que no había hecho.

A sus espaldas, los coches aceleraron. Echó una mirada hacia atrás y vio que la perseguían por el campo. Amber jadeó y sintió un pico de adrenalina.

Delante de ella había una arboleda, y no podrían seguirla allí con los vehículos, de modo que apretó el paso. Por suerte, hacía ejercicio a diario y entrenaba para combate, pero, aun así, no podría ganar una carrera a pie contra los coches.

Pronto se adentró corriendo en la arboleda. Tras pasar tanto tiempo en los campos soleados, le llevó unos instantes adaptar la vista a las sombras de los árboles. Corrió a través de la vegetación antes de detenerse para recuperar el aliento y sentir que los pulmones se le expandían desesperados por llenarse de aire. Miró alrededor. A unos diez metros de distancia, había una carretera de asfalto y tras cruzarla, en la distancia, había una edificación rodeada de árboles que parecía un castillo. Amber recordó que su tía había mencionado las ruinas de un castillo. Detrás de este, corría el río Lochy.

Los coches giraron a su espalda. Deberían tomar un gran desvío para llegar a la carretera.

Amber volvió a correr, cruzó la carretera desierta, bajó por la zanja que había al otro lado y casi se tuerce un tobillo.

«Hoy no».

Logró llegar a los árboles y arbustos que había frente a la muralla en ruinas del castillo que tenía dos torres redondeadas a cada lado. Había una puerta en arco en el medio y, en el patio, otra entrada más pequeña. Si lograba llegar allí, quizás pudiera esconderse en los arbustos. El río se hallaba al otro lado de la entrada más alejada. Aunque era bastante ancho, quizás lograra nadar hasta el otro lado. Después de todo, era buena nadadora...

Entró corriendo al patio cuadrado. En cada esquina, había una torre redondeada. Una mujer de cabello caoba se hallaba de pie en el medio del patio, y Amber sintió el aroma a lavanda y césped recién cortado en el aire. La mujer llevaba puesta una capa larga y un vestido verde oscuro de aspecto medieval.

—Ven, muchacha. —La mujer hizo un gesto para señalar la entrada oscura de una de las torres—. No les será fácil encontrarte aquí.

Amber se detuvo y se inclinó hacia adelante. Se apoyó las manos en las rodillas y jadeó. Los pulmones le dolían y le ardían, y un dolor desgarrador le latía en todo el cuerpo.

—¿Quién eres? —le preguntó.

—Soy Sìneag. Sé que te encuentras en problemas. Confía en mí, no tienes mucho tiempo. Ya están cerca.

Los neumáticos chillaron contra el asfalto y se oyeron voces.

—¡Aaah! —gritó Amber. Debía estar demente para confiar en una desconocida, pero no tenía chances de llegar al río a tiempo. Además, podrían capturarla con facilidad al llegar al otro lado—. ¡Vamos! Te sigo.

Sìneag asintió y echó a correr para mostrarle el camino. Atravesaron un umbral y se adentraron en la oscuridad sepulcral de la torre. La extraña se apresuró a bajar por los escalones derruidos y adentrarse en la oscuridad total. Amber se aferró a la pared, apenas podía ver algo. Varias piedras salieron rodando bajo sus pies. Como los zapatos se le deslizaban por el suelo, estuvo a punto de caerse en varias ocasiones. Por fin se detuvo cuando los escalones desembocaron en una superficie despareja. Tras unos instantes, los ojos se le adaptaron a la oscuridad y logró ver a Sìneag de pie aguardándola.

—Vamos, muchacha, falta un poco —le dijo.

Amber sintió una sensación de temor en el estómago. Se sentía como Caperucita Roja, tentada de adentrarse más en el bosque con el lobo. Elevó la mirada. En algún sitio, había gente buscándola, gente que quería castigarla por un crimen que no había cometido. Supuso que adentrarse más en las ruinas de un castillo para salvarse no era una idea tan mala en comparación con lo que sucedería si la atrapaban.

Siguió a Sìneag, y el sitio se volvió cada vez más oscuro. El olor a piedra húmeda, tierra y moho la embargó. En algún punto, se oía el goteo de agua.

Sìneag le tomó la mano, y Amber sintió su palma suave y fría.

—Ven. Conozco este sitio, nos sentaremos a esperar. Tarde o temprano se marcharán, y luego podrás salir, ¿de acuerdo?

Jaló de ella unos pasos más y la condujo a la izquierda y más abajo. Amber estiró la otra mano y sintió la pared de piedra fría y áspera. Deslizó la mano hacia abajo y se sentó. Tenía la respiración entrecortada y tuvo que esforzarse para respirar más despacio.

—¿Cómo conoces este sitio? —preguntó en un susurro.

—Oh, lo conozco muy bien. He estado aquí muchas veces. En la edificación, hay una piedra que me interesa mucho.

Amber estuvo a punto de preguntar por la piedra, pero la adrenalina le circulaba por las venas. En cualquier instante, podrían encontrarla. Oyó con atención en busca de sonidos de pasos o voces, pero de momento, todo estaba silencioso.

—¿Por qué me estás ayudando? —le preguntó con suavidad—. ¿Cómo sabes que no he escapado de prisión o robado algo? ¿No te preocupa que la policía me esté persiguiendo? ¿Acaso has visto en mis ojos que tengo un corazón de oro o algo por el estilo?

Sìneag se rio.

—Sí, algo así. Supongo que no me puedes contar de qué huyes, ¿no?

Amber suspiró.

—Lo más probable es que no te convenga saberlo. Te podrían acusar de ser mi cómplice por esconder a una criminal.

—¿Ah, sí? —Era curioso, pero Sìneag sonaba entusiasmada.

—No soy una criminal, pero el gobierno y el ejército creen que sí.

—Pobre muchacha. Podría tener un escape para ti, conozco un sitio donde tu gobierno nunca podrá encontrarte.

Hizo una mueca y se alegró de que Sìneag no pudiera verla. Esa situación se estaba tornando cada vez más extraña. ¿Quién era esa mujer y por qué intentaba salvar a una desconocida de la policía?

—Lo siento, Sìneag. Te agradezco mucho que me ayudes, pero no te preocupes por mi futuro. Ya encontraré la salida.

Sìneag permaneció en silencio unos instantes.

—Sí.

Amber no respondió. Unas gotas de agua cayeron en algún sitio, y el sonido resonó en las paredes rocosas. A pesar de eso, allí reinaba el silencio total. ¿Acaso así sonaría una tumba o una cripta?

Tampoco se oían sonidos del exterior. Eso quería decir que la policía no la estaba buscando en las ruinas. Al menos no todavía. Debían pensar que seguía huyendo por el bosque.

—¿Quieres que te cuente una historia mientras esperamos? —le preguntó Sìneag.

¿Una historia? Aunque era algo extraño escuchar un cuento mientras aguardaba a que la policía la capturara, bien podría evitar que Sìneag le hiciera preguntas personales, y hasta quizás la ayudaría a relajarse.

—Sí, por favor —respondió al final.

—Bueno, aunque no lo puedes ver, estamos sentadas al lado de la piedra antigua que te he mencionado.

Al decir eso, algo comenzó a resplandecer a la izquierda de Amber, quien se sobresaltó.

Sìneag se rio.

—Sí, ahí está. ¿Ves el tallado que brilla?

Amber observó con desconcierto cómo el brillo se intensificaba. Era una imagen que parecía hecha por un niño: un círculo que consistía de tres ondas y una línea espesa. Al lado de la línea había una huella tallada en la piedra.

—¿Qué diantres es eso? —preguntó—. ¿Y por qué brilla?

—No me lo creerás. Al principio, ningún mortal me cree. Pero es una antigua magia picta. Abre un túnel en el tiempo.

No sabía si echarse a reír o a correr.

—¿Un qué?

—Un túnel en el tiempo. Aquellos que cruzan el túnel terminan conociendo a la persona destinada para ellos.

«¿Qué diantres?».

—Y hay alguien para ti también, Amber.

Amber frunció el ceño.

—¿Cómo sabes mi nombre?

—Si te dijera que soy un hada de las Tierras Altas que disfruta hacer de celestina, aunque las personas estén separadas en el tiempo, ¿me creerías?

Eso se ponía cada vez más ridículo.

—No.

Sìneag se rio.

—Eso creí. Sin embargo, hay un hombre con quien estás destinada a ser feliz y vive setecientos años en el pasado.

Unos pasos resonaron cerca de la entrada. Amber sintió un escalofrío.

Sìneag se volvió hacia ella y le tomó las manos. Con el resplandor de la piedra, Amber pudo verle el rostro. Tenía los ojos abiertos de par en par, y reflejaban preocupación.

—Solo recuerda que debes buscar a Owen Cambel.

Alguien estaba bajando los escalones. Un hombre soltó un juramento, se oyó algo pesado caer, seguido de unas cuantas maldiciones.

—Cruza el túnel, Amber —insistió—. Es eso o ir presa.

«¿Que cruce el túnel del tiempo y termine setecientos años en el pasado?».

Alguien se acercaba. Por la pared, se veía la luz de una linterna.

—¡Que nadie se mueva! —advirtió un hombre—. ¡Policía!

A Amber le latió el corazón desbocado en el pecho.

—Apoya la mano sobre la huella y piensa en Owen —continuó Sìneag.

Alguien le quitó el seguro a un arma.

—Estoy armado. No te muevas.

«Debo estar loca».

Había llegado el momento. O permitía que se la llevaran o intentaba esa última opción. Era de lo más descabellado, pero ¿qué daño había en intentarlo? Quizás se abría una puerta giratoria que conducía a una sala secreta.

Amber se volvió y colocó la palma sobre la huella.

«Owen» pensó y se sintió algo tonta. «Owen».

Una vibración similar al zumbido de una maquina cortapelos la atravesó. La mano se le cayó en la piedra, como si estuviera hueca o hecha de aire. Su cuerpo la siguió. Se tambaleó, se hundió de cabeza, y el cuerpo le dio vueltas. Se le revolvió el estómago y sintió náuseas. Sacudió los brazos e intentó aferrarse a algo.

Gritó mientras caía en la oscuridad. Y luego dejó que la consumiera.

CAPÍTULO 2

El ruido de la madera resonó en el aire al quebrarse, y Owen se detuvo en seco. En el patio, reinó el silencio. Los arqueros que estaban sobre las murallas dejaron de disparar. Los guerreros que se hallaban cerca de las puertas adoptaron posturas defensivas y tensaron las rodillas.

La cabeza de hierro de un ariete atravesaba las enormes puertas como un monstruo curioso; varias astillas y fragmentos de madera decoraban el agujero que la rodeaba. Todos oyeron los víctores y las exclamaciones de triunfo que provenían desde el otro lado de la puerta.

Owen intercambió una mirada con Kenneth Mackenzie, que era el actual guardián del castillo por decisión del rey Roberto I de Escocia. Kenneth unió las cejas y apretó los labios hasta formar una delgada línea cubierta de barba.

—¡Protejan las puertas! —ordenó Kenneth—. ¡Guerreros, desenvainen las *claymores*! ¡Quiero a todos los hombres en las puertas!

A codazos, Owen y Kenneth se abrieron paso hasta la

primera fila de guerreros y clavaron la mirada en el ariete que comenzó a retirarse del agujero. Varios hombres se acercaron a las puertas al tiempo que muchos guerreros bajaban de las torres e inundaban el patio. Mientras que al otro lado de la muralla del castillo había al menos setecientos ingleses, dentro apenas contaban con cien escoceses.

—¡Por el rey de Escocia! —exclamó Kenneth—. ¡Por la libertad! ¡Por sus esposas y sus niños! ¡Protejan las puertas! ¡No dejen entrar ni a un solo *sassenach*!

Los *highlanders* soltaron vítores al unísono.

—¡*Cruachan*! —gritó Owen, y nadie más repitió el llamado a batalla del clan Cambel, aunque muchos sí exclamaron los de sus propios clanes.

Si hubiera tenido a Craig, Ian y Domhnall a su lado, así como también a su padre y a su tío, las cosas hubieran sido distintas. El corazón no le latía con la anticipación de la victoria, ni tampoco le dio un vuelco por las ansias de la batalla por venir.

No. Esta vez, tenía una premonición oscura que se le hundía en las entrañas. Había demasiados *sassenachs*. No solo tenían un ariete, sino que también habían planeado el asedio de manera estratégica. El hombre a cargo sabía lo que estaba haciendo.

Mientras Roberto estaba en el este lidiando con los Comyn y el conde de Badenoch, los ingleses habían decidido recuperar las posiciones que habían perdido. Habían escogido un buen momento para atacar. Como el rey y muchos guerreros se hallaban lejos, las defensas del castillo se encontraban debilitadas.

El segundo golpe del ariete destrozó otra parte de las puertas. Siguiendo un instinto, los *highlanders* dieron un paso hacia atrás.

—¡Prepárense! —ordenó Kenneth—. ¡Alcen los escudos! ¡Aguarden!

A los pocos instantes, el ariete volvió a impactar contra las puertas, que se terminaron de abrir.

Un enjambre de ingleses inundó el patio con un grito victorioso. Atacaron a la primera línea de escoceses con una fuerza brutal. Las espadas se colaban tanto por encima como por en medio de los escudos. Mientras los ingleses avanzaban, los *highlanders* se veían obligados a retroceder.

Cuando las espadas dieron en el blanco, las primeras víctimas entre los *highlanders* comenzaron a caer.

—¡Aguanten! —gritó Kenneth—. ¡*Tulach Ard*! —exclamó el llamado a batalla de su clan.

—¡*Tulach Ard*! —repitieron sus guerreros.

Pero no pudieron aguantar. La presión era demasiada. En cuestión de momentos, las filas de *highlanders* se dispersaron, y una ola de ingleses bien armados las arrasó.

DE A POCO, AMBER RECOBRÓ EL SENTIDO. SENTÍA EL CUERPO ligero y le dolía todo como si tuviera gripe. Estaba recostada sobre una superficie fría, y el aire olía a madera, hierro y piedra húmeda. Estaba tranquilo, pero no tan tranquilo como en las ruinas. No se oía ningún goteo de agua.

¿Acaso oía ecos de voces que provenían de algún punto del exterior?

Abrió los ojos. Vio la luz que proyectaba la única antorcha que se hallaba en un candelero en el extremo más alejado del lugar. Era fuego, no electricidad.

«Uhm».

Se incorporó y se sentó. No se veía a Sìneag por ningún lado.

«Es una antigua magia picta. Abre un túnel en el tiempo».

«Sí, claro. Magia picta». Había tenido la sensación extraña de caerse en la piedra. Pero eso podría haber sido cualquier cosa. A lo mejor, Sìneag la había hipnotizado o algo.

La buena noticia es que allí no había ningún oficial de policía.

Observó lo que la rodeaba y sintió un escalofrío en todo el cuerpo. Gracias a la luz, podía ver que se encontraba en un espacio grande que parecía una cueva. Tenía paredes de piedra ásperas y un cielorraso en forma de cúpula. A lo largo de las paredes, había vigas de madera, barriles, contenedores y costales. El suelo era una mezcla de piedra áspera y tierra. ¿Acaso era el mismo suelo sobre el que ella y Sìneag se habían sentado en la oscuridad absoluta?

A su lado, estaba la supuesta piedra mágica, pero en ese momento ya no brillaba. ¿Debería intentar tocarla otra vez? No. Aún sentía en el estómago la sensación abrumadora de haberse caído en la piedra.

Se puso de pie y miró alrededor. La antorcha iluminaba la puerta gigante con pesadas bisagras y cerradura de hierro. Vaya, eso era extraño. Estaba bastante segura de que no había visto ningún tipo de puerta en las ruinas.

Era extraño e interesante. Siempre le habían gustado las novelas e historias de aventuras, y sentía como si estuviera inmersa en una... una de lo más aterradora. Sabía que podría ser peligroso salir, pero no podía esconderse para siempre. ¿Cuánto tiempo habría estado allí?

Tendría cuidado y estaría atenta a la presencia de la policía, pero por el momento, no había ninguna señal de ellos. Anduvo con cautela hasta la puerta, y sus pisadas provocaron ruidos sordos. La puerta olía a hierro y alquitrán. Se detuvo y aguzó el oído, pero no oyó ningún sonido que proviniera del otro lado. Apoyó la mano sobre el pomo redondo y pesado, que era tan grande como un platillo, y lo sintió tan frío que le quemó la piel. Cuando lo giró, la pesada puerta se movió.

Echó un vistazo por la abertura que se formó entre la puerta y el marco. Vio otra alacena con más barriles, costales y cajones, todos iluminados por varias antorchas. Unas escaleras conducían a la planta alta. La redondeada habitación tenía paredes sólidas de piedra y argamasa.

Los escalones habían estado en ruinas antes, pero ahora parecían casi nuevos.

¿Qué diantres estaba ocurriendo? ¿Acaso las palabras de Sìneag habían sido ciertas? ¿Sería que había viajado en el tiempo a la época en que el castillo estaba intacto... «setecientos años al pasado»?

No, era una locura.

Debía salir de allí antes de que comenzara a creer en las hadas y en los hongos con propiedades mágicas. Mientras subía las escaleras, notó lo sólidas que eran las piedras lisas bajo sus pies.

Abrió una puerta más y se quedó petrificada y anonadada.

No había ruinas, ni piedras erosionadas, ni oscuridad. Al igual que la habitación de abajo, se trataba de un espacio redondo e iluminado con cinco antorchas. Otro tramo de escaleras en caracol conducía a otra planta más arriba. Sobre las paredes, había espadas, escudos, arcos y flechas, así como también varias armaduras de cuero y cotas de malla. Un olor acre flotaba en el aire, como a grasa de animal, hierro y... ¿sangre? Las sombras que proyectaban las antorchas bailaban como los dientes de un dragón gigante. Se le erizó el vello de la nuca.

Como en un trance, anduvo hasta la pesada puerta y tomó consciencia de las voces, los gruñidos y los ruidos metálicos que provenían del otro lado.

Colocó la mano sobre el pomo desmesurado. «No la abras», le gritó la parte lógica y cauta de su ser.

Sin embargo, ya había jalado del pomo, y la puerta se movió. Dio un paso hacia atrás para abrirla y salió. El olor a sangre y entrañas derramadas la invadió.

«Y ahora, ¿en qué me he metido?».

El castillo no estaba en ruinas. Todo lo contrario. Lejos de ser unos muñones desmoronados, las torres se alzaban altas hacia el cielo. El patio era un campo de batalla. Había hombres en armaduras que blandían espadas, cortaban carne y perforaban huesos. Algunos habían caído heridos o muertos. El suelo estaba cubierto de sangre. Las puertas, abiertas y destruidas.

«¡CORRE!».

Un hombre que llevaba puesta una armadura la miraba fijo, con el rostro deformado en una mueca de sorpresa y furia de batalla. De repente, alzó la espada y echó a correr hacia ella.

CAPÍTULO 3

OWEN ATRAVESÓ el cuello de un guerrero, se giró e hirió a otro en el lateral. La furia de la batalla se había apoderado de él y lo había convertido en una criatura que se movía con destreza, agilidad e impulso.

Sin importar a cuántos guerreros matara, más enemigos venían. No había fin. Los oídos se le llenaron de gritos, gruñidos y ruidos metálicos propios de batalla. Tenía la respiración acelerada y los músculos tensos de dolor, pero seguía pateando, luchando y derramando la sangre del enemigo sobre el suelo.

De pronto, se detuvo en seco. Cerca de la torre este, había alguien que luchaba contra un soldado inglés sin ningún arma.

¿Era una mujer?

Tras secarse el sudor que le cubría los ojos para asegurarse de que la vista no lo engañaba, corrió hacia ellos. La mujer había pateado la espada de la mano del enemigo y usaba las piernas y las manos de una forma elegante y llena de gracia. Nunca antes había visto algo así. Cuando ella giró y pateó al enemigo en el rostro, el inglés se cayó, pero se apresuró a incorporarse sobre los codos y llevar la mano a la espada al tiempo que ella le pisaba el brazo. Se inclinó hacia adelante y le asestó un golpe digno de un guerrero experimentado en el campo de batalla. El inglés se desplomó en el suelo y yació inmóvil.

Cuando la mujer se enderezó y miró alrededor, Owen se quedó sin aliento. Parecía salida de otro mundo. Era alta y grácil como una predadora, pero tenía los ojos grandes abiertos de par en par. El cabello voluminoso le caía en pequeñas ondas sobre el rostro y la hacía parecer inocente. Tenía la piel morena, del color ocre de la miel, y era tan hermosa que dolía mirarla. Nunca había visto a nadie como ella...

Pero no tenía tiempo de admirarla.

Por el rabillo del ojo, vio el destello de un rostro familiar. Kenneth Mackenzie había caído, se apoyaba sobre una rodilla y se sostenía el estómago al tiempo que un gigante caballero inglés alzaba el arma para asestarle el golpe mortal.

—¡Aaah! —Owen salió corriendo y embistió al caballero. Extrajo la daga y se la clavó al enemigo en la abertura del casco. El hombre se desplomó en una pila de carne y armadura metálica.

Kenneth yacía en el suelo y se apretaba las manos contra el estómago. Owen se arrodilló a su lado. Había visto suficientes heridas como para saber que el corte abierto y sangrante era letal.

Si no se hubiera distraído con la mujer, quizás habría podido salvar a Kenneth.

—Cambel —susurró Kenneth—. Estás aquí, qué bueno. Nadie está mejor calificado que tú para tomar el mando. Salva Inverlochy.

Owen tragó con dificultad.

—No sabes lo que dices —repuso con la voz rasposa—. No puedo...

Se le cerró el pecho. Por más que quisiera, no podía cumplirle el deseo. Él era el peor hombre al que confiarle algo que conllevara la más mínima responsabilidad.

—De seguro, hay alguien mejor —agregó—. Alguien de tu clan... ¿Angus? ¿O Raghnall?

—Si no eres tú, el castillo está perdido. —Kenneth cerró los ojos unos segundos—. No hay tiempo. Mi espada, Owen. Quiero morir sosteniendo mi espada.

—Sí...

Eso era algo que podía hacer. El dolor le desgarró la garganta mientras buscaba la espada y la colocaba entre las manos cubiertas de sangre de Kenneth.

Kenneth lo miró.

—Por la libertad. Por Escocia. Por mí. Muéstrales...

Las palabras se fueron apagando, y Kenneth se quedó quieto. La vena del cuello le dejó de latir, y su mirada se perdió.

Owen hizo la señal de la cruz y bajó la cabeza. La muerte de Kenneth era su culpa. Si no se hubiera distraído con esa mujer hermosa... ¿Qué hacía allí, en el medio de una batalla? Ella no pertenecía a ese sitio.

Se le cerró la garganta.

«Toma el mando, Owen...».

Se incorporó y miró alrededor. Era evidente que los *highlanders* estaban perdiendo. Cada escocés luchaba contra dos o tres ingleses a la vez.

Debería exclamar «*¡Cruachan!*». Debería gritar algo que les levantara el espíritu. Debería hacer algo para revertir la situación...

Su hermano Craig era un líder. Su padre también. Al igual que su primo Ian. Owen era un libertino que solo fracasaba una y otra vez. Los brazos le colgaban inútiles a ambos lados del cuerpo.

Sin dudas, esa era una causa perdida. La batalla había terminado.

Un gruñido femenino le hizo levantar la mirada. La mujer se enfrentaba a un caballero que podría aplastarla con el peso de su armadura. Owen corrió hacia ellos con el corazón acelerado y chocó la espada contra la del caballero. Empujó al enemigo con todas sus fuerzas y lo derribó.

La mujer lo fulminó con la mirada; tenía las fosas nasales dilatadas y los labios apretados con firmeza. Unas pequeñas gotas de sudor le caían por la frente. Era muy bonita, se veía oscura y furiosa, como una diosa de la guerra.

Debía sacarla de allí, pero no sabía cómo. ¡El túnel secreto! Luego regresaría para ayudar a sus hermanos escoceses.

Antes de que el caballero lograra incorporarse, Owen tomó a la mujer del codo y la arrastró tras él.

—Vamos. De prisa.

Ella jadeó, pero el caballero ya se estaba poniendo de pie. Owen cerró la puerta a sus espaldas y la trabó. Luego bajó a la despensa subterránea sin dejar de arrastrar a la mujer desconocida.

AMBER ECHABA CHISPAS MIENTRAS EL GUERRERO LA arrastraba por las escaleras. Liberar el codo le era tan imposible como escaparse de un tornillo de banco. Se encontraba ante otro hombre que había decidido ser un héroe y tomar el control por ella, como si no le fuera posible sobrevivir sin él.

Y ella había tenido la situación bajo control. ¿Cómo se atrevía?

En cuanto sus pies tocaron el suelo de piedra de la alacena subterránea, jaló el codo para liberarse. El cabello rubio del guerrero brillaba en tonos dorados bajo la luz de la antorcha, lo que le daba un aspecto travieso a su atractivo rostro cubierto de sangre seca, moretones y cortes. Sus ojos verdes la perforaban con una intensidad que la consumía. Se encontraban de pie entre barriles, toneles y baúles, y Amber se percató de que llevaba la espada cubierta de sangre en una mano y de que casi la duplicaba en tamaño.

¿Qué quería? ¿Acaso eso sería una trampa?

Maldita fuera su curiosidad, esa tal Sìneag y ese sujeto.

Dio un paso hacia atrás.

—Si intentas ponerme un dedo encima, lo perderás.

Él parpadeó y frunció el ceño.

—No te haré daño, muchacha —le aseguró.

—¿Para qué me arrastraste aquí? ¿Qué quieres de mí?

Él estaba tan confundido, que frunció el ceño aún más.

—¿Qué quiero? —Soltó un bufido—. ¿Quizás algo de agradecimiento? Acabo de salvarte la vida. Aunque no lo creas, intento ayudarte. A pesar de que me has distraído, y eso le costó la vida a un gran guerrero...

Amber jadeó. ¿Ahora la culpaba por algo?

—No necesitaba tu ayuda.

El hombre tensó el mentón bajo la incipiente barba rubia. Entrecerró los ojos, que le echaban chispas. Algo ligero y suave como una pluma le cosquilleó en el estómago mientras la miraba con intensidad.

—¿No necesitabas mi ayuda? —Negó con la cabeza, avanzó hacia la puerta que había al otro lado de la habitación y la abrió —. Date prisa, así puedo regresar a la batalla.

Ella se quedó anonadada.

—¿Darme prisa para ir a dónde?

—Hay un túnel secreto que te llevará afuera de castillo.

Se oyó un fuerte golpe en la puerta de la planta baja. Acto seguido, unos fuertes porrazos, como si alguien intentara tirarla abajo. A Amber se le aceleró el corazón a mil por hora.

—Debes marcharte, muchacha —la instó el *highlander*—. Están a punto de entrar.

La puerta de arriba se rompió, y los golpes se intensificaron. Él tenía razón, estaban a punto de entrar. Era como en el otro castillo de Inverlochy, el que estaba en ruinas y no ese que se erguía poderoso, sin daños y lleno de hombres en armaduras.

Podía intentar utilizar la piedra... El problema era que, aunque eso de viajar en el tiempo fuera real —y por más descabellado que sonara, se veía increíblemente real—, no podía regresar al sitio del que había venido. Al otro lado de la piedra, había hombres y mujeres en uniforme que estaban listos para esposarla por un crimen que no había cometido.

¿Cuál era el daño menor?

No, no podía regresar. Tenía que arriesgarse. Ni siquiera estaba segura de que todo eso fuera real.

De arriba provino un gran estrépito seguido del ruido de varias pisadas. El hombre tomó una antorcha de la pared, le cogió la mano y la arrastró tras él.

—¡De prisa! —Atravesaron otra puerta pesada que daba a la despensa trasera en donde Amber había abierto los ojos. El *highlander* trabó la puerta a sus espaldas.

Pasó corriendo por delante de la piedra picta y no se detuvo hasta llegar al extremo de la habitación que parecía una cueva, donde había una gran pila de baúles.

—Muy astuto, Kenneth, bloquear el túnel —señaló Owen—. Pero ahora es nuestra única salida, ayúdame a moverlos.

Mientras los pasos resonaban en las escaleras, arrojó los baúles a un lado, y Amber lo ayudó. Al remover el último, vieron una gran piedra plana redondeada. El *highlander* le pasó los dedos por debajo y la levantó para dejar ver una abertura oscura con escalones.

Amber tragó con dificultad.

—Ve. El túnel conduce al otro lado del foso.

Amber le quitó la antorcha de la mano. ¿Acaso estaba loca? ¿Cómo podría ser más seguro eso que utilizar esa piedra extraña? En su vida en el futuro, sabía que terminaría en prisión y era posible que la condenaran a pena de muerte.

Aquí... ¿Quién sabía?

Sin embargo, era libre, y nadie la estaba acusando de nada ni la tildaba de asesina... bueno, excepto ese sujeto que la culpaba de haberlo distraído. Eso no era ninguna sorpresa. Al fin y al cabo, los hombres eran buenos a la hora de apuntarla con el dedo para echarle la culpa de sus propios errores.

Se adentró un paso en el túnel, y el aire frío y térreo la envolvió. Los ingleses se encontraban en la segunda puerta y la golpeaban con intensidad. Amber avanzó hasta el final del túnel. Era tan bajo, que se tuvo que agachar para poder avanzar. Varias raíces colgaban del techo, y las paredes y el piso eran una combinación de piedra y tierra húmeda. En algún sitio, goteaba agua. Respirar allí parecía similar a beber agua lodosa.

El *highlander* descendió a sus espaldas, y Amber oyó el suave crujido de la piedra al cerrarse. Los sonidos del exterior desaparecieron, y reinó un extraño silencio.

No quería pensar que un castillo entero se erguía sobre ellos, ni mucho menos que consistía de varios metros de piedra y tierra.

«Avanza».

Tal y como había aprendido en Afganistán: mantener la mirada al frente y no pensar demasiado las cosas.

Caminaron durante lo que pareció una eternidad. A Amber le dolía la espalda y le ardían los muslos. El sujeto a sus espaldas tenía la respiración entrecortada que, sumada al crepitar de la antorcha, era lo único que se oía en esa tumba.

De pronto, vio unos escalones al frente.

—¿Hemos llegado al fin? —preguntó.

—Sí, puede ser.

Asintió y comenzó a subir las escaleras con cuidado. Le entregó la antorcha y empujó la tapa sobre el túnel que, al abrirse, se cayó y provocó un fuerte estrépito.

Treinta pares de ojos la fulminaban con la mirada; hombres en armaduras le apuntaban la cabeza con espadas por doquier. Eran ingleses.

—¡Regresa! ¡Regresa! —le gritó al sujeto a sus espaldas.

Ya era demasiado tarde.

El hombre que estaba más cerca se inclinó hacia ella, la levantó del cuello y la jaló hacia arriba. El *highlander* salió del túnel tras ella blandiendo la espada y la antorcha al mismo tiempo.

—¡Aprésenlos! —gritó alguien con tono autoritario—. Se han escapado del castillo.

Unos veinte hombres se acercaron y casi se tragaron a su acompañante bajo su peso. Dos soldados sujetaron los brazos de

Amber, que se debatió y luchó contra ellos en vano, pues la sostenían con firmeza.

Un hombre calvo de unos cuarenta años vestido con su armadura se aproximó a ellos sobre un caballo. Tenía la mirada perforadora de alguien que estaba al mando. Al igual que el comandante Ronald Jackson, el hombre responsable de todas las cosas malas que le habían ocurrido a Amber.

—Dos *highlanders* —señaló—. Pónganlos en la jaula. Quiero hablar con ellos más tarde.

—*Sir* de Bourgh —respondió uno de los hombres que la sostenía y asintió.

—Llévenlos a Stirling —ordenó de Bourgh.

«¡No! ¡No! ¿Otro castillo? ¿Otra mazmorra?». ¿Acaso se había librado de terminar en una prisión en su tiempo para terminar en una medieval?

Los hombres la hicieron a un lado y la arrojaron en una jaula sobre una carreta tirada a caballo. De inmediato, varios soldados ingleses empujaron al *highlander* al interior de la jaula y cerraron la puerta.

—¡No! ¡Tienen a la persona equivocada! —exclamó Amber.

Eso mismo sería lo que le hubiera gritado a la policía. ¿Sería todo eso una pesadilla? «¡Por favor, que solo sea un mal sueño!». Nadie le creía... en ninguna de las situaciones.

—¡Diablos! —El *highlander* se incorporó y clavó la mirada en la distancia con las manos aferradas a los barrotes de la jaula—. ¿Ese es el rey?

Amber siguió su mirada, y se le agrandaron los ojos. Un ejército se acercaba al castillo. Al frente, marchaba la caballería, seguida de la infantería. Atravesaban las fuerzas inglesas como un cuchillo que se deslizaba sobre la mantequilla. Los cascos se podían oír desde allí. El suelo vibraba.

—*Sir* de Bourgh —dijo el *highlander*—. Ya ha perdido. Es Roberto. Nunca vencerá a sus fuerzas. Tiene la costumbre de ganar batallas en las que tan solo cientos de hombres se enfrentan a miles de enemigos.

El rostro de *sir* de Bourgh se ruborizó.

—¡Retirada! —ordenó—. ¡Retirada!

La jaula se comenzó a mover, y Amber apretó el rostro contra los barrotes al tiempo que el castillo de Inverlochy se perdía en la distancia.

CAPÍTULO 4

La jaula en la carreta se sacudía mientras avanzaba por el camino pedroso. A Owen le repiqueteaban los dientes, se golpeó la cabeza contra los barrotes y se sentó más erguido en una esquina.

«Diablos».

Había vuelto a embarrar las cosas. Debería haber entrado al túnel primero. En lugar de confiar en la muchacha, debería haber echado un vistazo primero para asegurarse de que el camino estuviera despejado antes de escabullirse con cautela hacia el exterior del túnel.

Ella lo había distraído otra vez. Era una criatura magnífica que había salido de la nada y derrotado a soldados en armadura entrenados con sus movimientos de baile y combate.

Mientras avanzaban por el bosque y dejaban varias montañas atrás, no podía dejar de observarla. Tenía la piel morena, una figura alta y esbelta con los músculos de una guerrera y un rostro tan hermoso que el corazón le daba un vuelco al verla. Tenía unos ojos que lo dejaban sin aliento: grandes y verdes, con un brote estelar de color avellana alrededor de las pupilas. Ella se mordió el labio inferior, y se le arrugó la frente. Owen sintió el deseo de estirar la mano y alisársela con el pulgar.

Y su forma de vestir...

En el calor de la batalla, no había reparado en eso, pero ahora que tenía tiempo para pensarlo... Algo se le tensó en el estómago. Llevaba unos pantalones azules muy parecidos a los que Amy, la esposa de Craig, había tenido puestos cuando la encontraron, y le abrazaban las atractivas piernas largas y esculpidas. La especie de túnica corta de cuero que llevaba solo le cubría hasta las caderas. Sus zapatos tenían suelas gruesas, que era algo que también había visto solo en los zapatos de Amy.

Las mujeres de su época no usaban ese tipo de prendas. Tampoco peleaban como ella. Y ella había estado cerca de la torre este, donde se hallaba la piedra picta. A Owen se le subió el corazón a la garganta.

¿Acaso esa mujer era otra viajera en el tiempo?

—¿Cómo te llamas, muchacha? —le preguntó.

Ella elevó la mirada hacia él y dudó, como si decirle su nombre pudiera ser algo malo.

—Amber Ryan. —El rostro se le relajó—. ¿Y tú?

Amber... Qué bonito nombre. Nunca antes lo había oído y le sentaba bien. Era cálido y duro a la vez. Tenía el mismo acento que Amy y Kate, pero su tono era más melódico. Era como si cantara las palabras.

—Owen Cambel.

Ella se quedó completamente quieta y lo observó con una expresión de conmoción. Luego apretó los labios, asintió con la cabeza y se volvió a mirar las manos para evitar el contacto visual. ¡Ajá!, no tenía sitio al que huir allí. Él recuperaría su atención. Y obtendría algunas respuestas.

—¿Qué hacías en Inverlochy, Amber Ryan?

Ella elevó el mentón. Tenía la mirada tan dura como las piedras de ámbar.

—Creo que eso no es asunto tuyo.

—Pero sí lo es, muchacha. Verás, por tu culpa, ahora los dos somos prisioneros. —La observó—. Una mujer en el campo de batalla, distrayendo a los guerreros... ¿Ahora entiendes por qué me interesa saber qué hacías allí?

—¿De qué me estás acusando?

—¿Eres una espía?

Ella se mofó.

—Como puedes ver, yo también estoy prisionera. Y no sé si te percataste de que sus hombres casi me matan.

—Sí, me percaté —escupió Owen—. De hecho, me percaté demasiado... —Se detuvo antes de agregar algo más. Era como hacía trece años con Aileene. Se había distraído por una muchacha en peligro, y eso había conllevado al fracaso de su gente.

En esta ocasión, no logró salvar a Kenneth. Si Kenneth estuviera vivo, quizás podrían haber defendido el castillo hasta la llegada de Roberto.

«Toma el mando...», le había dicho Kenneth.

«Es imposible darte alguna responsabilidad», decía siempre su padre. «¿Por qué no puedes ser más como Craig y Domhnall?».

Owen apretó los dientes.

—Así que, te estoy acusando de que nos capturaran.

Ella le dirigió una mirada tan venenosa que se preguntó cómo no cayó muerto al instante.

—Ay, pero si esto es perfecto. Otro sujeto acusándome de algo que no hice. —Negó con la cabeza—. ¿Qué les pasa a los hombres? ¿Por qué siempre tienen la necesidad de buscar un chivo expiatorio?

—Yo no...

Ella alzó la mano para callarlo.

—¿Sabes qué, amigo? Si no me hubieras arrastrado por ese túnel para «salvarme» —flexionó el dedo índice y el medio dos veces, y Owen se preguntó qué significaría eso—, no nos encontraríamos en esta situación. No necesitaba tu ayuda.

Una viajera en el tiempo, una guerrera maravillosa y una mujer exasperante... Y la más hermosa que había visto en su vida.

¡Ay! Era una distracción.

—¿Qué hacías en el castillo? —insistió.

—No te debo ninguna explicación.

Owen se estaba cansando de que eludiera las preguntas. Le haría decir la verdad acerca del viaje en el tiempo, de qué hacía allí y de qué buscaba.

—¿De dónde eres, muchacha?

Lo observó petrificada durante un instante.

—No creo que conozcas el lugar.

—Puede que sí, puede que te sorprendas.

Ella se mordió el lado interior de la mejilla y frunció el entrecejo.

Como no respondió, insistió:

—Dime, puede que sea más comprensivo de lo que crees.

Lo estudió dudosa.

—Bueno, en realidad, soy de todas partes. Hace poco llegué del Oriente Medio.

—¿Del Oriente Medio? ¿Hablas del califato?

Ella asintió.

—Supongo que así es como lo conoces, sí.

Eso podría explicar su tez. Sí. Le seguiría el juego para continuar descubriendo cosas por su cuenta.

—¿Por qué hablas gaélico tan bien?

Por un momento, se quedó anonadada. Se llevó las manos a los labios.

—¿Gaélico? —repitió—. Yo no...

—¿Tú no qué?

—Uhm, nada. Es un idioma fácil de aprender.

La carreta resonó y se sacudió cuando la rueda pasó por encima de una piedra. Amber salió disparada, perdió el equilibrio y aterrizó sobre Owen con un gran impacto. La mejilla le quedó pegada contra el estómago de él, y el torso, contra sus piernas. El cabello largo y rizado se veía muy atractivo desparramado entre el estómago y las caderas de Owen. De improviso, una imagen le invadió la mente: él desnudo, y ese cabello cayendo sobre su piel descubierta.

Se endureció.

El miembro se le apretó contra los pechos de ella a través de la tela de cuero de su túnica corta. Por todos los cielos, esperaba que no hubiera sentido su reacción. En circunstancias normales, ya estaría planificando cómo quitarle las faldas para llevársela a la cama. Pero esa muchacha era muy distinta. En todos los aspectos. Para empezar, ni siquiera usaba faldas.

Al estar encerrados en una prisión sobre una carreta, no era el mejor momento para pensar en eso. Se dirigían a Stirling, el castillo más fortificado en toda Escocia. Si bien Owen no sabía qué tenía en mente *sir* de Bourgh, no creía que los recibieran con un banquete ni que los entretuvieran como a los huéspedes de honor. Debería estar pensando en cómo escapar, y no en cómo seducir a la muchacha.

Ella elevó la mirada hacia él, y Owen vio el rubor que le teñía las mejillas aún a través de su tez morena. Tenía los ojos abiertos de par en par. Aunque lo intentara, no hubiera logrado verse más hermosa que en ese momento. Era única y misteriosa, y él ansiaba saber más de ella. Sentía el anhelo de estirar las manos para acercarla a su pecho y besarla.

—Lo siento —se disculpó y rompió el hechizo.

Se apoyó sobre las manos y las rodillas y se arrastró al otro extremo de la jaula para alejarse de él. No era tan lejos. De hecho, si estiraban las piernas, los dedos de sus pies se rozarían.

—Está bien, Amber —murmuró, y se sintió vacío sin el peso de ella encima de él—. No me hubiera molestado que te quedaras un rato más.

Ella parpadeó y se pellizcó los labios.

—Por favor, no hagas ese tipo de comentarios. —Bajó la mirada a su entrepierna—. Y si te atreves a pensar en mí de ese modo o intentas algo, terminarás perdiendo esa preciada parte del cuerpo que al parecer no logras controlar. Lo que, dicho sea de paso, no me sorprende.

Owen perdió la capacidad de formar palabras.

Ella se cruzó de brazos.

—Y ya deja de hacer preguntas tontas. No estoy de humor para responderte.

Tenía una lengua sagaz. Varios guerreros ingleses cabalgaban delante y detrás de la carreta. Owen dudaba que pudieran oírlos, pero su presencia era tan palpable como el hedor de una cabra.

—Ten cuidado, muchacha —señaló—. Soy el único amigo que tienes aquí.

Ella alzó el mentón.

—Eso está por verse.

Owen cogió un barrote y lo recorrió con un dedo.

—Te salvé la vida.

—Y nos dirigiste a las manos del enemigo. Tú enemigo, por cierto, no el mío.

—«Tú» eres quien nos dirigió a las manos del enemigo, no yo. Tú fuiste quien abrió el túnel como si fuéramos las únicas dos personas en Escocia. Como si «quisieras» que nos capturaran...

Ella frotó el suelo de la carreta con las botas y apretó los labios.

—No quería que nos capturaran. Deja de culparme. De todos modos, ¿qué quieren de nosotros?

Owen les echó un vistazo a los jinetes. Uno de ellos le devolvió una mirada atenta y cargada de advertencia. A pesar de que se encontraba bastante lejos, Owen avanzó por el suelo y se acomodó al lado de Amber, por si decidía acercarse a ellos. Ella arqueó las cejas.

—Nos llevan al castillo de Stirling. Es uno de los fuertes de los ingleses en el sur de Escocia.

—¿Qué tan lejos estamos?

—Creo que a dos o tres días.

—¿Y qué crees que quieren de nosotros?

—Lo más probable es que quieran información. Quizás un rescate. Puede ser que las dos cosas.

Ella suspiró.

—Supongo que eso significa prisión.

—Sí.

Owen bajó la cabeza hacia ella, y su aroma le hizo sentir cosquillas en la nariz: era algo limpio, floral y extranjero.

—Por eso debemos intentar escapar antes de llegar a Stirling.

Amber miró a los guardias y luego a él.

—Supongo que eso nos convierte en aliados. Al menos, de momento.

—Sí. Será mejor que trabajemos juntos, misteriosa Amber del califato.

Ella lo estudió con detenimiento.

—Ocúpate de tus asuntos, Owen Cambel, y yo me ocuparé de los míos.

Incluso pronunciaba el nombre de su clan como Amy, con una pequeña pausa entre la «m» y la «b». A Owen le gustaba eso.

¿Cuán disparatado era estar pensando lo que estaba pensando? ¿Y cuán disparatado era querer oírla decir su nombre una y otra vez? En especial, considerando que lo peor que podría hacer sería volver a perder la razón por una mujer mientras los tenían prisioneros.

CAPÍTULO 5

AMBER SE AFERRÓ a los barrotes de la jaula y observó lo que los rodeaba en el sitio donde se estaban deteniendo. El terreno era menos montañoso. Era probable que hubieran dejado atrás las Tierras Altas y se estuvieran acercando a las Tierras Bajas. Allí abundaban las oportunidades de perderse en los bosques llenos de árboles.

Owen intercambió una mirada con ella. Detestaba tener que depender de un completo desconocido para liberarse... sobre todo cuando se trataba de un hombre. En especial, tras lo que le había ocurrido en Afganistán.

La verdad era que de momento no tenía otra opción. Sin importar dónde se encontraban, tenía que haber alguna forma de escapar de la jaula y alejarse de allí.

Exactamente, ¿dónde estaba? Aún no aceptaba la idea de haber viajado en el tiempo. ¿Podría tratarse de una alucinación o de un sueño vívido? ¿A dónde iría si se las ingeniaban para escapar de los soldados ingleses?

No tenía idea. Lo único que sabía era que tenía que escapar. No podía permitir que se la llevaran presa sin motivo alguno.

Owen ya había revisado el candado gigante de la jaula, y ella también lo había hecho. Si hubiera sido de la década de los cincuenta y llevara horquillas en el cabello, hubiera podido intentar abrir la cerradura con una. Quizás Owen sabía cómo hacerlo, pero no se le ocurría nada que fuera lo suficientemente largo y delgado como para utilizar.

Los soldados estaban desmontando de los caballos y preparando el campamento. Comenzaron a hacer fogatas y montar tiendas de campaña. Amber pensó que algunas cosas nunca cambiaban, como la mirada de derrota y tristeza en el rostro de un soldado tras perder una batalla o la mirada del duelo. Ella también había conocido ese dolor.

Mientras los ingleses pasaban por delante de la jaula, miraban a Owen y Amber con curiosidad, y la mayoría se detenía para comérsela con los ojos. Sin lugar a dudas, sentían curiosidad por su aspecto. Aunque bien podría ser que nunca antes hubieran visto a alguien que se vistiera o se viera como ella, ese no era motivo para clavarle la mirada. A Amber le dolían los puños de las ganas de golpear a esos bastardos. Y cada vez que uno se detenía, sentía que Owen se tensaba.

El cielo aún estaba claro, pero de a poco las sombras se iban alargando y todo a su alrededor se fue tornando del tono dorado del atardecer. Amber se arrastró para sentarse al lado de Owen, y él alzó la cabeza hacia ella.

—Si queremos escapar —comenzó—, quizás sea mejor esperar a que la mayoría esté durmiendo.

Owen asintió.

—Sí.

—Voy a pedir ir al aseo. No intentaré nada, solo echaré un vistazo alrededor. Cuando oscurezca, podemos intentar escapar.

—¿A dónde quieres ir?

—Al aseo.

La miró confundido.

Amber tosió.

—A atender mis necesidades.

—Oh. —Se aclaró la garganta y se frotó la nuca.

¿Estaría cohibido? A Amber no le parecía ese tipo de

persona. Parecía tener demasiada confianza y estar demasiado seguro de sí mismo. Era probable que un hombre que se veía tan soñado como él estuviera acostumbrado a endulzar los oídos de las mujeres.

La miraba como si supiera algo acerca de ella, algo que no quería compartir. Eso era un recordatorio de que no debía confiar en él.

Le pidió al centinela que le permitiera atender sus necesidades en el bosque, y dos soldados la escoltaron hasta el borde de unos arbustos. Alrededor del campamento, varios guerreros con armaduras de hierro comenzaban a armar fogatas y colocar calderos sobre el fuego. Otros montaban pequeñas tiendas de campaña por todos lados. Algunos atendían a los heridos, que soltaban gruñidos y gritos de dolor. No vio más prisioneros. Había varios centinelas en distintos puntos, pero no podrían ver mucho cuando oscureciera. El bosque estaba lleno de vegetación, y Owen y Amber podrían desaparecer rápido si echaban a correr a toda velocidad.

Regresó a la jaula con un poco de esperanza. Se sentó al lado de Owen, se inclinó contra los barrotes como él y le susurró sin mirarlo:

—Lo mejor será tomar por sorpresa a un centinela por la noche y correr hacia el bosque lo más rápido que podamos. El ejército se extiende sobre la carretera como una serpiente, de modo que les llevará tiempo reunir a algunos hombres para buscarnos.

—Entendido.

Cuando oscureció y el aroma a estofado le hizo agua la boca, Amber supo que pronto sería momento de huir. Aguardaron a que los soldados se acostaran a dormir.

El centinela que vigilaba la jaula comenzó a quedarse dormido contra un árbol cercano.

—¡Oye! —lo llamó Amber—. ¡Oye!

El hombre se despertó y la miró.

—¿Qué? —preguntó con el ceño fruncido.

—Necesito aliviarme.

—¿De nuevo? —Se cruzó de brazos y agregó—: Acabas de hacerlo.

—Eso fue hace mucho y necesito aliviarme otra vez. Si no quieres oler orina todo el camino hasta Stirling, déjame salir.

Aparentemente exasperado, gruñó, se acercó a la jaula y abrió el candado con una gran llave. Mientras la puerta se abría, Owen lo sujetó del cuello y le golpeó el rostro contra los barrotes. Amber miró alrededor, pero nadie pareció haberse percatado de nada hasta ese momento. Las tiendas de campaña permanecían en silencio, y ninguno de los pocos centinelas que había apostados alrededor de las fogatas se movió.

El soldado gimió, y cuando Owen lo volvió a golpear contra los barrotes, se cayó como un costal pesado.

—Vamos —dijo Owen—. De prisa.

Se bajó de la carreta de un salto y la ayudó. El corazón le pulsaba en los oídos. Se mantuvieron agachados y se apresuraron a alejarse del campamento.

Pasaron corriendo delante de árboles y arbustos en la oscuridad, y lo único que Amber podía oír era su respiración entrecortada.

Y, de pronto, se oyeron gritos a sus espaldas. Habían descubierto su escape.

«¡No, no de nuevo!».

Amber echó un vistazo hacia atrás y vio algunos soldados ingleses. Decenas de soldados.

—¡Más rápido! —lo urgió.

Apretaron el paso. Los pulmones le ardían por el esfuerzo, y sentía los músculos en llamas. Avanzaron incluso más rápido. Amber era una corredora veloz. Diantres, ojalá no estuviera todo tan oscuro. La pierna se le enganchó contra una raíz y se cayó de cara al suelo.

—¡Amber! —gritó Owen y se detuvo para ayudarla a levantarse.

Volvieron a correr, pero los ingleses los estaban alcanzando, y los gritos se oían cada vez más cerca.

—¡Alto! —ordenó alguien a sus espaldas.

Varias flechas los pasaron de largo y terminaron clavadas en el suelo o en los troncos. Alguien la sujetó, y Amber se cayó bajo el peso de un hombre grande. Las agujas de los pinos le perforaron las manos y las piernas.

—¡La tengo! —anunció el soldado. Apestaba a sudor y alcohol.

Se retorció e intentó liberarse, pero se encontraba rodeada.

—¡Lo tengo! —sostuvo otro—. No te irás a ningún lado hoy, maldito escocés.

A Amber, unas lágrimas de impotencia le hicieron arder los ojos.

—¡Suéltame! —gritó—. ¡No soy una *highlander*!

—Cierra el pico. —El hombre que la sujetaba le dio una fuerte bofetada.

La cabeza le explotó de dolor. El hombre la levantó y la arrastró a sus espaldas de regreso al campamento. A la derecha, dos hombres escoltaban a Owen. Los prisioneros intercambiaron miradas de enfado y desilusión. El centinela estaba sentado al lado de la jaula con un trapo apretado contra la cabeza.

—Así que querías orinar, ¿eh? —escupió mientras pasaba delante de él—. Vete al diablo, maldita perra. Que la jaula apeste, no volverás a salir hasta que lleguemos a Stirling.

—Púdrete —le respondió.

Los soldados los empujaron al interior de la jaula, y el centinela la cerró.

—¡Maldita sea! —Amber golpeó los barrotes—. Estuvimos tan cerca.

—Sí, pero no importa, muchacha, lo volveremos a intentar.

Sin embargo, su tono no era tan optimista como antes, y llevaba el ceño más fruncido.

—No, no lo harán —les aseguró alguien, y Amber se volvió.

Sir de Bourgh se hallaba de pie al lado de la jaula. Se había quitado la armadura, y llevaba puesta una casaca roja, una suerte de túnica que le caía hasta las rodillas. Tenía una gran espada colgando del cinturón. El pomo estaba decorado con unos hermosos patrones en espiral que brillaban y reflejaban la luz del fuego.

—No volverán a escapar —repitió mirándola con curiosidad.

Se acercó a la jaula y sujetó dos barrotes con las manos. Amber se sentía como un animal en el zoológico por la forma en que la miraba.

—Te ruego que me digas de dónde vienes, querida. Nunca antes vi a alguien como tú.

Amber sintió una ola de enfado y ansiedad. Esos ojos reflejaban la autoridad arrogante de un poderoso hombre del ejército.

Owen se acercó más a él.

—Eso no importa, bastardo. Es mi esposa. —Amber lo miró anonadada. ¿De verdad iba a mentir para intentar protegerla? Una sensación de ternura dulce la embargó—. Deja de hacer preguntas innecesarias y déjanos ir.

De Bourgh se rio sin quitarle los ojos de encima a Amber.

—¿Tu esposa? ¿Y dónde has encontrado a semejante belleza?

—No la mires así. Si le diriges tan solo un pensamiento obsceno, echarás de menos tu miembro.

De Bourgh lo miró entretenido.

—¿Y cómo piensas llevar a cabo tu amenaza desde el interior de una jaula, sin tu espada ni tu daga?

—Un *highlander* siempre encuentra el modo.

—Claro. Bueno, tendré que cuidar mi miembro. Gracias por la advertencia. ¿Cómo te llamas, valiente *highlander*?

—Owen Cambel.

De Bourgh arqueó las cejas.

—¿Cambel? Qué maravilla. Los aliados más leales y cercanos de Roberto. Mírenme, perdí un castillo, pero puede que haya ganado la guerra. Owen Cambel y su esposa... ¿Cómo te llamas, querida?

—Amber —respondió de mala gana.

—Es un nombre exótico. Tengo en mis manos a Owen y su esposa, Amber. Cuando comience con ustedes, me dirán todo. Puede que hasta gane la guerra para el rey Eduardo II.

Se alejó silbando una melodía alegre que a Amber le dio un escalofrío en la columna vertebral.

—Pronto hablaré con ustedes dos —dijo por encima del hombro.

Owen golpeó los barrotes con el rostro distorsionado por la furia.

—¿Por qué me da la sensación de que ser tu esposa no sería lo más ideal? —preguntó Amber.

Sin dejar de fruncir el ceño, Owen la fulminó con la mirada.

—Porque no lo es. Ahora cree que tiene poder sobre mí, que me puede chantajear contigo.

Amber cerró las manos en puños.

—Entonces, ¿para qué diantres mentiste?

—Para protegerte, ¿para qué iba a ser?

—¡Te repito que no necesito tu protección! Lo único que has hecho fue ponerme en más peligro.

Owen la miró con angustia. Resultó curioso que, en respuesta a esa mirada, Amber sintiera una ola de calor en el estómago. Qué tonta. Él no debía significar nada para ella. No debía confiar en él ni depender de él.

Pero, al no tener a nadie más de su lado, ¿qué alternativa tenía?

CAPÍTULO 6

UNA SENSACIÓN DE HORROR OSCURA Y FRÍA SE ASENTÓ EN LOS músculos de Owen al ver las murallas del castillo de Stirling. Habían estado subiendo la colina a un ritmo estable, y por fin veía los acantilados sobre los que se erguía el castillo.

Nunca antes había visto una fortaleza como esa. Había oído que era imposible de tomar por asedio y ahora entendía por qué. En comparación con Stirling, el castillo de Inverlochy era el juguete de un niño hecho con bajareque y ramas. La portería consistía de dos torres macizas. Las murallas con galerías de madera para los arqueros y defensores eran las más altas y anchas que había visto en su vida. Unas torres cuadradas a los bordes de la muralla frontal brindaban un punto de defensa estratégico para los sitios más vulnerables del castillo.

Stirling conectaba las Tierras Altas y las Tierras Bajas. Quien controlara el castillo, controlaba Escocia. Y, por el momento, eran los ingleses quienes lo hacían.

—Aunque no por mucho más —murmuró Owen con los dientes apretados.

Roberto estaba ganando. Se decía que incluso los habitantes de las Tierras Bajas, los *lowlanders*, que antes le habían jurado lealtad a Eduardo se estaban poniendo del lado de Roberto. Owen creía que Escocia volvería a ser libre, y estaba listo para contribuir en todo lo que pudiera para que eso ocurriera.

El ejército comenzaba a cruzar las puertas a paso lento. Amber alzó la vista hacia los pinchos que se extendían por la compuerta de rejas.

—Owen —lo llamó en voz baja—. En serio, ¿cómo vamos a salir de aquí?

Se le retorció el estómago. Tras tres días de viaje, se había quedado sin ideas.

—Aún no lo sé, muchacha. —Se rascó la barba incipiente con el semblante sombrío—. Pero saldremos. Te lo prometo.

O morirían intentándolo. Pero no lo dijo en voz alta.

Una vez dentro, continuaron subiendo por la colina, pasaron por delante de unas casitas simples con techos de paja, jardines con huertas, un pequeño huerto con árboles frutales, vacas, cerdos y gallinas. También había varios talleres. Al final, llegaron a una muralla simple con una empalizada de madera y una puerta. Detrás de ellos se erguía una torre cuadrada que de seguro se trataba de la torre del señor o del calabozo.

Owen y Amber intercambiaron una mirada de preocupación. Con dos murallas que se interponían entre ellos y la libertad, ¿cómo iban a hacer para escapar?

Se detuvieron en el medio de un patio que tenía al menos el doble del tamaño del de Inverlochy. Al lado del calabozo, había una edificación grande adjunta a la muralla. Era probable que se tratara del gran salón. Una especie de casa simple con techo de paja tenía una chimenea de la que salía humo y, a juzgar por el aroma a carne cocida y pan, se trataba de la cocina. Había otra edificación de piedra conectada a la empalizada. Owen supuso que se trataba de un taller o una herrería.

El centinela abrió la jaula, y ambos descendieron. Se sentía bien pararse sobre el suelo por fin. Owen estiró las piernas. El centinela le ató las manos detrás de la espalda, y una sensación de impotencia le hundió los hombros. A Amber también le amarraron las manos, y se sacudió. Parecía una gata salvaje: acorralada y peligrosa.

—Muévanse. —El centinela empujó a Owen.

Owen avanzó detestando cada paso que daba. La muchacha caminaba a su lado con los ojos abiertos de par en par y el semblante sombrío. Cruzaron la entrada al calabozo y, al igual que en Inverlochy, las escaleras conducían a un sótano. Lo único que iluminaba la oscuridad eran unas pocas antorchas. A diferencia de Inverlochy, allí no había comida almacenada en la habitación que se encontraba abajo, sino que había una sala vacía con tres puertas pesadas que conducían a diferentes sitios y un centinela apostado al lado de cada una. Owen sintió un escalofrío.

Los soldados abrieron la puerta de la derecha y empujaron a los prisioneros al interior en penumbras. Al cruzar el umbral, Owen sintió un olor rancio a piedra húmeda y moho. Unas antorchas iluminaban una fila de jaulas de hierro que se extendía sobre la pared de la cueva. Pasaron por delante de tres jaulas, y en una de ellas, vio a un hombre acurrucado en una esquina. El ambiente estaba tan cargado de olor a excremento y cuerpo sucio que sintió náuseas.

Diablos. Alguien se estaba pudriendo allí, y si no hacía algo, pronto él y Amber estarían en la misma situación.

Mientras continuaban adentrándose en el calabozo, las sombras se movían en las esquinas de las celdas como espíritus oscuros. Se detuvieron al final de la cueva, frente a la última mazmorra. Uno de los centinelas la abrió con una llave gigante y, cuando empujó la puerta, se oyó un chirrido metálico. A Amber se le agrandaron los ojos, que reflejaron desesperación y temor al tiempo que el soldado la empujaba hacia adentro. Se trastabilló y cayó despatarrada en el suelo.

La ira arrasó a Owen como una bola de fuego. Se volvió hacia el centinela y le dio un cabezazo en la nariz. Al oír el hueso quebrarse, sonrió satisfecho. Los otros soldados se movieron para empujarlo al interior de la celda, pero para no darles la satisfacción, entró solo.

—Púdranse, bastardos —gruñó.

Uno de ellos cerró la puerta.

—Tienes suerte de que el señor los quiera enteros. De lo contrario, estarías juntando los dientes del suelo. Date la vuelta para que te quite los grilletes. Y dile a tu esposa, o quien sea, que haga lo mismo.

Cuando por fin tuvieron las manos libres, los soldados se marcharon y dejaron solo una antorcha afuera de la celda; proyectaba unas sombras traviesas que bailaban en el suelo.

Owen intentó pensar en algo para levantar el ánimo de Amber. Pero lo único en lo que pudo pensar fue en todo lo que había salido mal por su culpa.

Su clan había perdido el favor del rey. Claro que Juan de Balliol no permaneció en el trono durante mucho tiempo luego de enfadar al rey Eduardo I de Inglaterra. Los MacDougall habían asegurado que Owen había robado el oro y habían atacado las tierras de los Cambel de manera inesperada. Habían tomado las tierras que el rey le había dado a los Cambel. Habían secuestrado a Marjorie, y Alasdair la había violado y maltratado. En la batalla por recuperarla, su abuelo había muerto. Luego los MacDougall fueron a Innis Chonnel para tomar el castillo y echar a los Cambel.

Fue durante esa batalla que los MacDougall hirieron y capturaron a Ian Cambel. Mientras todos creyeron que había muerto, lo vendieron como esclavo y mantuvieron el secreto. Luego de eso, los Cambel adoptaron Glenkeld, el castillo de su padre, como la sede del clan, y el tío Neil y sus hijos también se mudaron allí.

Y también estaba Lachlan...

El año anterior, Roberto había nombrado a Craig el guardián del castillo de Inverlochy. Craig le había pedido a Owen que se hiciera cargo mientras salía y le había prohibido de manera explícita que invitara a nadie de la aldea al castillo por si los aldeanos resultaban ser espías del enemigo. Aun así, Owen creyó que unas muchachas bonitas no harían ningún daño. Como esas muchachas se habían negado a ir sin acompañantes, sus madres, sus padres y sus hermanos también habían ido. Todo el castillo había estado lleno de gente, y, en el medio del caos, Hamish Dunn, un espía de los MacDougall, asesinó a Lachlan creyendo que se trataba de Craig. Como los dos eran primos, se parecían mucho físicamente.

Todo eso le pesaba en la consciencia porque había sido un gran fracaso para su familia. Porque se había distraído con mujeres hermosas, y había bebido y se había revelado contra su padre.

A pesar de eso, podía realizar un pequeño acto de bondad en ese momento y asegurarse de que Amber se encontrara bien.

—¿Estás bien, muchacha?

Amber se frotó las muñecas.

—Estoy *okey*, ¿y tú?

Owen se rio por dentro. Solo había oído esa extraña palabra, «*okey*», de dos personas: la esposa de Craig, Amy, y la muchacha de Ian, Kate.

—Sí, estoy *okey* —respondió saboreando la palabra en su lengua.

Ella avanzó hasta la pared opuesta y se deslizó hasta quedarse sentada en el piso.

—¿Y ahora qué?

—Ahora esperamos.

EL TIEMPO TRANSCURRIÓ LENTO. EN LA OSCURIDAD abrumadora, con solo un destello de luz, la mente de Amber se aceleró.

Ahora que había pasado varios días en esa realidad medieval, no tenía dudas de que había viajado en el tiempo, tal y como le había dicho Sìneag. A pesar de que era descabellado, era la única explicación posible. De lo contrario, ¿por qué otro motivo el castillo de Inverlochy estaría intacto? ¿Por qué habría hombres que llevaban espadas, lanzas y escudos? ¿Qué otra cosa podría explicar la falta de tecnología, las edificaciones de paja, la falta de electricidad y automóviles y la gente que viajaba a caballo?

Las mismas preguntas le daban vueltas a la cabeza sin cesar: «¿Cómo pude permitir que ocurriera esto? ¿Qué me llevó a pensar que el viaje en el tiempo era más seguro que intentar escapar de la policía? ¿Y cómo fue que pasé de huir de una prisión en mi época para terminar en una del siglo XIV?».

La mayor pregunta era si hubiera logrado limpiar su nombre de haber tenido el valor suficiente para hacerle frente al comandante Jackson. No. Jackson hubiera ganando. Amber siempre había sido el chivo expiatorio. Sus hermanos se habían asegurado de eso.

Owen se sentó en algún punto de la pared opuesta donde no llegaba la luz. Solo se veía su bota, que no se movía.

—¿Cómo puedes estar tan tranquilo? —le preguntó.

Como no respondió durante varios segundos, creyó que se había quedado dormido.

—No hay nada que podamos hacer para cambiar la situación, muchacha. Así que es mejor ahorrar la energía. Te apuesto el precio de un buen caballo a que la vamos a necesitar.

Amber soltó un bufido.

—Ojalá pudiera estar tan tranquila como tú. ¿Alguna vez has estado en prisión?

Oyó un movimiento, y de pronto lo vio de pie delante de ella tan alto, dorado e imponente como un dios antiguo.

—No. ¿Y tú?

Se le formó un nudo doloroso en la garganta.

—No.

Él la estudió con el ceño fruncido.

—Deberías calmarte, muchacha.

Amber se puso de pie y comenzó a caminar por la celda.

Comenzó a sudar, tenía el pecho tenso y doloroso, y los pies pesados y fríos. Se frotó la frente con la mano temblorosa.

—No hice nada, Owen —señaló, y la voz apagada resonó contra las paredes de piedra—. No debería estar aquí. Ni siquiera soy de...

Tuvo la sensatez de detenerse antes de decir que no era de ese siglo.

—¿No eres de...?

Había algo en su tono que la hizo detenerse y volverse a mirarlo. Era algo parecido a...

¿Esperanza?

No, eso no podía ser. ¿Por qué tendría esperanza? ¿Qué había esperado que dijera?

—No soy de por aquí —concluyó—. No tengo nada que ver ni con tu rey ni con tus enemigos. Ni contigo. Y, sin embargo, estoy pagando por ello. —Negó con la cabeza—. Al parecer, hay injusticia y gobiernos injustos en todos lados.

Y en todos los siglos.

Owen entrecerró los ojos.

—¿Te ha ocurrido algo, muchacha? ¿Algo injusto?

Amber dejó de caminar. Él la observaba con serenidad. Su rostro, semiiluminado por la luz de la antorcha, se veía estoico y tranquilo, como si estuviera en su hogar, y no en las entrañas gélidas del castillo de un enemigo. Parecía un semidios, con el atractivo rostro perfecto y el cabello dorado que resplandecía a la luz de la antorcha. Bueno, al fin y al cabo, era un guerrero, de modo que no era la primera vez que se enfrentaba a la muerte.

Y tampoco lo era para ella.

No obstante, encontrarse en esa prisión era peor que salir en una misión en Afganistán. Al menos había escogido eso. Se había empoderado.

Aquí, se encontraba desamparada. Al igual que en su niñez.

—Lo que me pasó...

¿Estaba lista para revelar su secreto más profundo? ¿Podía

contarle el motivo por el que había terminado allí en primer lugar?

No. No podía confiar en él. No podía confiar en nadie. Confiar en la gente, confiar en aquellos que tenían todo el control, era lo que la había metido en ese lío.

«Nunca más».

—Hay injusticia en todos lados —sostuvo—. Me ocurrió a mí y apuesto que a ti también. Todos la hemos experimentado.

Owen se movió para apoyarse en la otra pierna y se cruzó de brazos.

—Sí, a mí también me ocurrió. Y, a pesar de eso, soy el que permanece sereno mientras tú pierdes la razón.

—Oh, vete al diablo. No tienes ni idea.

No debería desquitarse con él. Soltó el aliento. Él no era quien venía de otra época. Él estaba en su siglo allí.

Sintiendo como si el suelo se estuviera hundiendo bajo sus pies, avanzó hacia la pared y se apoyó contra ella. Las piedras estaban frías y húmedas contra sus manos. Owen se detuvo a su lado y le tocó el hombro. A Amber no le molestó. De hecho, sintió algo cálido en el sitio donde se encontraba su mano, incluso a través de la chaqueta, y luego le vio el rostro preocupado.

—Muchacha, debes respirar —dijo—. Anda, hagámoslo juntos. Inspira hondo. —Tomó una profunda bocanada de aire—. Sostén la respiración. Exhala despacio.

Amber hizo lo que le recomendó. Inspiró una gran bocanada de aire frío y mohoso, lo sostuvo en los pulmones unos instantes y lo soltó. Repitió el proceso varias veces. En cada ocasión, fue liberando algo de tensión, hasta que por fin se volvió a sentir como ella misma.

Lo miró a los ojos.

—¿Cómo conoces las técnicas de respiración?

No se imaginaba que muchos *highlanders* medievales estuvieran al tanto del poder de la meditación y la respiración.

Owen se encogió de hombros.

—Sé de arquería. Debes permanecer sereno, aún en el caos de la batalla. Para permanecer sereno, respiras.

Amber notó que su mano seguía apoyada sobre su hombro. Sintió unas placenteras descargas eléctricas en el brazo y el pecho. Se le volvió a acelerar la respiración, y el pulso desbocado le tamborileaba en los oídos. ¿Cómo podía sentirse de ese modo por el simple contacto de un hombre?

No. Eso no podía ser. No lo permitiría. No se sentiría indefensa ante ningún hombre. Nunca más.

Le quitó la mano del hombro, y vio un destello de dolor en el rostro del *highlander*.

—Gracias por el consejo —dijo.

Tenía razón con lo de la arquería. Ella también lo sabía, pero por haber disparado armas. Y lo sabía por practicar kung-fu. También hacía yoga y meditaba en ocasiones. Y, a pesar de eso, cuando estaba en presencia de él, se olvidaba todo.

Owen se alejó de ella y, con una expresión despreocupada, se estiró sobre el suelo frío en el medio de la celda, se cruzó las manos sobre la nuca y apoyó la cabeza sobre ellas. Clavó la mirada en el cielorraso con una expresión de ensueño, como si estuviera contemplando las nubes pasar en un hermoso día de verano.

—Parece que has dominado los ejercicios de respiración —señaló Amber mientras se sentaba con la espalda contra la pared.

Él se rio.

—Sí, no hay nada que pueda hacer para cambiar la situación ahora. Así que, ¿para qué desperdiciar el aliento?

Amber deseaba compartir esa actitud.

—¿Y sabes arquería?

—Sí. Aunque no todos los guerreros dominan la arquería, de niño quería saber cómo blandir una espada y cómo disparar un arco.

—¿Por qué?

Los hombros se le tensaron, y su rostro perdió la expresión despreocupada de observar las nubes pasar.

—Porque mis hermanos mayores son excelentes espadachines. Soy el hijo más joven y siempre me han dejado por mi cuenta. La arquería era una forma de sobresalir.

A Amber se le formó un nudo en la garganta. Toda su infancia había querido que la notaran. En su niñez, sus hermanos siempre habían sido los favoritos de su padre, que les permitía hacer lo que quisieran. Al ser la única niña, debía comportarse según lo que dictaban las reglas y hacer todo bien.

Siempre había querido liberarse y viajar. Ese era uno de los motivos por los que se había unido al ejército.

—¿Cuántos hermanos tienes? —le preguntó.

—Dos hermanos y dos hermanas. Bueno, en realidad, Craig y Marjorie son mis medios hermanos.

—Yo tengo tres hermanos y todos son mayores.

Owen se puso de costado y apoyó la cabeza sobre un brazo. La luz de la antorcha se reflejaba en la dorada barba incipiente.

—¿Y tus hermanos son guerreros?

—Uno, sí. Bueno, lo era. Se ha retirado.

Jonathan, el mayor, se había unido al ejército y había servido en Irak hasta que se retiró porque, según la explicación oficial, su esposa había insistido en que lo hiciera. Su segundo hermano, Kyle, era abogado. Daniel, el tercero, era un artista en apuros que pasaba de un trabajo al siguiente y había sido una gran desilusión para su padre.

—¿Ah, sí?

—Bueno, mi padre esperaba que su primer hijo siguiera sus pasos. Pero, si te soy sincera, creo que Jonathan nunca se vio teniendo una carrera militar como mi padre.

—¿Tu padre es un jefe militar?

—Sí, era algo por el estilo. Ha muerto.

Su padre había muerto de un paro cardíaco hacía dos años. Había sido comandante de las Fuerzas Armadas de los Estados Unidos, un hombre orgulloso que valoraba la disciplina y las reglas por sobre todas las cosas. Veía futuros muy claros para cada uno de sus hijos. Sus hijos podían dedicarse al ejército, las leyes o la medicina. Su hija podía ejercer la docencia o quedarse en casa para criar a su familia.

Si su padre hubiera sabido que su madre había alentado el espíritu independiente y aventurero en Amber, lo hubiera pensado mejor antes de permitirle ir a acampar con las niñas exploradoras o asistir a las fiestas de la secundaria.

Cuando se unió al ejército, Amber creyó que había matado a dos pájaros de un tiro, pues no solo viajaría, sino que también impresionaría a su padre.

Nada de eso resultó así. Terminó varada en Afganistán durante todo su servicio. Y su padre nunca había dejado de pensar que era débil.

—Lamento oírlo, muchacha —sostuvo Owen.

—Gracias.

—Pero tú también sabes de batallas, ¿no? Lo que vi en Inverlochy... Nunca antes vi a nadie luchar de ese modo.

Amber no pudo evitar sentir que la sangre se le subía a las mejillas. ¡No podía ser! Se estaba sonrojando. Detestaba reaccionar de esas formas tan emotivas ante Owen.

—Sí, he visto una buena dosis de combates, pero no son iguales a las batallas de aquí.

—Ya lo creo. ¿Dónde aprendiste a luchar así?

El ardor en el rostro se intensificó. De seguro no era adoración lo que oyó en su voz, ¿verdad? Y estaba descartado que ese dejo de adoración la hacía sonrojar como una virgen, ¿no?

—En casa —respondió—. No es nada extraño, simple entrenamiento militar.

Eso no era del todo cierto. Como le gustaba el kung-fu, había tomado clases por cuenta propia. El entrenamiento militar estándar no abarcaba las artes marciales. El kung-fu le brindaba más fuerza y poder, y le encantaba lo grácil que era. Cada vez que tenía que utilizar un arma, se retorcía por dentro. Las artes marciales eran una forma peligrosa de luchar, pero era mucho más elegante.

—Me gustaría aprender uno o dos trucos —le aseguró Owen.

Abrió la boca para decirle que no eran trucos, y que aprenderlos le llevaría mucho tiempo, pero oyó la puerta de entrada a las mazmorras y los pasos pesados de varios hombres que se acercaban cada vez más.

Owen se incorporó de un salto. Tenía los ojos oscuros y afilados. Con el estómago revuelto, ella también se puso de pie.

Tres centinelas con antorchas en las manos se detuvieron delante de la celda. La luz les dañaba los ojos. Uno de los soldados estiró la mano para abrir el candado y la puerta de la celda. Owen avanzó hacia Amber y se colocó entre ella y el centinela.

—Muévete, escocés —ordenó el soldado—. *Sir* de Bourgh está esperando a tu esposa.

CAPÍTULO 7

LA PUERTA se cerró de un golpe a espaldas de Amber, y los centinelas se quedaron del otro lado.

Temblorosa, soltó el aliento y observó lo que la rodeaba. Se encontraba en otro calabozo, no muy distinto del que compartía con Owen, con paredes anchas de piedra maciza y un cielorraso con forma de domo.

En el medio, había una gran mesa con manchas oscuras que la hicieron pensar en sangre. *Sir* de Bourgh estaba sentado a la mesa y sostenía una presa de pollo en la mano. Masticaba sin apartarle la mirada, y su piel tersa reflejaba el fuego que crepitaba en el enorme hogar.

Parado a su lado, había un hombre alto y delgado. A Amber le recordó a un *spaghetti* sin cocer. Tenía unas profundas arrugas alrededor de la boca y en la frente que le daban una expresión triste al rostro, como si supiera el día en que Amber iba a morir y no estuviera contento con la noticia.

Sintió un escalofrío a pesar de que la habitación estaba mucho más cálida que el calabozo en el que los habían encerrado. El estremecimiento se convirtió en una ola gélida cuando miró la pared.

De ella colgaba una variedad de instrumentos: pesadas

esposas de hierro para las manos y los pies unidas por una vara de hierro, pinches puntiagudos, látigos, cuchillos y hachas enormes, algo que parecía una trampa para osos y otras herramientas que hicieron que se le congelara la sangre en las venas.

Por encima de la mesa, colgaba un cilindro gigante con ganchos y cadenas que caían hasta el piso. Al lado del hogar, había una silla con las mismas manchas oscuras que cubrían la mesa.

Se encontraba en una cámara de tortura.

Se le secó la boca como un desierto. Una ola de horror le causó un estremecimiento en la columna vertebral. De haber estado hidratada, la piel se le habría cubierto de sudor. En lugar de ello, la cabeza le dolía como si se la hubieran golpeado con un gran martillo.

Una vez participó en el rescate de un periodista al que habían tomado de rehén en Afganistán. Al hombre le habían deformado el rostro a golpes, le habían roto las costillas y le habían quemado las manos y los pies. Eso era lo más cerca que había estado de la tortura.

¿Acaso lo viviría en carne propia? ¿Y por qué diantres Sìneag la había enviado allí para terminar delante de ese psicópata?

De Bourgh mordisqueó el hueso del pollo y se limpió los labios. La grasa le chorreó por las palmas. A pesar de que estaba famélica, el aroma a comida en el ambiente hizo que se le retorciera el estómago.

—La invitaría a cenar conmigo —comenzó de Bourgh y señaló la silla que había a su lado y la copa y el plato vacío frente a ella—, pero sería más prudente que no coma ni beba nada. Todo depende de lo que decida.

Amber se tragó un nudo doloroso. El miedo se le asentó en la boca del estómago, pero elevó el mentón.

—¿Lo que decida acerca de qué?

—Me puede decir todo lo que quiero saber acerca de Roberto y su ejército mientras disfruta de la cena y un vino excelente. O puedo utilizar algunos de estos objetos... —señaló alrededor de la cámara— para extraerle las palabras.

El rostro de Amber perdió el color. Necesitaba salir de allí.

—No sé nada.

De Bourgh la estudió con sus penetrantes ojos afilados durante unos segundos, y luego asintió con la cabeza y tomó otra pata de pollo.

—Supongo que ha escogido entonces.

Amber podía luchar para escapar. Owen tenía razón: ninguno de ellos sabía kung-fu ni nada similar. Si de Bourgh o el otro sujeto se le acercaba, su cuerpo sabría qué hacer. Bajo ningún concepto permitiría que le pusieran un dedo encima.

De Bourgh hizo un ademán, y el rostro delgado del hombre se tornó más triste. Las comisuras de sus ojos se hundieron, y las cejas se le unieron como un tejado pronunciado.

Avanzó hasta Amber, y ella flexionó las rodillas para adoptar una postura de pelea. El verdugo, que era el nombre que le había dado en su mente, estiró una mano para sujetarla del hombro. Amber le tomó la muñeca, se posicionó a sus espaldas y le jaló del brazo hacia su cuerpo al tiempo que se lo doblaba. Cuando el hombre gruñó, ella se arrodilló y usó todo el cuerpo para hacerlo caer. Él jadeó, pero permaneció en silencio.

Amber miró a de Bourgh, quien la estudiaba con una expresión de sorpresa y entretenimiento sin dejar de masticar.

—Si no me sueltas, le rompo el brazo —le advirtió.

—Qué truco más astuto —señaló de Bourgh—. Bien hecho.

¿Por qué no estaba más preocupado? De pronto, sintió algo afilado contra el estómago y se le congeló la piel.

—Me temo que no puedo permitir que haga eso, *milady* —gruñó el verdugo—. Si no me suelta, me veré obligado a desparramar sus entrañas por el suelo.

A pesar del dolor, a pesar de la posición imposible en la que se hallaba, el hombre se las había ingeniado para utilizar la mano libre para tomar su daga. Era probable que el tener brazos largos le hubiera permitido llegar al estómago de

Amber, quien, a pesar de haber entrenado durante mucho tiempo, solo había utilizado las técnicas del kung-fu para defenderse en una o dos ocasiones. Este hombre era distinto. ¿Acaso no sentía dolor? ¿No le temía como cualquier ser humano normal?

La afilada punta del cuchillo se le hundió más en la piel.

—Suéltelo, señora Cambel. —De Bourgh arrojó el hueso del pollo sobre el plato y se limpió las manos—. La matará sin dudarlo. Y valoro más su brazo que su vida.

Amber gruñó y soltó el brazo del verdugo. El hombre se incorporó despacio y la observó con lástima. Ella también se puso de pie, furiosa con él y consigo misma por no tener otro plan.

De Bourgh recorrió la mesa y se detuvo a su lado. Era un hombre de estatura baja, más bajo que ella, y, al lado del verdugo, parecían un balón y un palo de golf.

—¿Dónde ha aprendido eso? —le preguntó de Bourgh.

—No es asunto tuyo.

—Humm. —Lentamente, la recorrió con la mirada—. ¿Y de dónde vienen esas prendas tan extrañas? Está vestida como un hombre con esos pantalones, pero parecen medias. Y esta túnica... —Estiró la mano y tomó el cuello de la chaqueta de cuero entre el pulgar y el dedo índice. Amber dio un paso hacia atrás—. Cuero. Humm. Nunca había visto una costura tan buena.

La miró a los ojos.

—Me parece muy extraña, querida.

—Exacto. No soy de aquí. No sé nada de Roberto. Estás perdiendo el tiempo conmigo.

—No, no es de aquí. Ya lo creo. Tiene la tez morena, prendas extrañas y un acento muy peculiar. Entonces, ¿de dónde es?

—De muy lejos. No te das una idea cuán lejos.

—Así que volvemos a ser evasivos, ¿eh? Veamos si Jerold Baker la persuade para abrirse un poco.

El verdugo la tomó del codo y le apuntó la daga al riñón. Con las piernas tan débiles como dos tallarines, Amber soltó un juramento. ¿Debería mentir? ¿Debería decirle algo acerca de Roberto, cualquier tipo de disparate para que se detuviera?

—Espero que se dé cuenta de que la evasión le juega en contra —comentó de Bourgh—. No confío en usted, sé que esconde algo. Algo importante, algo que me podría interesar. Algo que descubriré tarde o temprano.

El verdugo la llevó al mástil gigante que se erguía en medio de la cámara. Cuando le colocó las manos en los grilletes de hierro pegados al mástil, Amber sintió un estremecimiento en las entrañas.

«Al diablo con esto».

Jaló la muñeca antes de que pudiera cerrar los grilletes y le asestó un golpe en la nariz. Un hueso se rompió y le cayó sangre de las fosas nasales. El hombre gruñó, pero se las ingenió para apuntarle el cuchillo al cuello con una mano y le agarró la muñeca con fuerza con la otra.

—Mi profesión me ha enseñado a tolerar el dolor —le advirtió con calma—. Es inútil que luche. No me vencerá.

Era un agente de la Muerte: pálido, triste y sereno.

—Oh, no te creo —repuso—. Todo el mundo le teme al dolor.

—En especial, usted —señaló el verdugo.

Apartó la daga, pero antes de que pudiera actuar para liberarse, estuvo esposada. El hierro frío le perforó la piel.

Una sensación de furia e impotencia la arrasó como una fiebre alta.

—Suéltame. —Intentó jalar para liberarse, pero, por supuesto, fue en vano. Jerold Baker tomó la otra mano con una fuerza de acero y la colocó en el otro grillete.

Ahora se hallaba de pie dándole la espalda a de Bourgh, indefensa y expuesta a pesar de estar vestida. Casi podía sentir las afiladas herramientas de tortura en la piel, desgarrándole los huesos.

¿Lograría sobrevivir a eso? ¿O moriría por las heridas o por una infección pronto?

No había hecho nada para merecer eso. Era de lo más injusto. Y todo era su culpa. Nunca debió haber ido con Owen. Debería haber regresado a su época y confrontar al comandante Jackson. Debería haber creído que encontraría el modo de limpiar su nombre. Al menos en el siglo XXI, nadie intentaría torturarla.

Las lágrimas le ardieron en los ojos y le nublaron la vista, pero se prohibió llorar. No les daría la satisfacción de verla así.

De Bourgh se acercó y se detuvo frente a ella.

—Mi rey, Eduardo II, me ha encargado la tarea de restaurar la posición de Inglaterra en Escocia. De debilitar a Roberto. Y creo que usted y su esposo son piezas clave para lograrlo.

Se dirigió a la pared y tomó un instrumento que parecía una pinza gigante con los bordes doblados. En los laterales, tenía dos garras largas y afiladas como una horqueta.

—Esto es un desgarrador de senos —comentó de Bourgh, y el suelo tembló bajo los pies de Amber—. Detestaría mutilar a una mujer tan hermosa como usted.

—Por favor... —La palabra se le escapó antes de que pudiera detenerse.

—Humm. —Satisfecho, de Bourgh se rio entre dientes.

—Owen no estaría feliz, aunque su felicidad no me importa en lo más mínimo. Quizás podamos usar esto. —Se detuvo al lado de una silla—. Esto le freiría los pies despacio. Jerold Baker conoce esta herramienta muy bien. Es muy efectiva para lograr que la gente brinde respuestas a preguntas que antes no quería responder. —Tomó un escudo de madera grueso y lo colocó entre el hogar y la silla—. Cuando la piel comienza a quemarse, Jerold Baker coloca el escudo entre las suelas y el fuego. La promesa del dulce alivio suele ser suficiente para que cualquiera comience a hablar, incluso si me han asegurado que no sabían nada. Como usted.

Amber cerró los ojos. Una capa de sudor le cubrió la piel y la empapó. Casi podía oler la carne chamuscada. Ese tipo de quemadura le atravesaría la piel hasta llegar a los huesos. Bien podría ser que nunca volviera a caminar.

—Por favor —suplicó—. Estás perdiendo el tiempo conmigo. No sé nada acerca de Roberto.

No notó las lágrimas hasta que una le rodó por el labio, se le metió en la boca y la sintió salada en la lengua.

—Me encantaría liberarla, señora Cambel. Detestaría castigar a una mujer tan hermosa como usted. Es un misterio, completamente distinta a cualquier persona que haya conocido en mi vida. Pero no puedo fracasar. El rey me devolverá las tierras del sur y el título si logro tener éxito. De lo contrario, mis hijas no tendrán ninguna dote, y mi hijo no tendrá nada que heredar.

Dejó el escudo y se acercó con una expresión de piedad en el rostro.

—Por última vez, ¿va a hablar? ¿Va a responder mis preguntas?

Amber exhaló. Si su vida estaba por acabar, bien podría llegar al final con la frente en alto. Había tenido una buena vida. Había vivido de forma honesta y siempre había intentado obrar bien. Había conocido el amor y había conocido a un atractivo guerrero que le había hecho sentir cosas que no había experimentado en mucho tiempo. Quizás en toda su vida. Por todos los cielos, hasta había viajado en el tiempo. ¿Cuántas personas podrían alardear sobre eso?

—Vete al diablo —susurró.

De Bourgh asintió despacio y suspiró.

—No me deja otra opción. Jerold, quítale el abrigo y la túnica.

Amber cerró los ojos. Sintió que se le sonrojaban las mejillas y le ardían mientras Jerold Baker le cortaba la chaqueta de cuero y la camiseta y se las arrancaba del cuerpo. Sintió unas fuertes punzadas en la piel desnuda cuando quedó expuesta al aire de la cámara. En el torso, solo llevaba puesto el sostén.

La habitación permaneció en silencio. Cuando abrió los ojos, vio a los dos hombres con la mirada fija en el sostén y unas expresiones anonadadas.

—¿Eso también, señor? —preguntó Jerold Baker.

—¿Qué es eso? —preguntó de Bourgh.

—¿Acaso importa? —respondió Amber.

—No —repuso de Bourgh—. Quítaselo también.

Con una especie de tijeras gigantes, Jerold Baker le cortó el sostén, que cayó al suelo.

Amber sintió un estremecimiento. ¿Ahora perdería los pechos?

—Azótala —ordenó de Bourgh.

Azotes...

«Maldición».

Si no se desangraba hasta morir, la mataría una infección. Deseaba saber algo acerca de Roberto para poder intercambiar su vida por información.

Con el estómago retorcido, observó a Jerold Baker acercarse a la pared con herramientas de tortura y tomar un látigo. Era como una serpiente adjunta a un gran palo. A Amber le tembló todo el cuerpo, y se le entrecortó la respiración. Miró a Jerold Baker a los ojos antes de que este se colocara a sus espaldas con la misma expresión de tristeza de antes.

—Van a pagar por esto —les advirtió—. No sé cómo, y no sé cuándo, pero van a pagar por esto.

De alguna manera, sabía que, si sobrevivía a eso, Owen no se los dejaría pasar. A pesar de que él no era nadie para ella, ni ella para él, algo le decía que no se lo tomaría a la ligera.

—Ya lo veremos. Comienza —ordenó de Bourgh.

Oyó que el eco de un chasquido a sus espaldas cortaba el aire antes de sentir un dolor febril en la espalda desnuda. Gruñó y se hundió por el impacto, pero antes de que pudiera recuperarse y tomar una bocanada de aire, la desgarró otro latigazo. En esta ocasión, no pudo contener un grito.

Los golpes descendieron sobre ella uno detrás del otro, y pronto lo único que existió fue un dolor profundo y devastador.

CAPÍTULO 8

LA PUERTA de las mazmorras chirrió y emitió un ruido sordo en algún punto de la oscuridad. Owen se incorporó de un salto y se apoyó contra los barrotes de hierro. Una antorcha iluminó la pared, seguida de otra. Unos pasos pesados resonaban contra el piso de piedra al tiempo que las dos antorchas se aproximaban. El otro habitante de las mazmorras se quejó en su celda, cerca de la salida.

—Comida. Agua. Por favor —suplicó.

A Owen también le hizo ruido el estómago. Tenía los labios secos y le dolía la cabeza. No se acordaba cuándo había sido la última vez que había bebido una gota de agua. No sabía qué hora del día era. ¿Ya era el día siguiente? ¿O seguían en el mismo día interminable?

Su mayor preocupación era Amber. El estómago le había dado un vuelco, y el comportamiento sereno y tranquilo había desaparecido en cuanto se la llevaron. Cada momento que pasaba lejos de ella era una agonía.

¿Qué le estaba haciendo de Bourgh? Si le tocaba tan solo un mechón de cabello, le haría desear nunca haber nacido.

Se concentró en la oscuridad hasta que le dolieron los ojos, pero no pudo discernir nada más allá de la luz de las dos antorchas en toda la negrura.

—¿Amber? —la llamó—. ¿Eres tú?

—Cierra el pico —respondió una voz masculina.

Owen se aferró a los barrotes de hierro hasta que se le adormecieron los dedos. Cuando por fin se acercaron lo suficiente, pudo ver a un hombre que marchaba con dos antorchas y detrás de él...

Se le paralizó el corazón.

Dos hombres cargaban el cuerpo inmóvil de Amber.

—¡Amber! —la llamó, pero ella no se movió. Una especie de abrigo le cubría los hombros.

—No te puede oír. —El hombre que llevaba las antorchas abrió la puerta de la celda.

Los otros la cargaron al interior arrastrando sus pies por el suelo. La colocaron boca abajo en el banco que había contra la pared en la esquina más oscura de la celda.

—No la pongas de espaldas. —El centinela le dio una antorcha a Owen.

Tras eso, los tres hombres se marcharon. Owen no quitó los ojos abiertos de par en par del cuerpo inerte de Amber.

«Jesús, María y José, por favor, que esté viva».

No se perdonaría si ella muriera. A donde fuera que iba, los problemas y las tragedias lo seguían. La enemistad con los MacDougall, las muertes de su abuelo y de Lachlan, las desgracias que había vivido Marjorie, la esclavitud de Ian...

Aun cuando era un niño, siempre se las había ingeniado para complicar las cosas. Como cuando los MacKinnon fueron de visita a Glenkeld. Owen le había rogado a su padre que lo dejara ir a cazar con los hombres; a sus diez años, era un buen tirador. Sin embargo, su padre apenas le había prestado atención a la súplica, pues había estado ocupado hablando con sus invitados.

En consecuencia, un malhumorado Owen había alimentado a los sabuesos tan bien esa mañana, que se encontraban fatigados y no estaban interesados en cazar. Luego, un jabalí enfadado casi ataca al jefe de los MacKinnon. Por fortuna, la excelente puntería del padre de Owen le salvó la vida.

Más tarde, cuando su padre comprendió quién era responsable de la travesura, lo azotó con un látigo suave que, si bien no le había atravesado la piel, le había dolido igual. Por desgracia, eso no le había enseñado a comportarse. Solo le había enseñado el modo de conseguir la atención de su padre.

Owen no podía arruinar eso. No cuando la vida de una mujer inocente estaba en juego. En especial, si la mujer era Amber. Colocó la antorcha en un candelero en la pared sobre el banco y se arrodilló al lado de ella. A la luz del fuego, podía ver que su espalda se elevaba y descendía en movimientos lentos y apenas perceptibles. Estaba pálida, pero se veía en calma. No le habían golpeado el rostro.

Con cuidado, le levantó el abrigo del hombro. Estaba desnuda. De Bourgh la había desnudado. ¿Qué más le había hecho? Un estremecimiento doloroso lo recorrió, seguido de una ola cálida de furia.

«Maldito bastardo... Oh, ya lo pagará. Si tiene tan solo un moretón...».

Levantó el abrigo un poco más y vio el primer corte. Era una línea roja y ancha. La piel del medio estaba desgarrada, y la herida sangraba.

—Oh, muchacha —susurró. Cerró los puños hasta que se le clavaron las uñas en las palmas.

Le descubrió la espalda por completo y vio al menos una docena de cortes largos que sangraban.

—Por todos los cielos —musitó horrorizado.

Tenía que curarle las heridas. Ese tipo de cortes podría resultar mortal. Le podría dar fiebre, en especial en esa celda sucia y mohosa. Pero no tenía nada, ni siquiera un trapo limpio para cubrirle los cortes. ¿Y dónde estaban sus prendas? Necesitaba entrar en calor para mantenerse viva.

Owen la volvió a cubrir y se puso de pie. Se pasó los dedos por el cabello y miró alrededor con la esperanza de encontrar algo que pudiera ayudarlo. Como todos los guerreros sabían cómo tratar heridas y cortes, estaba listo para ayudarla. A pesar de eso, lo único que tenía cerca era suciedad, piedras y polvo.

Se volvió a arrodillar y le sintió el pulso en el cuello. Era débil, pero allí estaba. ¿Acaso se había desmayado del dolor? Recibir una docena de latigazos sería duro para un hombre saludable, y por más que se viera fuerte, era una mujer. Además, los días que habían pasado en la carretera la habían debilitado.

Tenía que hablar con el centinela. O rogarle a de Bourgh que la llevara ante un curandero. Podía hacer un trato: intercambiar información de valor o incluso falsa para que Amber se recuperara. De Bourgh había sido muy astuto al comenzar la tortura con ella y no con él. No soportaba verla sufrir.

La puerta de las mazmorras chirrió al abrirse otra vez, y Owen salió disparado hacia los barrotes.

—Ayuda, por favor —le rogó a quien fuera que se acercara con una antorcha—. Necesita a un curandero.

La persona se detuvo ante el otro prisionero. Owen oyó un sonido metálico seguido de un líquido que se vertía en un cuenco, y luego los ruidos de un hombre famélico devorando la comida. A continuación, la luz avanzó hacia él.

En breve, pudo ver los rasgos del centinela. Era un hombre de baja estatura y encorvado, con la espalda torcida. Parecía tener unos cincuenta años y llevaba puesto un sencillo gorro sobre la cabeza calva. Tenía una nariz grande, un mentón que sobresalía y unos ojos pequeños y caídos que lo hacían parecer un sabueso.

No, ese hombre no era un centinela. Por lo que veía, iba desarmado. Debía ser un carcelero.

El hombre colocó la antorcha sobre el candelabro que había cerca de la celda y extrajo una gran bolsa de la espalda. Buscó una cantimplora y la arrojó al interior de la celda a través de la abertura entre los barrotes. Acto seguido, extrajo una hogaza de pan y también la arrojó a la celda. Aterrizó en el suelo, en la tierra, pero a Owen se le hizo agua la boca al verla.

No, tenía cosas más importantes en las que pensar.

—Por favor, ayúdame —le pidió—. Mi esposa está malherida. Morirá si no recibe tratamiento. ¿Me puedes llevar ante de Bourgh? ¿O buscar a un curandero?

El hombre lo miró con intensidad y frunció el ceño.

—¿De dónde eres, muchacho? —le preguntó con un acento de las Tierras Altas mucho más pronunciado que el de él.

—De Argyll, de Loch Awe.

—¿Eres un Cambel?

—Sí, soy Owen Cambel.

El hombre gruñó. Echó un vistazo sobre el hombro hacia la oscuridad por la que había venido.

—Me llamo Muireach —se presentó—. Vengo de Kintail.

Sintió un dejo de esperanza en el pecho.

—Kintail queda en las tierras de los Mackenzie —señaló.

—Sí.

Tragó con dificultad. ¿De qué lado estaba Muireach? Al principio de la guerra, los *sassenachs* les habían quitado el castillo de Stirling a los escoceses, de modo que, si Muireach trabajaba en el castillo, podía estar del lado de los ingleses, como los MacDougall. Pero era un *highlander*. En el invierno de 1306 y 1307, Roberto había pasado bastante tiempo en el castillo de Eilean Donan, la sede del clan Mackenzie. ¿Era posible que Muireach aún apoyara la causa de Roberto? Debía proceder con mucha cautela.

—¿Eres un Mackenzie? —le preguntó.

—Sí, por parte de mi madre. Vine a Stirling de joven, pero soy *highlander* hasta la médula.

Owen buscó algún tic, algún cambio en su respiración o alguna señal que le indicara si Muireach mentía. No halló nada.

—A mi esposa y a mí nos tomaron de rehenes en Inverlochy —le contó—. De Bourgh intentó tomar el castillo del rey Roberto I de Escocia. La torturó. —Señaló a Amber, y Muireach miró hacia el punto de la celda en el que ella yacía—. Me temo que, si no recibe ayuda, morirá.

El hombre no respondió. De hecho, parecía tan indiferente que Owen comenzó a perder la esperanza.

—Debes tener cuidado de con quien hablas —le aconsejó finalmente.

Tosió, tomó la antorcha y se alejó.

—¡Aguarda! —lo llamó—. Por favor, ayúdala. Es inocente, no tiene nada que ver ni con Roberto ni con los ingleses. Mi familia te compensará si nos ayudas... ¡Muireach!

Pero el jorobado no se volvió, sino que apretó el paso. Owen se aferró a los barrotes de hierro y los sacudió. ¿Acaso le diría a de Bourgh que había intentado sobornarlo?

La puerta pesada de las mazmorras chirrió antes de cerrarse. Owen soltó una maldición y pateó la hogaza de pan, que rebotó contra la pared y se volvió a estrellar contra el piso. Al instante se arrepintió. Al fin y al cabo, era lo único que tenían para comer, y tanto él como Amber necesitaban fuerzas. Tomó el pan y le dio un mordisco. Estaba duro, rancio y sabía mohoso. Pero era comida.

Tomó la cantimplora y la olfateó. Era agua. Al darse cuenta lo sediento que estaba, se apresuró a beber. Le hubiera resultado fácil bebérsela toda, pero tenía que dejarle algo a Amber. En algún momento se despertaría, e iba a necesitar comida y bebida más que él para poder recuperarse. Diablos, iba a necesitar toda la ayuda posible.

Owen se sentó en el suelo a su lado. Con delicadeza, le acarició el cabello ondulado; era algo encrespado, pero suave al tacto. A continuación, le observó el rostro. Cielos, era muy hermosa. Tenía ojos grandes, apenas rasgados, con pestañas largas y encorvadas. Labios llenos que invitaban a besarlos, una boca ancha... Quería hacerla sonreír, quería ver cuán preciosa podía llegar a ser si sonreía. Tenía un cuello elegante que ansiaba besar.

—Por favor, vive —susurró—. Debes vivir.

—Ojalá estuviera muerta —repuso Amber con la voz ronca.

Owen se sentó erguido.

—¿Muchacha?

Vio que movía las pestañas y abría un ojo.

—Cielos —se quejó—. Tengo la espalda en llamas. ¿El malnacido me ha despellejado?

—No, pero yo lo despellejaré a él.

—No fue de Bourgh quien me azotó. Tiene a un hombre que lo hace.

—Entonces, los despellejaré a los dos.

—No recuerdo nada después de los primeros azotes. Creo que perdí la consciencia.

—Tienes una docena hasta donde puedo ver.

—¿Qué tan mal se ven?

Owen inhaló profundo.

—No tienen buena pinta, muchacha. Todos sangran. Y no tengo nada para ayudarte.

Amber cerró el ojo y tragó con dificultad.

—Maldita sea.

—Tengo pan y agua. Ten, intenta beber. —Owen le acercó la cantimplora a la boca y la inclinó. Amber bebió un poco y luego tosió.

—Cielos, daría un brazo por un ibuprofeno —comentó.

«¿Ibupro... qué?». Debía ser algo de su época. Pero no importaba ahora.

—Calla. Guarda las fuerzas y come. —Cortó un trozo de pan y se lo acercó a la boca. Amber movió un brazo bajo el abrigo, pero soltó un gruñido, se retorció de dolor y se quedó quieta. Luego mordió un poco de pan y lo masticó despacio.

—Sabe horrible —comentó con la boca llena.

—Sí. Cuando salgamos de aquí, te haré mi famoso estofado. Sabe un poco mejor que esto.

Una sonrisa débil le iluminó el rostro. Owen se olvidó de respirar al ver lo hermosa que era.

—Has dicho «cuando salgamos de aquí»... ¿Aún crees que lograremos escapar?

Aunque Owen no sabía qué creía, quería asegurarse de que

tuvieran esperanza. De lo contrario, nada tendría sentido.

—Sí —respondió—. Te prometo que saldremos de aquí.

La puerta de la mazmorra se volvió a abrir, y se oyó el sonido de unos pasos que se apresuraban por el pasillo. Owen frunció el ceño y miró en la oscuridad. No quería apartarse del lado de Amber por si regresaban por ella.

Sin embargo, quien se detuvo delante de los barrotes y miró a Amber era Muireach.

—La muchacha se ha despertado —señaló—. Sería mejor si siguiera dormida.

Pasó una bolsa de trapo por los barrotes y la dejó en el suelo con un sonido amortiguado. Owen se incorporó para ir a recogerla.

—¿Qué es esto? —le preguntó.

—Ponle el bálsamo en los cortes. La ayudará a sanar y la protegerá de la putrefacción. Hay una bebida para apaciguar el dolor. Que la beba primero. Ponle el bálsamo cuando esté dormida, de lo contrario gritará, y vendrán los centinelas. También hay una aguja de hueso e hilo de sutura por si necesita que la cosas. Que beba más si lo haces, sino se despertará del dolor. Tienen carne de cordero hervida y un *bannock* para que recuperen la fuerza. La van a necesitar.

Owen se acercó a los barrotes. Estaba a punto de besar al *highlander*.

—Gracias —le dijo—. De un *highlander* a otro, gracias.

Muireach vaciló.

—Los dos sabemos quién es el verdadero rey. No es Eduardo I, ni tampoco su hijo. No puedo hacer mucho desde Stirling, pero puedo ayudar a un compatriota. Ya es hora de que los ingleses se vayan de nuestras tierras. Y con Dios de testigo, los ayudaré a escapar o moriré intentándolo.

Owen miró a Amber y la vio sonreír.

—Te dije que saldríamos de aquí —le repitió.

—Pero antes —siguió Muireach— debes asegurarte de que ella no muera.

CAPÍTULO 9

AMBER PARPADEÓ EN LAS TINIEBLAS. Algo le molestaba; era una sensación en la espalda. No se trataba de un dolor punzante, más bien uno distante. Tenía frío. La cabeza le pesaba una tonelada, y no podía sentir el cuerpo. Con la vista nublada en la oscuridad, notó a alguien arrodillado a su lado.

Movió la cabeza para mirarlo mejor, pero el movimiento le hizo sentir agonía en la espalda.

Owen. Con el nombre, regresaron los recuerdos. Había viajado en el tiempo. La habían capturado los ingleses. La habían azotado.

Gruñó al recordar la sensación de la piel desgarrada y el ardor que le quemaba la piel.

—¿Muchacha? —la llamó Owen—. ¿Te duele?

—Un poco.

—¿Puedes aguantar un poco más? Ya casi termino.

—¿Qué haces?

—Te estoy cosiendo las heridas.

—Oh. —Al oír la palabra «cosiendo», sintió una ola de adrenalina que le intensificó todas las sensaciones. Era como si unas agujas al rojo vivo la perforaran en todos lados—. ¿Queda algo de la poción mágica de Muireach? Me dejó inconsciente.

—No, me temo que no.

Amber inspiró hondo.

—De acuerdo. Estaré bien. Hazlo rápido.

—Sí, no te muevas.

Sintió un fuerte jalón en la espalda e inspiró hondo.

—Ya falta poco.

Otro aguijón, más fuerte que el anterior.

—Oh, por todos los... —Se mordió el dedo.

—Cuéntame algo de ti —sugirió Owen—. Para distraerte. Algo bueno.

¿Algo bueno? ¿Qué tenía para contar que fuera bueno y positivo? Una cosa buena era su madre, que había sido la mujer más fuerte y amable que había conocido. Había muerto de cáncer hacía varios años, y, luego de su fallecimiento, su padre obstinado había perdido la esperanza en la vida.

—El pollo frito de mi mamá —repuso Amber—. Era exquisito.

Owen se rio entre dientes.

—El pollo frito suena delicioso. ¿Lo hacía tu mamá? ¿No tenían cocinero?

Oh, diantres. Se había olvidado que debía pretender que era de esa época. Otra punzada la dejó sin aliento.

—Respira, Amber —le recordó—. Enfoca la respiración en los puntos de dolor.

Exhaló concentrada en el sitio de la espalda donde más le dolía. Para su sorpresa, el ejercicio le disolvió el dolor y la relajó, por lo que siguió inspirando y exhalando.

—No, no teníamos cocinero —respondió al tiempo que se arrepentía de decirle la verdad, pero era como si la lengua no pudiera dejar de moverse—. ¿Y tú?

—Sí, aunque no era muy bueno, teníamos uno. —Se rio—. Y me detestaba.

Sintió otro pinchazo, seguido de un jalón.

—¡Ay! —exhaló—. ¿Cómo dices? ¿Cómo podría alguien detestar a un angelito como tú?

Owen se volvió a reír.

—La anécdota incluye a su hija, la fogata de la noche de la celebración del verano y un gran arbusto de frambuesas.

Ella negó con la cabeza.

—Eres todo un mujeriego, ¿no? Lo sabía.

No debería acusarlo de ese modo, pero era como si su filtro se hubiera tomado vacaciones. Quizás la pócima de Muireach era un suero de la verdad.

—No te preocupes, muchacha. Solo fue un beso. Yo tenía catorce años, y ella era más joven.

Por suerte, no se había ofendido, y Amber se sintió aliviada de que no fuera una anécdota acerca de una conquista. Algo oscuro se le retorció en el interior al imaginárselo con otras mujeres.

Owen escogió ese momento para volver a clavarle la aguja, pero el dolor fue más débil.

—Tengo una idea —dijo Amber—. Juguemos a algo. Dos verdades y una mentira. ¿Conoces el juego?

—No. ¿Estás segura de que puedes jugar, muchacha?

—Creo que tengo que hacerlo.

—Está bien, de acuerdo, ¿cómo es el juego?

—Te cuento dos cosas de mí que son ciertas y una que no lo es, y tú debes adivinar cuál es la mentira.

Owen se aclaró la garganta.

—¿Ese es el tipo de juegos que juegas en tu hogar?

A Amber se le comenzó a despejar la cabeza y, como consecuencia, sintió más dolor en la espalda. También se dio cuenta de que estaba desnuda por completo de la cintura para arriba. ¿Cuánto habría visto de sus senos? La pregunta hizo que se le ruborizaran las mejillas.

—Sí —respondió—. Así es.

¿Se le había pasado el efecto de la poción? ¿Podría pensar en una mentira?

—Muy bien, juguemos a ese juego de mentiras y verdades.

—*Okey*, comenzaré yo.

Ya se estaba arrepintiendo del juego que había escogido. Ya le había contado lo mínimo e indispensable acerca de su vida y había escondido la verdad más significativa: que venía del futuro. Para lo que seguía, debía ser lo menos específica posible.

—Me gustan las manzanas —comenzó—. Detesto las comedias románticas. Y me quiero casar.

¡Oh! Sí que podía mentirle. Eso era bueno considerando que había tenido sus dudas. Owen no se movió durante un instante, pero sentía sus ojos en la cabeza como si fueran carbones ardientes.

—¿Qué son las comedias románticas? —le preguntó.

«Oh, diantres».

—Es como una obra de teatro. Una historia de amor que es divertida —dijo, y agregó en voz baja—: y llena de clichés.

—¿Qué has dicho?

—Nada. ¿Cuál es mentira?

—¿Por qué no te quieres casar? —Lo sintió atravesarle la piel y la carne. Inspiró hondo y exhaló suave a través del dolor.

—¿Cómo adivinaste?

—No te imagino disfrutando una obra divertida acerca del amor, y ¿a quién no le gustan las manzanas?

Movió la cabeza para mirarlo. Su perfil estaba concentrado. Tenía los labios bien apretados en medio de la barba, las fosas nasales dilatadas y las cejas unidas. A pesar del dolor y el temor a que le diera una infección, el hecho de que ese hombre atractivo y fornido estuviera tan cerca de su cuerpo, hizo que se le acelerara la sangre y se le ruborizara el rostro.

—Te he dicho que no te muevas, muchacha. —Había un dejo de frustración en su voz.

—Eres muy mandón. —Volvió a mover la cabeza y la apoyó contra la mano.

—Y entonces, ¿por qué no te quieres casar? —le preguntó y le volvió a dar una puntada.

Amber no estaba lista para el dolor.

—¡Ay! —gritó.

El prisionero en la última celda también gritó.

Owen le tomó la mano libre y le acercó el rostro.

—Respira, muchacha —le dijo con suavidad y firmeza. Sus atractivos ojos verdes estaban frente a ella y la miraban con preocupación. Un mechón de cabello rubio le cayó sobre la frente.

Amber inhaló y exhaló despacio.

—Por favor, dime que ya casi has terminado.

—Una puntada más y termino. Dime por qué no te quieres casar. Mi hermana Marjorie tampoco quería casarse. ¿Alguien abusó de ti? —Al pronunciar las últimas palabras, se le sobresaltó la voz.

Luego de comenzar a trabajar con el comandante Jackson, Bryan había estado más enfadado e irritable, e incluso se había vuelto cada vez más dominante en la cama. La gota que colmó el vaso había sido la ocasión en la que la ató con cinta gaffer y le dio nalgadas. La había golpeado con tanta fuerza que no había podido respirar y había derramado unas lágrimas. No obstante, se detuvo cuando ella se lo pidió, y ella había accedido a eso. ¿Era abuso después de todo?

—Nadie abusó de mí —le aseguró—. Pero digamos que hay cosas en mi pasado con las que no quisiera que nadie tuviera que lidiar.

No se podía imaginar confiar en alguien lo suficiente como para casarse. Y, en el caso improbable de que existiera un hombre que no intentara controlarla o culparla por todos sus defectos y problemas, ¿cómo podría unir su vida a la de alguien y tener hijos cuando la podían llevar a prisión o sentenciarla a muerte en cualquier momento?

Owen se aclaró la garganta.

—Cosas en tu vida —repitió.

¿Acaso se atrevía a juzgarla?

—Sí, cosas en mi vida —dijo—. Cosas de las que no tienes ni idea.

—Sí, no tengo idea porque no me las cuentas.

Le volvió a introducir la aguja, y Amber sintió cada instante del dolor desgarrador.

—Aaah —sofocó un grito contra la palma de la mano.

Owen se apresuró a terminar, la cubrió con el abrigo y se sentó en el suelo a su lado con las piernas cruzadas.

—Ya está —le dijo—. Ahora me toca a mí.

Amber exhaló. No tenía energía para seguir jugando, pero necesitaba distraerse de las heridas que le palpitaban y le ardían en la espalda.

—De acuerdo, campeón. ¡Te toca!

Él la miró con intensidad.

—Una vez la tuve dura durante un día entero. Le disparé a una ardilla en el ojo. Y tú has nacido en mi época.

Al principio, no asimiló sus palabras.

—¿Cuál es la última? —le preguntó.

—Que tú has nacido en mi época. ¿Cuál es mentira?

Bueno, la buena noticia era que ya no sentía el dolor. Siguiendo un instinto, movió los brazos para incorporarse e intentar sentarse, pero sintió como si los puntos estuvieran a punto de explotar.

Owen la fulminó con la mirada.

—Te he dicho que no te muevas.

—¿Lo sabes? —le preguntó en un susurro.

—¿Que vienes del futuro? Sí, lo sé.

¿Acaso la poción de Muireach le había hecho perder la razón? ¿Provocaría alucinaciones? Ella había aceptado la idea de haber viajado en el tiempo, pero oírlo de él como si fuera lo más normal del mundo... En Afganistán, una vez una bomba había explotado al lado del Humvee en el que se encontraba. La culata del arma la había golpeado en el plexo solar, y le había quitado la respiración durante unos instantes. Tampoco había podido oír nada más allá de un silbido en los oídos. Así era como se sentía en ese momento.

—¿Cómo lo sabes?

—Tus prendas. Tu acento. Tus palabras. Tu manera de luchar. Todo acerca de ti. Me di cuenta desde el principio.

—Pero...

—Conozco a otras personas que han venido del futuro y he oído un acento como el tuyo. Es de los Estados Unidos de América, ¿no?

Sintió que la sangre le abandonaba el rostro y un hormigueo frío le recorría la piel.

—¿Has dicho «los Estados Unidos de América»?

—Sí, no tengo la libertad de decirte quiénes son esas personas porque no es mi secreto.

—Entonces, hay más...

—Sí, hay más.

¿Qué era eso? Esa realidad descabellada en la que los ciudadanos estadounidenses viajaban en el tiempo a una Escocia medieval. ¿Acaso esa era su vida ahora?

—¿Y a todos ellos los envió Sìneag? —le preguntó—. Dijo que es un hada de las Tierras Altas, y que le encanta unir a la gente a través del tiempo.

Owen se rio y negó con la cabeza.

—Las Tierras Altas están llenas de superstición y leyendas. Yo me crie con esas historias. Algunas personas ven hadas, *kelpies* y criaturas mágicas detrás de cada peñasco y árbol. Yo no. Si bien nunca oí hablar de un hada que una a las personas a través del tiempo, he oído historias de su mundo. Las hadas tienen una especie de reino que nosotros no podemos ver. Son invisibles ante nuestros ojos, a menos que quieran que las veamos y las oigamos. Pero eso es una leyenda.

Amber se mordió la mejilla.

—Al parecer, la leyenda cobró vida propia. ¿Qué me dices de la magia picta de la que me habló?

Owen se encogió de hombros.

—Los pictos eran celtas que vivieron aquí antes que nosotros, los escoceses. Es una civilización muy antigua, y solo he oído historias de ellos. Las historias de los druidas, de Beira, la diosa del invierno, y el gran héroe, Diarmid *el Jabalí*. Se dice que mi clan desciende de Diarmid. Supongo que los *highlanders* somos bastante extraños. Creemos en Dios, y no construimos una casa nueva sin plantar un serbal cerca de la entrada para que nos proteja de los espíritus malignos. Los novios no se casan a menos que sus novias lleven un ramo de brezo blanco. Las parteras abren todas las ventanas y las puertas de la casa durante el alumbramiento y no permiten que nadie se siente de piernas cruzadas.

Se puso de pie, caminó hasta los barrotes y se apoyó contra ellos.

—Así que, sí, te creo cuando dices que has conocido a un hada. Y creo que la antigua magia picta te hizo viajar en el tiempo. De modo que puedes dejar de fingir que vienes del califato.

Su voz estaba saturada de acusación.

¿De qué la acusaba? No tenía ni idea. Amber soltó un bufido.

—Entonces, ¿sugieres que le diga a todo el mundo que vengo del futuro?

—No, pero no entiendo por qué no utilizaste la piedra para regresar mientras estábamos en el castillo de Inverlochy. ¿Acaso no perteneces allí?

—Bueno, amigo, esa no es una opción.

—Ya no. —Owen señaló la celda—. Pero si hubieras regresado de inmediato, ahora no nos encontraríamos aquí.

—Increíble. ¿Aún me estás echando la culpa de todo?

Se había equivocado respecto a él. Nada de lo que él había hecho importaba: ni que le hubiera cosido las heridas, o que la hubiera cuidado, o que hubiera coqueteado con ella o que la hubiera mirado con deseo. Detrás de todo eso, era igual a todos los hombres que había conocido. Solo buscaba a un chivo expiatorio a quien culpar por sus defectos.

Y Amber siempre había sido la víctima perfecta.

Ese era el motivo por el que se encontraba en ese lío. Y había sido una tonta por no aprender de sus errores.

—Estoy cansada —concluyó.

El rostro de Owen registró culpa.

—No te echo la culpa de todo, muchacha —le aseguró—. Tú solo eres una bonita distracción y no debí haberme dejado engañar.

Se dio la vuelta y avanzó hasta el otro extremo de la celda.

«Qué bien», pensó Amber, «por fin ha dejado el interrogatorio».

Pero ¿por qué quería que se subiera al banco, se recostara a sus espaldas y la envolviera en sus brazos? ¿Por qué presentía que sus brazos eran el sitio más seguro sobre la tierra?

CAPÍTULO 10

DEBIERON HABER TRANSCURRIDO cinco días desde que azotaron a Amber hasta que Owen oyó los pesados ruidos de varios pasos sobre la escalera de las mazmorras. Se apresuró a guardar el bálsamo en la bolsa y a esconderla debajo del banco. Acto seguido, le arrojó el abrigo sobre la espalda a Amber y se puso de pie para enfrentarse a quien estuviera viniendo.

Durante los últimos días, o al menos durante lo que se sintió como días, había atendido las heridas de Amber que, por fortuna, se veían mucho mejor. La hinchazón y el enrojecimiento habían disminuido, y no había nada de pus. Muireach venía todos los días con comida, agua, más bálsamo, poción y trapos limpios.

Tres centinelas se detuvieron delante de la celda, y uno de ellos abrió la puerta.

—Ven con nosotros —le ordenó uno—. Ahora.

Owen dudó porque no quería dejar a Amber sola.

Ella abrió un ojo, pero aún se encontraba mareada por la poción.

—Ve, Owen —le aseguró—. Está bien, no me iré a ningún lado.

—No me preocupa que te vayas a algún lado —repuso. Sabía que Muireach la iba a cuidar. Le echó una última mirada y salió de la celda—. Bueno, muchachos, llévenme con el bastardo de su comandante.

Aunque ese comentario le hizo recibir un fuerte golpe en la cabeza, se rio. Avanzaron por el pasillo de las mazmorras y, cuando ingresaron en el vestíbulo, Owen vio a alguien alto y oscuro que bajaba por las escaleras.

—¿Owen Cambel? —preguntó una voz que extrañamente le resultó familiar.

Conocía esa voz... Miró por encima del hombro.

—Hamish...

Hamish se encontraba de pie delante de él, tan alto e imponente como siempre. Unas delgadas cicatrices de batalla le decoraban el rostro, y sus ojos negros eran ilegibles.

Genial, otro traidor. El panal de avispas aumentaba de tamaño.

—¿Qué sucede, muchachos? —preguntó Hamish.

—No lo sé —respondió uno de los centinelas—. *Sir* de Bourgh pidió que le llevemos al *highlander*. No pudo extraerle nada a su esposa, así que supongo que es el turno de esta porquería.

El rostro de Hamish registró confusión.

—Muévete. —El centinela empujó a Owen.

Hamish siguió a Owen con la mirada y frunció el ceño. Eso no era una buena señal. El año anterior, Hamish se había infiltrado entre las tropas de Inverlochy. Había fingido pertenecer al clan MacKinnon mientras en realidad espiaba para los MacDougall. El hombre era un demonio. Mantuvo su identidad en secreto durante varias semanas hasta que al final mató a Lachlan, un primo de Owen.

Si Hamish llegaba a descubrir que Muireach los estaba ayudando, tendrían problemas. También interferiría en el plan de escape. Debían tener mucha más cautela ahora.

Owen y los centinelas se dirigieron hacia el ala opuesta de las mazmorras. A lo largo del pasillo, había varias puertas pesadas. Se detuvieron delante de una, y uno de los soldados la abrió.

Era evidente que la cámara estaba hecha para la tortura. La imagen de Amber siendo azotada en ese mismo sitio le invadió la mente y le hizo sentir una dolorosa pesadez en el estómago. De seguro la ataron al poste gigante que se erguía en el medio de la sala y la azotaron con uno de los látigos que colgaban de la pared.

Había una mesa de tamaño considerable con pollo asado, pan, queso y manzanas. De Bourgh se hallaba de pie al lado del hogar y le daba la espalda mientras tocaba una melodía alegre con un flautín. Otro hombre, que podría ser el tal Jerold Baker del que Amber le había hablado, estaba sentado y afilaba un cuchillo largo al tiempo que zapateaba al ritmo de la canción.

Aplaudiendo y canturreando la melodía, Owen entró en la cámara. Los dos hombres elevaron la mirada hacia él, y la música se detuvo.

Owen se inclinó contra la mesa y arrancó una pata de pollo.

—Por favor, no se detengan por mí. He estado encerrado en la oscuridad por lo que se siente una vida entera. He echado de menos la música y la comida... —se sirvió cerveza de una jarra— y la bebida.

Se tragó la cerveza y gruñó con admiración.

—Tiene un excelente cocinero y muy buena cerveza, *sir* de Bourgh. —Se secó la boca con la manga de la camiseta.

De Bourgh arqueó una ceja y dejó el flautín a un lado.

—Por favor, disfrútala mientras puedas —dijo con un tono aterciopelado—. Te he traído aquí para ver si hablas más que tu esposa. Por cierto, ¿cómo se encuentra?

Tenía las agallas de preguntar por Amber luego de lo que le había hecho... Lo invadieron unas olas de furia hirviente. Apretó los puños para contenerse de tomar una de esas afiladas herramientas de tortura e insertársela a de Bourgh como un asador a un cerdo.

Era un buen comienzo. Había logrado desorientar al bastardo y descolocarlo en su propio juego. No podía permitirse perder la ventaja ahora.

«Respira», se recordó. «Respira».

—Sabes muy bien cómo se encuentra —respondió—. Y voy a hablar. ¿Por qué no hablaría cuando hay música, comida y bebida? Un buen lugar para dormir a salvo. Un techo sobre mi cabeza. ¿De qué podría quejarme?

Tomó la silla que se hallaba a la cabeza de la mesa, la que asumió que le pertenecía a de Bourgh. Cortó un trozo de pan y masticó. Humm, el bastardo tenía un buen cocinero. A de Bourgh se le dilataron las fosas nasales, se le cayó la mandíbula y apretó los labios para formar una línea más delgada que un hilo.

Qué bien. Quería que se enfadara. Necesitaba encontrar la manera de salir de allí, y un de Bourgh encolerizado sería mucho más propenso a soltar información de vital importancia.

—Esta comida es mucho mejor que la que traen tus hombres al calabozo. —Owen bebió más—. Así que, mientras disfruto de tu hospitalidad, puedes hacer tus preguntas.

De Bourgh exhaló profundo y alto, casi como si estuviera gruñendo. Luego, enderezó los hombros, elevó el mentón y caminó hasta la mesa. Se le oscurecieron los ojos, y la expresión que tenía en el rostro hizo que a Owen se le desvaneciera un poco la sonrisa.

Cuando de Bourgh chasqueó los dedos, Jerold Baker no desperdició ni un segundo para cogerlo por la garganta. A Owen le sorprendió que un hombre tan delgado fuera tan fuerte y pudiera levantarlo. Algo cerca de su garganta emanaba calor. Cuando bajó la mirada y vio la vara de hierro caliente, comenzó a sudar.

—¿Crees que puedes hacerte el valiente conmigo? —le preguntó de Bourgh con los dientes apretados—. ¿Crees que puedes hacerme olvidar lo que de verdad importa? Tú no eres mi invitado, ni yo soy tu anfitrión. No te confundas, tu vida y la de tu esposa están en mis manos, y no mostraré piedad. No cometeré ningún error. El éxito garantizará el futuro de mis hijos, y eso es algo con lo que no juego. Así que, si tú y tu esposa quieren seguir con vida, te convendrá responder mis preguntas.

Owen asintió despacio.

—¿Qué planea Roberto? —preguntó de Bourgh.

Tenía que ser astuto. Debía decir lo suficiente como para que de Bourgh le creyera y, a la vez, no revelar nada importante.

—Sabe de tus planes para recuperar las Tierras Altas.

De Bourgh entrecerró los ojos y se encogió de hombros.

—Humm, de acuerdo. ¿Cuántos hombres tiene «exactamente»? ¿Tenía a todos sus hombres en Inverlochy?

—Creo que unos cinco mil hombres. —Eso no era cierto. Roberto no tenía más de dos mil hombres, pero sabía que el enemigo le temía y pensaba que tenía muchos más. Las habilidades y los engaños de los *highlanders*, así como también su conocimiento del territorio y los movimientos inesperados, eran las fortalezas de Roberto, y no pensaba decepcionar a su rey.

De Bourgh se pellizcó los labios mientras pensaba.

—Cinco mil es un gran ejército, pero hay una gran diferencia entre una fuerza de soldados entrenados y granjeros que blanden una espada por primera vez.

—Tiene caballeros.

Eso era cierto. En efecto, Roberto tenía caballeros. Cuando regresó del oeste, donde se había escondido, varios caballeros escoceses se unieron a él, y cuanto más éxito tenía, más hombres se le unían.

—El resto son guerreros endurecidos por las batallas —añadió.

Eso era mentira. Roberto aceptaba a cualquiera que quisiera unirse a su ejército. La mayoría de sus seguidores eran apasionados y dedicados, pero no todos eran soldados entrenados como los que conformaban el ejército inglés.

De Bourgh entrecerró los ojos, que brillaron como cuentas negras bajo sus pestañas.

—Mientes, eso no puede ser cierto. —Asintió hacia Jerold Baker—. Es hora de mostrarle a nuestro *highlander* qué les pasa a los mentirosos en Stirling.

Baker le acercó el palo ardiente al cuello. La quemadura le

hizo sentir un dolor cegador que lo dejó sin aliento. Pero antes de que se lo pudiera apretar más contra la piel, la puerta se abrió.

Un hombre alto con el cabello blanco que le caía hasta los hombros y barba gris entró en la cámara. Era el mismo hombre que le había entregado a Owen el oro para el rey hacía muchos años: el jefe del clan MacDougall, John MacDougall de Lorne.

Jerold Baker le apartó el palo del rostro, pero el olor a carne y cabello chamuscado quedó pendiendo en la habitación. Owen ya no sentía el dolor, pues la rabia y el odio lo consumieron como un incendio. MacDougall agrandó los ojos de sorpresa al verlo y luego los entrecerró.

—Veo que está ocupado aplastando insectos escoceses, *sir* de Bourgh —comentó sin apartar la mirada de Owen—. No puedo decir que me opongo a eso. He querido aplastar parásitos durante mucho tiempo.

—Oh, claro, ustedes deben conocerse —señaló de Bourgh—. Owen Cambel me estaba hablando sobre el ejército de Roberto.

MacDougall se adentró en la cámara y cerró la puerta a sus espaldas.

—No sería la primera vez que traiciona a su rey.

A Owen se le escapó un gruñido.

—Bastardo traidor. Sabes muy bien que tú lo has traicionado, no yo. Lo tenías todo planeado. Te has pasado muchos años buscando un motivo para deshonrar a mi clan ante los ojos del rey.

—Le dio parte de las tierras de los MacDougall a tu clan, ¿qué esperabas?

—Esperaba que nuestra alianza fuera justa y honorable. Pero así es mejor. Ahora conocemos tu verdadera naturaleza, y me alegra que ya no seamos aliados.

—Cierra el pico.

—Sí, intenta callarme, pero no lo conseguirás. Mientras estás lamiendo el trasero del rey *sassenach,* al que no podrías importarle menos, el verdadero rey de los escoceses está ganando poder.

MacDougall se dirigió a Jerold Baker e intentó quitarle el

palo, pero se retorció de dolor y se llevó la mano a un lateral. Soltó una maldición, tomó el palo con la otra mano y se lo apuntó a Owen en la mejilla. El calor le hizo arder la piel sin siquiera tocarla.

—¿Has dicho «el verdadero rey»? ¿Hablas del maldito rey que asesinó a mi cuñado, Comyn *el Rojo*? ¿Qué tiene eso de honorable y justo, Cambel?

—Comyn *el Rojo* se lo merecía. Era un traidor. Quería que la corona inglesa gobernara Escocia.

De Bourgh se aclaró la garganta.

—John, quizás puedas esperar a que terminemos. Necesito que me dé más información.

A pesar de eso, MacDougall hizo un ademán para quitarle importancia. Owen se rio entre dientes. Cualquier cosa que pospusiera la tortura era bienvenida. MacDougall estaba echando a perder el plan de *sir* de Bourgh.

Jerold Baker le quitó el palo de la mano y, cuando lo metió en un balde de agua, se oyó un silbido y se elevó una nube de vapor.

—¿Y qué importa si la corona inglesa gobierna? —preguntó MacDougall—. Es lo mejor, nos fortalecen...

—Somos fuertes cuando somos libres —lo interrumpió Owen—. Pero tú nunca sabrás lo que es la libertad. Cuando Roberto haya terminado contigo, lo único que podrás hacer será huir. Te pasarás el resto de tu vida siendo un fugitivo y lamiendo traseros ingleses.

—¿Y cómo crees que logrará eso Roberto? El clan MacDougall es el más poderoso de las Tierras Altas. Además, tenemos al ejército inglés de nuestro lado. Nunca ganará. Está acabado.

—¿Acabado? Tú eres el que está acabado. —Owen se rio en el rostro de MacDougall. Sintió la ira que le hervía en el estómago y supo que debía guardar silencio antes de terminar diciendo algo de lo que se arrepentiría. No obstante, las palabras se le escaparon antes de que pudiera detenerse—. Va a venir a tomar Lorne. Por eso ha regresado. El tratado de paz está a punto de caducar, y Roberto va a tomar Lorne como tomó Badenoch y todas las tierras de los Comyn.

El rostro de MacDougall quedó perplejo.

«Diablos. Lo he vuelvo a hacer. He metido la pata».

De Bourgh tomó un látigo largo con una mano y se golpeó la palma de la otra.

—Me lo contarás «todo».

—Malditos bastardos —gruñó Owen.

MacDougall echó el brazo hacia atrás y reventó el puño contra el rostro de Owen, que sintió un dolor desgarrador en la mejilla. El siguiente golpe le aterrizó en la mandíbula. Jerold Baker lo sostuvo de los hombros como si fuera un saco de carne.

Owen tenía que admitir que MacDougall aún era un hombre fuerte, a pesar de ser mucho mayor ahora. Le dio un tercer golpe en la sien, un movimiento experto con la intención de causar mucho daño.

Owen se hundió en la oscuridad.

Despertó sin abrir los ojos. MacDougall y *sir* de Bourgh estaban discutiendo, y sus voces le hacían eco en la cabeza.

Se encontraban a cierta distancia de él, pero supo que seguían en la cámara de tortura. La cabeza le dolía como si se la hubieran partido en dos. Sintió náuseas en el estómago y notó que yacía sobre una superficie dura.

—Dijo cinco mil hombres —señaló de Bourgh.

—¿Y le cree? —preguntó MacDougall.

—Lo cierto es que eso explicaría el gran éxito que ha tenido en el este. Cómo se liberó de todos los Comyn, cómo logró que el conde de Ross firmara el tratado de paz...

—Sí. Si es cierto, la situación es peor de lo que me temía. El tratado de paz que firmamos con Roberto concluye en dos semanas. Luego de eso, vendrá por nosotros.

—Por eso debemos hacer algo drástico.

—Sí. Roberto tiene *highlanders* que conocen muy bien el territorio. Pero yo también. Usemos su arma en su contra. Sorprendámoslo en Lorne. Sugiero que utilicemos la estrategia exitosa que usamos en la batalla de Dalrigh. Allí, lo tomamos por sorpresa y destruimos sus fuerzas por completo. Haré que nuestros hombres se escondan en las colinas del paso de Brander. Podemos utilizar embarcaciones para cruzar el *loch* Awe y que no nos vea venir. Podemos usar el terreno en su contra, algo que él hace muy bien.

Owen contuvo el aliento. Quizás no había metido la pata al fin y al cabo. Si lograba llevarle esa información a Roberto, tendrían la oportunidad de derrotar a de Bourgh y los MacDougall y cambiar el curso de la guerra.

Pero antes, tenía que salir de allí vivo.

CAPÍTULO 11

Un débil ruido metálico la despertó. El corazón le comenzó a latir fuerte en el pecho. Agudizó el oído para ver si oía pasos, pero no se acercó nadie. ¿Acaso se lo habría imaginado?

Había estado muy preocupada por Owen cuando se lo llevaron, pero estaba tan exhausta que al final se quedó dormida. ¿En qué estado lo traerían de regreso? ¿Jerold Baker también lo azotaría? ¿O le haría algo peor? ¿Y cómo podría atender sus heridas si ni siquiera podía ponerse de pie?

Estaba acostada de lado y se obligó a sentarse. El movimiento hizo que la túnica que Muireach le había traído se le deslizara por la espalda y se frotara contra los cortes. Sintió dolor en todo el cuerpo, pero el aire frío le alivió la piel afiebrada. Los pantalones vaqueros le comenzaban a quedar grandes. ¿Cuándo había sido la última vez que se sintió llena?

Se preguntó cuánto tiempo había transcurrido desde que se llevaron a Owen. Echaba de menos su reloj, el que su mamá le había ayudado a reparar.

Recordó el aroma a las galletas con trozos de chocolate y el té de menta, así como también el melódico acento sureño y las manos suaves y cariñosas sobre la frente cuando se enfermaba. A

Amber siempre le habían encantado los días que pasaba con su mamá, mientras su papá y sus hermanos jugaban a la pelota.

Recordó el acondicionador que usaba su mamá y el día en que se inclinaron juntas sobre la mesa de la cocina para examinar el mecanismo de un reloj antiguo que habían desarmado sobre el mantel blanco. Primero habían leído un libro acerca de las mecánicas de los relojes y luego estudiaron las diminutas piezas con curiosidad.

Amber le había preguntado a su mamá por qué no había desechado el reloj, pero su mamá se había limitado a sostener unas pinzas con los dedos largos y morenos y tomar un diminuto fragmento para colocarlo en su lugar.

—No puedo hacerlo. Tu abuelo me dio ese reloj cuando me casé con tu papá —le contó con los ojos humedecidos y brillosos por el recuerdo—. Lo compró con las primeras ganancias que obtuvo en la barbería que abrió en Nueva Orleans. Dijo que era una reliquia familiar y que debía dárselo a mi hijo primogénito. —Cuando le entregó las pinzas a Amber, sus dedos apenas más morenos rozaron los de su hija—. Inténtalo, tesoro.

—Pero no se lo has dado a Jonathan.

—Se lo di —la contradijo su mamá—. Por eso se rompe todo el tiempo. A él no le interesa. A mí me parece muy fascinante cómo funciona y sus mecanismos. Ojalá hubiera seguido mis sueños y hubiera estudiado ingeniería. No cometas los mismos errores que yo, Amber. Haz lo que quieras hacer con tu vida. No permitas que ningún hombre te defina.

Sabía que su mamá amaba a su papá, pero también entendía qué quería decir con eso. Su papá era una roca fuerte y fiable. Pero también podía ser terco, controlador y se negaba a cambiar sus creencias.

Su mamá le había dado la reliquia familiar a ella, y allí fue cuando comenzó su fascinación por la mecánica. A Amber le encantaba observar el reloj. Le daba una sensación de paz y control, así como también una conexión con su mamá. Cuando lo perdió durante una operación en Afganistán, quedó devastada.

Ahora, el hecho de no saber cuántos días habían pasado desde que los llevaron allí, o cuántas horas y minutos desde que los centinelas se llevaron a Owen hacía que el estómago se le tensara de ansiedad.

—¿Quién te hizo eso, muchacha? —preguntó una voz masculina.

Amber se sobresaltó y se volvió rápido. Al otro lado de la celda, había un hombre alto y oscuro de hombros anchos. Tenía el rostro escondido en las sombras, pero juró que pudo ver unas cicatrices que le desaparecían bajo la barba. Iba vestido como un guerrero, no muy distinto a los *highlanders* que había visto en Inverlochy, con un abrigo de lana largo y acolchado que le cubría las piernas hasta más abajo de las rodillas y unos zapatos de cuero puntiagudos. Todo lo que llevaba puesto era oscuro, y el mango de una espada le asomaba por los hombros. Aunque no podía ver sus ojos, sentía el peso físico de su mirada.

—Jerold Baker —respondió sin pensar.

Se dio cuenta de que el abrigo se le había deslizado y había dejado su espalda expuesta. Tomó la prenda y se la envolvió en el cuerpo.

Como el hombre se acercó a los barrotes y a la luz, Amber pudo ver su rostro. La expresión de amenaza que vio en él la hizo atragantar.

—¿Bajo las órdenes de quién? ¿De *sir* de Bourgh?

—¿De quién más iban a ser?

Una expresión imperturbable le cubrió el rostro. Amber debía tener cuidado. No tenía idea de quién era ese hombre o qué quería. ¿Y si era alguna especie de jefe o algo similar? ¿Y si trabajaba para de Bourgh? Ahora había visto que alguien la estaba ayudando a tratar las heridas...

¿Acababa de ponerse más en peligro y arrastrado a Owen y Muireach con ella?

La puerta al final del pasillo chirrió, y se oyeron los pasos de varias personas entrando. El hombre dirigió la mirada hacia la entrada.

Owen apareció seguido de dos centinelas. ¡Oh, estaba caminando! ¡Gracias a Dios!

—¿Has venido a regodearte, Hamish? —preguntó Owen.

El hombre lo fulminó con la mirada con tal intensidad que Amber se alegró de no ser la receptora. Los centinelas abrieron la puerta, empujaron a Owen al interior de la celda, la cerraron y se marcharon. Sin decir más nada, el hombre pasó por delante de los centinelas y desapareció en la oscuridad.

La complexión alta de Owen no se movió de la entrada.

—No te ha hecho nada, ¿no?

Amber negó con la cabeza.

—No, pero vio mis heridas... Vio todo.

Owen estaba de pie y le daba la espalda, por lo que Amber no podía ver su rostro. Golpeó los barrotes con las manos.

—Esa víbora. Se lo contará a de Bourgh, y sabrá que Muireach nos está ayudando. Y si sabe que es Muireach...

El plan de escape estaba condenado a fracasar. Una sensación fría y oscura parecida a la desesperación se le enroscó en la boca del estómago. ¿Y si nunca escapaban? ¿Y si después de todo la habían sentenciado a cadena perpetua... en la Edad Media?

A pesar de que le ardían los ojos, Amber no podía llorar.

—¿Te encuentras bien?

Owen se volvió, y la luz de la antorcha lo iluminó. A Amber se le escapó un jadeo. La nariz le sangraba, y tenía un ojo hinchado y cerrado por completo. Algo no se veía bien en su cuello, que estaba rojo y amarillento.

—Estoy bien, muchacha, no te preocupes por mí. —Se acercó a ella—. Deberías recostarte.

A Amber se le congeló la sangre al verlo de cerca.

—Estoy bien. Ven, déjame verte. —Dio unas palmaditas en el banco para que se sentara a su lado—. ¿Qué pasó?

Owen se sentó, y Amber lo hizo volverse para que la luz de la antorcha lo iluminara mejor. Se le encogió el corazón. Detestaba verlo así. Era un *highlander* fuerte, amable y cariñoso.

Una ola de calor se le expandió en el pecho al pensar en la

forma en que él la había cuidado durante los últimos días. Le había cambiado las vendas de las heridas y le había hecho beber la poción de Muireach sin cesar. Le había hablado para distraerla cada vez que gemía o gritaba de dolor. Hasta la había hecho sonreír.

Y el hecho de que supiera acerca de los viajes en el tiempo... Eso era un gran alivio. Estaba agradecida de que él estuviera allí con ella. De no ser por él, ya estaría muerta a esa altura.

Sin quererlo, había comenzado a preocuparse por él. E incluso a confiar en él. Eso era peligroso. Owen ya le había echado la culpa por cosas que no tenían ningún sentido. Un hombre como él, un libertino irresponsable, un mujeriego, le terminaría echando la culpa de sus problemas.

Todo hubiera sido más fácil si él hubiera creído que ella estaba demente y se hubiera mantenido alejado. Pero, en lugar de tildarla de bruja o de pensar que había perdido el juicio, había aceptado que era una viajera en el tiempo. En ese momento, tenían un objetivo en común: escapar. Sin embargo, ¿qué ocurriría luego, cuando lograran salir de allí? ¿La traicionaría? ¿La abandonaría cuando recuperaran la libertad?

Amber pensó en Bryan. Había confiado en él. Lo había amado durante todo el año que estuvieron juntos. Él había sido un hombre bueno, amable y cariñoso. Pero tenía sus defectos. Quería controlarla. Nunca superó la ruptura. De vez en cuando, cuando bebía de más, se le insinuaba. Como la última vez, hacía dos semanas.

Recordó el aire cálido del desierto y el olor a cerveza vieja en el bar improvisado del ejército de los Estados Unidos. Las luces de neón medio rotas titilaban, y las voces de varios soldados ebrios intentaban hacerse oír por encima de la música de rock.

Había ido con un amigo del ejército a beber una cerveza tras concluir una misión de reconocimiento. Bryan se le había acercado, y Amber se dio cuenta de inmediato que había bebido demasiado, aunque se veía sereno y le ofreció una sonrisa amable. Estiró la mano y le acarició la mejilla con los nudillos.

—Ven a beber algo conmigo. Por los viejos tiempos.

Traducción: quería volver a acostarse con ella. Y quizás quería regresar con ella.

—Has bebido suficiente, Bryan —le respondió—. Estoy cansada. Me voy a dormir.

Se volvió para alejarse, pero Bryan la sujetó del codo.

—Solo es un maldito trago, amor. Por favor.

Cuando se encontraba en ese estado, no tenía sentido intentar razonar con él. Amber podía ver que la violencia comenzaba a despertarse detrás de sus ojos y jaló del codo para liberarse.

—Dije que no.

A continuación, Bryan la sujetó de los hombros, y Amber lo empujó tan fuerte que salió volando hacia el resto de la gente. Algunos soldados lo atraparon, y todo el bar guardó silencio y se volvió a mirarla. La mayoría de los presentes eran hombres, y lo que la mayoría vio fue un altercado en el que una mujer había atacado a un hombre. Nadie vio que él la había acosado y que ella se estaba defendiendo, ni tampoco habían estado en la cama con él, donde sus caricias dejaban moretones en los senos y en los hombros, o donde sus mordidas dejaban huellas.

Ese empujón le demostró que nunca más permitiría que fuera violento con ella.

Sin embargo, todo lo que vio el resto fue que ella había actuado de manera violenta con él. Y al cabo de unas horas, pagaría por eso.

¿Acaso también terminaría pagando por ser abierta y vulnerable con Owen? Debía tener cuidado. Debía recordarse que confiar en alguien, sobre todo en un hombre o en un sistema gobernado por hombres, era tonto. Solo podía depender de sí misma. Era una lección que había aprendido a los golpes.

Estaba cansada de ser un felpudo para los hombres. Por una vez en la vida, quería un hombre que la valorara y la apreciara.

Mientras miraba los ojos de Owen, rezó por no estar

actuando de manera imprudente. Deseó poder confiar en él como confiaba en sí misma.

Una voz cauta le advirtió que no lo conocía hacía mucho tiempo, y que él no había tenido otra cosa que hacer excepto cuidarla. Lo que habían atravesado juntos bien podría no significar nada. Pero, hipnotizada por su cercanía, por el fuego naranja que brillaba en el ojo que tenía abierto, acalló esa voz.

—¿Qué pasó? —repitió la pregunta cuando logró recuperar el dominio de los sentidos.

—Como puedes ver, muchacha, he hablado con los ingleses.

Amber no se pudo contener. Estiró los brazos y le acarició el mentón deseando poder quitarle el moretón que tenía en el pómulo. A Owen se le agrandó el ojo de sorpresa, pero al cabo de un segundo contuvo el aliento y se apoyó contra la mano de ella. Tenía la piel suave, y la barba incipiente que le cubría la mandíbula se sentía áspera. ¿Cómo se sentiría contra la cara interna del muslo?

—Ahora me toca a mí ponerte el bálsamo —le dijo, sujetándose el abrigo con una sola mano—. Te lo pondré en el cuello.

Owen intentó reírse, pero una mueca de dolor le deformó el rostro.

—Lo puedo hacer solo, aunque prefiero que lo hagas tú.

—Entonces, lo haré.

Amber le pidió que se volviera y se colocó la túnica. Cuando estuvo cubierta, se arrodilló delante de él, ansiosa de apoyarle las manos en los muslos y sentirle los cálidos músculos de acero. Tomó la caja de arcilla en la que guardaban el bálsamo y la abrió. La pomada de hierbas aromáticas se le derritió en los dedos. Colocó una buena cantidad sobre la quemadura y se la desparramó con cuidado. Owen soltó un silbido por lo bajo y apretó los dedos contra el banco hasta que los nudillos se le pusieron blancos. Amber tomó un trapo limpio y se lo envolvió en el cuello.

—¿Así está bien? —le preguntó—. ¿O está muy ajustado?

—No, está bien.

—Te pondré un poco en el rostro.

Volvió a tomar el bálsamo y se lo colocó sobre el moretón hinchado que tenía en el pómulo. Su mirada intensa le hacía sentir un agradable cosquilleo en la piel.

—Tus caricias me quitan el dolor —le dijo.

Amber dejó la mano sobre la piel cálida, el mundo dejó de girar, y el tiempo se congeló. Estaba perdida en la oscuridad teñida de verde de su ojo, en el tinte dorado de su piel, en el almizcleño aroma masculino que emanaba.

—Lo dudo mucho —le respondió con la voz ronca.

—Sí, tienes un toque mágico, muchacha. ¿Tus besos también son mágicos?

Sus besos. Amber se quedó sin aliento, y el estómago le dio un vuelco al imaginarse sus labios sobre los de ella. ¿Sería demandante o amable? ¿Sabría tan masculino como olía?

El cuerpo se le derritió como el bálsamo en los dedos.

No. ¿Qué estaba haciendo? Besarlo solo complicaría las cosas. Había decidido que no debía confiar en él, que no debía involucrarse más con él. Debía llevar a cabo esa decisión.

Apartó la mano y cerró la caja de arcilla. El aire se sentía cálido, y una capa de sudor le cubría la piel. A pesar de que no miró a Owen, pudo sentir su confusión y su desilusión. Guardó la caja y el resto de los trapos limpios.

—Deberías descansar —concluyó.

«Eso es, haz de cuenta que no ha dicho nada de besarte. Haz de cuenta que no te has derretido».

—Muchacha...

—No, por favor. Ahorrémonos esto.

La puerta de las mazmorras se abrió con un chirrido, y oyeron los pasos amortiguados de Muireach, que se detuvo delante de ellos, al otro lado de la celda.

—Si quieren escapar, no tendrán mejor oportunidad que esta noche —les dijo Muireach—. MacDougall y *sir* de Bourgh acaban de marcharse.

CAPÍTULO 12

AMBER TOMÓ el borde de la camiseta para jalarla, quitársela por la cabeza y ponerse las prendas que Muireach le había llevado.

—Vuélvete —le dijo.

Owen hizo lo que le pedía, pero sintió que se le secaba la boca. Las imágenes de la espalda y los costados de los senos desnudos le ardían en la mente. En su imaginación, no tenía ninguna herida en la espalda, sino que su tez morena era suave, brillante y delicada como la seda. Sintió que se le endurecía el miembro. Pero ¿qué le pasaba? Ella seguía herida y, además, había dejado muy en claro que no quería que pasara nada entre ellos.

¿Cómo podía estar tan excitado por el simple hecho de que se estuviera quitando la camiseta? Muireach les había llevado las prendas que vestían los centinelas: dos túnicas rojas con tres leones dorados bordados que yacían sobre el banco.

Owen soltó un suspiro y se obligó a pensar en otra cosa: en el escape. Esa era su única oportunidad. Si fracasaban y los atrapaban, de Bourgh se daría cuenta de que Muireach los había ayudado. Y el pobre hombre no sobreviviría.

Se desvistió y se puso la túnica de los ingleses. Muireach se la había ingeniado para robarlas de la pila de la ropa limpia y olían a jabón.

—*Okey*, ya estoy decente —dijo Amber, y Owen se volvió con la boca aún seca.

Incluso con las prendas de hombre, parecía una mujer con su cabello largo y revoltoso, sus movimientos llenos de gracia y sus rasgos delicados.

—Necesitas una gorra —señaló—. Aún pareces una muchacha y vas a llamar la atención. Por aquí no hay mucha gente que se vea como tú. Y, por más que lo admire, nos delatará ante los ingleses.

Amber se cruzó de brazos.

—¿Y qué sugieres?

—Una gorra o un yelmo. Una capucha podría bastar. Algo que te oculte el rostro.

—Tiene razón, muchacha —acordó Muireach desde el pasillo en el que aguardaba para darle privacidad a Amber—. Los hombres que vigilan las mazmorras llevan yelmos.

—En ese caso, debemos conseguir yelmos.

—¿Están listos? —preguntó Muireach.

Owen miró a Amber a los ojos, y ella asintió.

—Sí —respondió—. Estamos listos.

Muireach les abrió la puerta.

—Que Dios nos ayude —murmuró al tiempo que salían de la celda. A Owen le palpitaba el corazón desbocado en el pecho. Pasaron por delante de la celda del prisionero inglés que había perdido el juicio. Los observó marcharse, pero no emitió ni un sonido.

Se detuvieron delante de la pesada puerta de madera del calabozo, y Owen colocó la mano sobre la de Muireach antes de que la abriera. Miró a Amber.

—¿Me prometes que no vas a pelear, muchacha? Se te podrían abrir los puntos y podrías sangrar.

A Amber se le tensaron los músculos de la mandíbula en señal de que no estaba de acuerdo, pero se limitó a asentir.

—Lo intentaré, pero si te soy sincera, la libertad me importa más que una herida sangrante.

—Muchacha —añadió con tono de advertencia—, si peleas, te prometo que te daré una lección cuando acabemos.

Amber se quedó sin palabras, y aunque no se podía ver bien en la oscuridad, a Owen le pareció que se sonrojaba.

—Bueno, bueno —gruñó Muireach—, pueden arreglar sus problemas maritales cuando se hayan desvanecido en el aire como polvo al viento. Aguarden mi señal.

Salió y dejó la puerta arrimada. Owen lo observó a través de la apertura y vio que se detenía a saludar a los centinelas, que le dirigieron una mirada rápida y reanudaron la conversación. Uno de ellos era mayor y estaba sentado en un banco, y el otro estaba apoyado contra la pared y se veía despreocupado.

Muireach hizo una señal a espaldas de los centinelas, y Owen abrió la puerta. Salió al suelo de piedra sin emitir sonido alguno, aunque temía que el tronador latido de su corazón delataría su presencia. Muireach caminó a paso lento para que los centinelas se concentraran en él.

Owen alcanzó al hombre que estaba de pie, tomó la espada que había apoyada contra la pared y se la incrustó en la espalda. El inglés gruñó y cayó al piso. El segundo centinela observó con asombro cómo caía su camarada. Abrió la boca para gritar, pero Muireach se apresuró a clavarle una daga en la garganta.

—Sí, maldito *sassenach* —escupió Muireach—. He querido hacer esto desde el día en que tomaste el castillo.

Owen echó un vistazo hacia atrás, al sitio desde donde Amber miraba la escena con el rostro pálido.

—¿Muchacha? —la llamó, preocupado de estar tomándose demasiado tiempo.

—Estoy bien, no perdamos más tiempo.

Sin embargo, antes de que pudieran dirigirse a las escaleras, la puerta de la otra ala de las mazmorras se abrió. Hamish y cinco soldados ingleses salieron al pasillo.

De repente, se quedaron de piedra. El rostro de Hamish registró asombro, luego confusión y, por último, una determinación cargada de furia. Cuando extrajo la espada de la funda, destelló bajo la luz de las antorchas.

—Malditos animales escoceses —gruñó uno de los hombres.

Owen se interpuso entre ellos y Amber para protegerla y apretó los dedos contra el mango de su arma. Con la daga en la mano, Muireach también asumió una posición de defensa. El aire estaba cargado de tensión, como si un trueno hubiera estallado en las cercanías. Nadie se movió.

Hamish fulminó a Owen con una mirada indescifrable. Luego, sus ojos se enfocaron en Amber y asintió hacia la derecha. Fue un gesto apenas imperceptible, y Owen casi no llegó a verlo.

A continuación, Hamish se giró y le clavó la espada en el pecho al inglés que tenía a la izquierda. Al igual que Owen, el resto de los soldados lo miraron anonadados. El único que no perdió la sensatez fue Muireach, que sacó provecho del factor sorpresa para clavarle la daga en el pecho al soldado que tenía más cerca. Soltó un grito de guerra y saltó hacia adelante con gran agilidad para un hombre de su edad. El soldado alzó la espada para desviar el ataque.

Uno de los hombres se lanzó contra Owen, que por fin salió del estupor y alzó el arma. Cuando bajó la espada, la enterró entre las costillas del enemigo. El centinela gritó, pero se las ingenió para devolverle el ataque. La hoja le pasó a un centímetro del cuerpo.

Owen volvió a blandir la espada, pero se movió demasiado lento. El centinela la bloqueó y le apuntó la hoja al cuello; no tuvo tiempo de reaccionar. Antes de que la espada lo atravesara, una sombra se movió detrás del hombre. Se oyó un ruido sordo, y el enemigo tropezó y cayó al suelo. Owen vio a Amber de pie con una tabla de madera en las manos.

Hamish le asestó un golpe mortal al último centinela de pie, y Owen miró alrededor. Cada uno de los enemigos ingleses yacía muerto, y un charco de sangre se extendía entorno a ellos como unos pequeños lagos oscuros. Hamish limpió la hoja con un trapo, y Muireach se volvió hacia Amber sosteniendo la daga cubierta de sangre en la mano.

Amber se agachó para quitarle el yelmo a uno de los centinelas. Acto seguido, se lo puso en la cabeza para esconder el rostro, aunque su cabello largo y enrizado seguía sobresaliendo en todas las direcciones. Owen había esperado que el yelmo bastara para contener el cabello, y que la oscuridad de la noche ayudaría a ocultar el resto de su cuerpo.

Tomó otro yelmo y se lo puso. Le quitó el cinturón a un centinela y se colocó la funda de la espada y el arma en la cintura. Muireach ayudó a Amber a hacer lo mismo con otra espada y otra funda.

—Márchense —ordenó Hamish—. De prisa.

Owen apoyó la mano en el hombro de Amber, pero antes de poner un pie en las escaleras, se volvió hacia Hamish.

—¿Por qué nos ayudaste?

Hamish suspiró y miró a Amber.

—No podía permitir que le siguiera haciendo daño. —Clavó la vista en las escaleras—. Ahora, márchense. Aún tengo que completar una misión en Stirling, pero espero no verlos en el campo de batalla. —Cuando Owen se volvió para seguir a Amber y Muireach, Hamish añadió—: Owen, lamento lo de Lachlan.

Enfadado, Owen inspiró hondo. A pesar de que ese no era ni el sitio ni el lugar para hablar de eso, lo hizo sentir mejor que Hamish se arrepintiera de lo que había ocurrido con Lachlan. Asintió con la cabeza, y subieron corriendo las escaleras que conducían a la planta baja de la torre, atravesaron una puerta más grande y salieron a la noche fría de verano.

Owen se había olvidado de lo dulce que era el aire fresco del exterior, lo relajante que era el canto de los grillos y el ulular de los búhos. Era liberador mirar el espacio abierto y no ver las gruesas paredes de piedra que lo confinaban.

El patio estaba vacío, y no salía humo de la chimenea de la cocina. Al igual que el gran salón, los establos y la caballeriza estaban en silencio. Colina abajo, unas antorchas iluminaban la empalizada de madera y los implacables muros cortina de la fortaleza de Stirling.

—No veo ningún centinela sobre la empalizada —comentó Owen—. Pero seguro están en la portería. Tenemos que convencerlos de que nos dejen salir.

—Sí —acordó Muireach—. Vamos a buscar caballos.

Entraron en el establo, y Muireach y Owen se apresuraron lo más posible para ensillar los caballos. Owen hubiera preferido cabalgar con Amber, que aún se estaba recuperando y se encontraba debilitada, pero eso levantaría sospechas. Además, avanzarían más rápido en caballos separados.

Cuando terminaron de ensillar dos caballos y Owen comenzó a ensillar el tercero, Muireach frunció el ceño.

—¿Tres caballos?

—Sí, tú vienes con nosotros.

—No.

Amber colocó la mano sobre el hombro de Muireach.

—Tienes que venir. De Bourgh se dará cuenta de que nos has ayudado a escapar. Te va a matar. Regresa a las Tierras Altas. No mueras aquí sin ningún propósito.

Muireach soltó un suspiro largo.

—Sí, tienen razón. Pero será más difícil salir del castillo conmigo. Los centinelas saben que soy el encargado de las mazmorras y que se me necesita de día y de noche aquí. ¿Por qué me marcharía de pronto en plena noche? Podrán sentir una trampa con la misma facilidad con la que los buitres huelen la carroña.

—No me iré sin ti, amigo —afirmó Owen—. Ya se nos ocurrirá algo.

Muireach gruñó y ayudó a ensillar el tercer caballo. Cuando acabaron, salieron a la oscuridad de la noche. Las piernas fuertes y largas de Amber rozaron a Owen mientras la ayudaba a montar. Ella observaba el caballo como si fuera un *kelpie*, pero no dijo nada. Quizás no sabía cabalgar, lo que no era de sorprender si se tenía en cuenta que venía del futuro. Amy había crecido en una granja y sabía cabalgar, pero Kate, la muchacha de Ian, había aprendido allí.

—¿Todo bien, muchacha? —preguntó Owen sin quitarle la mano del tobillo—. Sabes montar a caballo, ¿no?

—Sí. Sí.

—Iremos despacio hasta llegar al bosque. Luego, te llevaré en mi caballo. No quiero que se abran tus heridas por esforzarte de más. No queremos que vuelvas a sangrar.

—*Okey*, intentaré no desangrarme hasta la muerte.

Muireach y Owen se montaron, y los tres avanzaron despacio colina abajo. Pasaron por las edificaciones del castillo y la empalizada oscura y salieron al patio exterior. Las casas de paja estaban silenciosas hasta que un perro ladró en algún punto en la distancia. Owen se llevó una mano a la espada, pero el silencio volvió a reinar en la noche; el único sonido que se oía eran los cascos de los caballos contra el suelo de tierra seca.

Por fin, unas murallas más altas que las montañas emergieron ante ellos. La portería tenía dos torres cuadradas a ambos lados que se ceñían sobre ellos y parecían darle sostén al cielo negro. Las pequeñas ventanas en la primera planta estaban iluminadas con la luz dorada tenue que emanaba de algunas antorchas. Owen se preguntó cuántos centinelas habría allí arriba.

Elevó la mirada y se aclaró la garganta. Tendría que usar su mejor pronunciación del acento inglés.

—¡Abran las puertas!

Alguien se asomó por la ventana.

—¿Quién anda allí?

—A William y a mí nos han enviado a acompañar a Muireach en una misión del comandante —informó.

A pesar de que Owen era buen cantante y podía imitar bien a la gente, podía oír su acento flaquear.

La figura oscura guardó silencio durante unos segundos.

—Pero el comandante se ha marchado y no dijo nada de permitir salir a nadie.

Owen casi responde en gaélico, pero se detuvo a tiempo.

—Sí, pero me puso a cargo de la misión antes de marcharse. Abre las puertas. Debemos darnos prisa.

—¿Por qué tiene que ir Muireach? Él nunca sale del castillo.

—Eso no es asunto tuyo —respondió enfadado.

—Sí que lo es. Muireach es escocés.

Owen apretó los dientes.

—Han atrapado a uno de los hombres de Roberto en Caerlaverock. Muireach lo conoce y confirmará su identidad.

El centinela gruñó.

—Aguarden allí.

El centinela se apartó de la ventana, y Owen vio dos sombras en la pared. Era probable que el hombre estuviera discutiendo la situación con otro soldado.

Owen se frotó la nuca. La piel que le cubría los ojos se le tensó al clavar la vista en la oscuridad para intentar ver qué estaba sucediendo arriba. Con el estómago hecho un nudo, intercambió una mirada con Amber, que estaba sentada como un leño y sujetaba las riendas como si fueran su última esperanza.

Las sombras desaparecieron de la ventana y, al cabo de unos minutos, dos centinelas salieron de la torre. Uno de ellos miró a Owen. Ahora que el soldado estaba más cerca, era probable que pudiera verle el ojo lastimado, así como también el moretón. Amber ladeó un poco la cabeza y luego la inclinó. Owen sintió que el sudor le producía un cosquilleo en la espalda.

—Veo que te metiste en una pelea —comentó el centinela.

Owen se rio entre dientes.

—Hay personas que no saben cerrar el pico cuando beben una cerveza.

El centinela asintió, se volvió hacia Amber y frunció el ceño.

—No los reconozco. ¿Me has dicho que eres William? ¿Eres nuevo?

—Sí, soy nuevo —le respondió intentando que la voz le sonara ronca y con acento inglés—. Amigo, debemos darnos prisa.

—De acuerdo, de acuerdo.

El centinela por fin se apartó, y los dos avanzaron hacia las puertas, levantaron las pesadas barras que las mantenían cerradas y las abrieron.

Owen tomó una profunda bocanada de aire. Allí estaba, la libertad, en plena oscuridad, en medio de esas puertas gigantes e impenetrables.

Instó al caballo a avanzar despacio. De haber podido, se hubiera lanzado al galope, pero le había prometido a Amber que irían con calma. Oyó a los otros caballos andar a sus espaldas, y el corazón le comenzó a latir desbocado, pues temía oír también cascos de caballos que los persiguieran.

Cuando se encontraban cerca del bosque, la luna emergió de entre las nubes, y vio los árboles frente a él como un mar negro y congelado. No faltaba mucho. Echó un vistazo hacia atrás. Incluso en la oscuridad, pudo ver los ojos abiertos de Amber y su postura rígida. Su caballo resopló y sacudió la cabeza. Ella lo estaba poniendo nervioso.

—Aguanta un poco más, muchacha —la alentó Owen.

—¡Deténganlos! —gritó alguien desde el castillo. Se oyó el retumbo de varios cascos de caballos, y Owen vio las figuras oscuras de tres... cuatro... cinco jinetes que cruzaban las puertas al galope.

Sintió un escalofrío.

—¡De prisa! —gritó—. ¡Vamos!

El caballo de Muireach salió disparado hacia adelante.

—¿Cómo? —preguntó Amber—. ¿Cómo hago que vaya más rápido?

Diablos, de verdad no sabía montar a caballo.

—¡Espoléalo con los talones!

Los jinetes se estaban aproximando, pero no podía dejarla sola.

—¡Vamos, Amber! Hazlo.

Cuando Amber clavó los talones en los laterales del caballo, el animal rechinó, se sobresaltó y salió disparado. Owen lo siguió.

Ya se encontraban cerca del bosque, pero tenían a los jinetes a sus espaldas. Amber cabalgaba primero; su caballo volaba, y ella no lo podía controlar.

«Por favor, no la dejes caer».

Espoleó al caballo para ir más rápido, pero los centinelas ya casi los alcanzaban. Muireach disminuyó el ritmo de su caballo hasta que quedó a la par de Owen.

—Los voy a distraer. Sigan cabalgando.

—¿Qué? ¡No!

—Sí, así es como lucharé por la libertad de Escocia. Roberto tiene que enterarse de la emboscada en el paso de Brander. Este es el único modo de liberarnos de los MacDougall y ganar esta guerra.

—¡No, Muireach! Nos podemos escapar todos, los tres juntos.

—Adiós, Owen Cambel. ¡Por Escocia! —Desenvainó la espada, volteó el caballo y galopó de regreso para enfrentarse a los jinetes.

—¡Detente! —le gritó Owen.

Owen estaba desgarrado entre la necesidad de salvar a Amber y la de querer traer a Muireach de regreso. Sin embargo, el anciano ya se había alejado demasiado. Si regresaba, perdería a Amber de vista. ¿Quién sabía a dónde la llevaría el caballo? A lo mejor, se caía del animal.

—¡Maldición, Muireach! —Owen soltó varias maldiciones por lo bajo y sintió que la garganta se le cerraba de dolor al tiempo que le daban náuseas en el estómago.

El hombre había escogido. Y tenía razón. Debía asegurarse de que Roberto recibiera la información acerca de la emboscada en el paso de Brander. Eso ya no se trataba de su libertad. Se trataba de la libertad de Escocia.

Miró hacia atrás por última vez. Muireach había detenido a tres jinetes. Uno yacía en el suelo, mientras que otros dos se enfrentaban a él. Los otros dos jinetes seguían persiguiendo a Owen y Amber. Pero como habían disminuido el ritmo cuando

Muireach atacó a sus compañeros, ahora se encontraban más alejados y tenían chances de perderlos.

Owen debía alcanzar a Amber, de modo que se reclinó sobre la crin del animal en el intento de fundirse con su cuerpo suave y disolverse en el viento y lo espoleó.

CAPÍTULO 13

Los árboles negros pasaban volando en la noche grisácea, y las ramas le arañaban el rostro, le perforaban la piel y le desgarraban la ropa.

Amber rezó.

«Por favor, no permitas que me muera. Por favor, que todo esto sea un mal sueño...».

La última vez que Amber había rezado así fue cuando encontró a Bryan en un charco de sangre en las barracas en Afganistán.

Esa noche, rezó pidiendo que todo eso no fuera más que una pesadilla. Que la vida no se le escapara de los ojos mientras lo sostenía en sus brazos. Que la herida de bala fuera solo una broma, algo que le habría parecido divertido estando ebrio.

Bryan gimió mientras lo abrazaba.

—Calla —le dijo acariciándole la cabeza. Los ojos azules estaban abiertos de par en par y la miraban fijo—. Llamaré a los médicos, quédate conmigo, ¿*okey*, Bryan? —Extrajo el teléfono, pero él le sostuvo la mano con los dedos cubiertos de sangre.

—Escúchame bien, nena... Ha sido el comandante Jackson.

Amber frunció el ceño y negó con la cabeza. Siempre había sabido que había algo extraño acerca del comandante Jackson. El aura de poder devastador que lo rodeaba, los chismes que se oían en la base acerca de las partidas de póker que promovía por las noches en las que siempre ganaba... Casi todos los soldados de la base le debían dinero. Cuando aún estaban saliendo, Bryan había comenzado a ir todas las semanas a una casa de té en Kabul que se llamaba Aman Safar con el comandante Jackson. Fue alrededor de esa época en que comenzó a volverse cada vez más irritable y brusco con ella.

Por supuesto que sabía que Jackson no era un hombre con el que meterse en conflictos, pero... ¿dispararle a un soldado? Sí, se lo podía imaginar: Jackson, alto, con el mentón cuadrado y los hombros más anchos que un tanque, apuntándole a Bryan con un arma.

—¿Por qué? —le preguntó con la garganta casi cerrada.

—Trafica drogas de Afganistán a los Estados Unidos. Lo ayudé porque le debía mucho dinero. Él era mi dueño. Ya no podía vivir más con eso en la consciencia. De solo imaginar cuántos estadounidenses se volvieron adictos a las drogas por mi culpa... La consciencia me estaba carcomiendo en vida. Le dije que, si no se detenía, lo reportaría. Tengo evidencias... Aman Safar... —Tragó con dificultad. Estaba demasiado pálido—. Regresará pronto. Huye y escóndete, Amber. Huye y escóndete.

De repente, se quedó quieto, y su cuerpo se desplomó contra ella. Su mirada se perdió en algún punto distante, y Amber supo que lo había perdido. Sus últimas palabras habían sido «Huye y escóndete».

Y eso fue lo que había hecho. En lugar de enfrentarse a él. En lugar de asegurarse de que el bastardo que traficaba drogas terminara en prisión.

El ruido ensordecedor de unos cascos a su lado la devolvieron al presente.

—No te preocupes, muchacha —gritó Owen, y Amber sintió una cálida ola de alivio—. Tan solo aguanta un poco más. Creen que nos dirigimos al norte, a Inverlochy, pero iremos hacia el este para perderlos. Todo acabará pronto.

Como tenía miedo perder el equilibrio y caerse si hacía algún movimiento equivocado, asintió con la cabeza sin mirarlo. No tenía ni la más mínima idea de qué estaba haciendo, y sentía como si lo único que la separara de la muerte fueran sus puños aferrados a las ásperas crines del pobre caballo.

Owen tomó las riendas de su caballo y, por alguna especie de milagro, los dos caballos giraron hacia la derecha y continuaron cabalgando a ritmo salvaje hacia el este. Amber no sabía cuánto tiempo continuaron así. De seguro, una eternidad.

Cuando por fin disminuyeron el ritmo, estaban cubiertos de sudor y olían a aire salado mezclado con leña recién cortada.

—Creo que mi caballo está cansado —le dijo a Owen, que seguía cabalgando a su lado.

—Sí, el mío también. Han recorrido una gran distancia a galope.

Mientras los caballos redujeron el paso y continuaron andando, Amber respiró entre jadeos, al igual que el animal.

—Cielos, no puedo creer que se haya terminado —dijo.

Salieron del bosque y continuaron avanzando sobre las colinas plateadas a la luz de la luna.

—Sí. ¿Ves eso? —Owen señaló algo entre las colinas, y Amber vio unos puntos y cuadrados oscuros—. Es una aldea o un poblado. Quizás podamos dormir en una taberna esta noche.

Amber exhaló. Eso sonaba celestial. Anhelaba una cama y una ducha, aunque la última fuera imposible. Pero si había una tina...

—¿De verdad? —le preguntó—. ¿Estás seguro de que no nos encontrarán allí?

—Es muy difícil rastrear de noche, y creen que nos dirigimos hacia el norte. —Su rostro se ensombreció—. Gracias a Muireach, solo nos persiguen dos hombres. Es poco probable que nos encuentren esta noche. Por la mañana, tendrán más hombres, pero para entonces estaremos muy lejos. Y tendremos mucho más cuidado.

Se le tensó el estómago al pensar en Muireach y en la decisión valiente de quedarse y luchar para que ellos pudieran escapar.

—Quizás logró salvarse —ofreció, aunque supo que había pocas posibilidades de que eso fuera posible.

—Quizás —acordó Owen, aunque su tono sugería que no guardaba demasiadas esperanzas de que eso hubiera ocurrido.

A Amber se le cerró el pecho. Aun así, era bueno hablar y distraerse del hecho de que, por alguna especie de milagro, seguía sobre el lomo del caballo. Ahora que el animal bajaba a paso lento por la colina, le era más fácil sujetarse. Se estaban acercando a una aldea, y parecía más grande de lo que habían pensado.

—¿Cómo crees que notaron que nos habíamos marchado? —le preguntó.

—A lo mejor alguien vio a los centinelas muertos. O puede ser que el prisionero inglés nos haya delatado.

—No puedo creer que salimos de ahí. No puedo creer que estoy viva. —Miró hacia atrás, pero el bosque oscuro se encontraba en calma.

Owen la miró entretenido.

—Nunca habías montado a caballo, ¿verdad?

Ella se mordió el labio superior.

—No, en el futuro, casi nadie monta a caballo.

—¿Por qué no dijiste nada?

—Porque no quería que fuéramos más lento.

—No careces de coraje, muchacha.

Amber se rio. El cumplido le recorrió las venas como miel cálida, a pesar de que una voz profunda en su interior le recordó que él estaba equivocado. Si de verdad tuviera coraje, hubiera escogido quedarse y enfrentarse al comandante Jackson y los cargos que había en su contra. Hubiera buscado la forma de demostrar su inocencia y de enviarlo preso por asesinato y tráfico de drogas. Sin embargo, el sistema la había defraudado, y no le quedaba fe en él.

—Ojalá tuvieras razón —dijo—. Por desgracia, lo único que he hecho últimamente es huir. En eso no hay nada de coraje.

—A veces, es lo único que se puede hacer.

Suspiró y se mostró de acuerdo. Por supuesto que él tenía razón. ¿Por qué se mostraba tan sabio de pronto?

Cuando llegaron a la aldea, todo estaba tranquilo y oscuro. Las persianas de las ventanas de las casas con techos de paja estaban cerradas. Los cascos de los caballos resonaban con suavidad contra el camino de tierra. Se veían varias caballerizas y algunos gallineros. Pasaron por delante del taller del herrero y el del zapatero... Amber observó la aldea medieval con un nudo en el estómago. Se le aguzaron los sentidos en busca de señales de los soldados que los perseguían. Por último, vieron una edificación de dos pisos con un poste y unas ramas con hojas en la parte superior.

—Es la señal de una taberna —señaló Owen.

Cuando se detuvieron en la taberna, Owen se desmotó y amarró los caballos a un tronco al lado de un comedero. Los dos animales bebieron sedientos. Owen se detuvo al lado del caballo de Amber, y su cabello parecía plateado bajo la luz de la luna. En su túnica medieval y con la espada en la cadera, parecía el príncipe de un cuento de hadas. Excepto que la mirada oscura e intensa decía a gritos que era un libertino.

—Te ayudaré a desmontar, muchacha. —Estiró las manos.

Con cuidado, y con las piernas temblorosas, Amber movió una pierna sobre el lomo del caballo y se deslizó por la silla al refugio seguro de sus brazos. No se detuvo a pensar que no dudó en ir hacia él. Su esencia la envolvió: el aroma salado y terrenal de los caballos mezclado con su aroma almizcleño.

Tenía los ojos grises en la luz tenue de la noche, y la cautivaban y la hundían en un trance. Le prometían un final feliz envuelto en una buena noche de pecado, osadía y libertad.

Tenía sus labios delante de ella, a tan solo unos centímetros de distancia. Owen le miraba la boca como si toda la felicidad del mundo se encontrara en sus labios.

—Oí los caballos —los interrumpió una voz, y los dos miraron hacia la taberna. Un hombre de unos cincuenta años se hallaba de pie en la entrada. Llevaba puesta una túnica larga, y sus piernas blancas y descubiertas brillaban. Tenía el estómago del tamaño de un barril, y un gorro de dormir en la cabeza casi calva. —¿Necesitan una habitación?

Owen la soltó con suavidad y dio un paso hacia atrás. Ella sintió el aire frío en los sitios donde él había apoyado sus brazos y su pecho contra su cuerpo, y anheló esa proximidad.

—Sí —respondió Owen con acento inglés, y Amber recordó que seguían vestidos como soldados ingleses y era probable que esa zona estuviera ocupada, de modo que necesitaban seguir fingiendo un poco más—. Necesitamos una habitación, comida y un baño. Hemos estado cabalgando mucho tiempo para cumplir con las órdenes del rey y necesitamos una buena noche de descanso... al menos, por lo que queda de la noche.

Como habían tomado una bolsa con dinero del cinturón de uno de los centinelas, tenían con qué pagar.

—Sí. —Los ojos del posadero se detuvieron en Amber, que bajó la cabeza para ocultar el rostro. Aún llevaba puesto el yelmo, y su cabello estaba fuera de la vista, pero podía ser que se le hubieran escapado uno o dos mechones.

—Síganme —les dijo el posadero.

Atravesaron el pasillo en la planta baja y pasaron por delante de una barra, mesas y bancos. El ambiente olía a comida vieja y alcohol rancio. En la primera planta, había varias puertas que daban a las habitaciones. La de ellos era pequeña y acogedora. Olía a sábanas limpias, leña y lavanda. Había un hogar grande encendido, y el fuego que bailaba teñía la habitación de un cálido color dorado. En el otro extremo, había una cama grande y una tina que parecía un barril gigante. Todo parecía limpio, y a Amber le dolieron los músculos al ver la cama.

—¿No les molesta compartir la cama? Es la única habitación que tenemos libre —les informó el posadero al ver que Owen miraba la cama como si fuera un león al que tuviera que cazar con sus propias manos.

Owen se aclaró la garganta.

—No hay problema.

—Enseguida les envío agua caliente. Para cenar tengo estofado, pan, queso y manzanas. ¿Quieren cerveza?

Owen asintió, y el posadero se marchó. Amber no aguantó un minuto más. Se dirigió hacia la cama y se dejó caer sobre ella. Tras haber pasado varios días acostada sobre el banco frío y duro, era como caer en una nube.

Gimió al sentir que se le relajaban los músculos. Los cortes de la espalda le dolían un poco, pero como estaban sanando, no le importó.

—Por todos los cielos —exclamó—. ¿Es un colchón de plumas? Quien sea que lo haya inventado, es un genio.

Owen se rio.

—Solo los nobles duermen en colchones de pluma. Este debe ser de lana.

Alguien llamó a la puerta, y una muchacha joven entró con dos cuencos de arcilla llenos de estofado, una hogaza de pan, un plato con mantequilla y un trozo de queso. Dejó la comida, una jarra de cerveza y dos copas de arcilla en una mesa redonda en la esquina de la habitación. Le echó una mirada llena de curiosidad a Amber y se marchó.

—Ven —la llamó—. Come, muchacha. Necesitas comida.

—Después de todo lo que pasó esta noche, no tengo hambre.

Se quitó el yelmo y lo hizo a un lado. La sensación de libertad le causó un dolor delicioso en la cabeza. Le dolían todos los músculos del cuerpo, y un sudor seco le cubría cada centímetro de la piel.

—Más razones para comer —le refutó—. No me hagas obligarte.

Amber gruñó y negó con la cabeza. En cuestión de segundos, la contextura gigante de Owen se ciñó sobre ella, se inclinó hacia adelante y le cogió las manos, lo que le provocó un cosquilleo. Acto seguido la jaló hacia arriba hasta que se encontró de pie ante él, en la dulce prisión de sus brazos fuertes.

Tragó con dificultad y la miró a los ojos con la intensidad de mil soles. El suelo se estremeció bajo sus pies, y se olvidó de respirar. Las rodillas le temblaron, y sintió que perdía el equilibrio, pero Owen la sujetó de los codos y la mantuvo a salvo en su lugar.

—Vamos a comer —dijo Owen con la voz ronca—. Ven.

Con cuidado la condujo a la mesa, y Amber lo siguió. No creyó que nunca nadie la hubiera cuidado de ese modo.

Owen aguardó a que se sentara y tomó la silla frente a ella en la mesa. Sirvió cerveza en las copas, y brindaron. En la luz tenue de la habitación, sus ojos eran del color del césped en la hora dorada que precedía al amanecer. Amber se derritió como la cera bajo el calor de su mirada.

Cuando bebieron, la cerveza tenía un sabor dulce, con apenas una nota de alcohol. Amber no se había dado cuenta de lo sedienta que estaba. Tomó la primera cucharada del estofado sin saborear la comida. Toda su atención se encontraba enfocada en el semidiós dorado que tenía sentado frente a ella. El hombre que le había salvado la vida y la había ayudado a escapar de la tortura en un calabozo medieval. El hombre cuya misma presencia la hacía sentir apoyada y valorada, así como también débil y temblorosa.

Todo eso eran cosas que en realidad no debería sentir hacia un *highlander* que había nacido setecientos años antes que ella. Pero se sentía tan bien. Tan normal. Era casi como si hubiera esperanza para ella.

En casa, no tenía a nadie. Su mamá y su papá habían muerto, y sus hermanos tenían sus propias vidas. Nunca habían sido demasiado unidos. Por eso no había contactado a ninguno de ellos para pedirles ayuda cuando el comandante Jackson la incriminó en el asesinato de Bryan. Pero ese hombre se preocupaba por ella, a pesar de que en realidad no la conocía.

Amber cortó un trozo de pan y le untó mantequilla antes de morderlo.

—Tengo una pregunta para ti, Owen —anunció con la boca llena.

Él también estaba masticando y movía todos los músculos de la mandíbula. Como respuesta, arqueó una ceja.

Amber tragó.

—¿Por qué te preocupas por mí? ¿Por qué te esfuerzas tanto para ayudarme?

—Si veo a una muchacha en aprietos, no la puedo dejar en peligro. Tú vienes de otra época. Necesitas protección.

—Sí, pero hay algo más, ¿no? Tiene que haberlo. Dime la verdad.

Él se inclinó contra el respaldo de la silla y se cruzó de brazos.

—¿La verdad, muchacha? No creo que estés lista para oír la verdad.

—Estoy lista. Siento que he atravesado más cosas contigo que con cualquiera de mis hermanos. Esta última semana, o el tiempo que haya transcurrido, se sintió como una vida entera. Así que, dime, ¿me has ayudado porque tienes un corazón bondadoso? ¿O hay otro motivo?

Él la observó como si estuviera contemplando si responderle o no. Luego se inclinó hacia adelante y le cubrió la mano con la suya. El roce le provocó una descarga eléctrica, la dejó sin aliento y le derritió la sangre.

—Hay otro motivo, muchacha. Creo que eres magnífica.

CAPÍTULO 14

L os grandes ojos verdes de Amber se abrieron de par en par.

Owen se rio con suavidad y bebió de la copa. Ella era una gran distracción. Las mujeres en peligro eran su debilidad, pues no podía decirle que no a una mujer en aprietos, y ella era una de lo más excepcional. Incluso mientras la miraba en ese momento, con la piel suave brillando, y el fuego de la vela bailándole en los ojos, no se pudo contener.

—Cuando te vi pateando y golpeando a los caballeros ingleses, sin armas, solo con los puños y piernas... Creo que nunca había visto a nadie tan impresionante. Y que vengas del futuro...

Un espasmo de emoción le cerró la garganta y no pudo continuar. El hecho de que viniera del futuro, la volvía misteriosa. La convertía en una heroína salida de un mito, una balada o un cuento de hadas.

La hacía mágica.

Las mujeres bonitas eran el motivo de muchos problemas en su vida: como la muerte de Lachlan, el enfrentamiento de su clan con los MacDougall y que perdieran el favor del rey anterior. Cada vez que algo malo ocurría, era porque Owen se había distraído con una mujer.

Amber también era una distracción.

Pero ella lo hacía sentir como si por fin estuviera vivo. Como si no hubiera necesidad de perseguir la próxima cosa deslumbrante, porque el dolor agudo que llevaba dentro se detenía cuando ella estaba cerca. A una voz en su cabeza le gustaba decirle que no valía nada, que solo le traía desgracias a su clan y que era el hijo menos favorito de su padre, que sus hermanos eran grandes guerreros y hombres responsables que preferirían morir antes que dejar a su familia en riesgo; que él era el riesgo.

Esa voz se acallaba en presencia de Amber. Ella lo hacía sentir que podía ser mucho más de lo que nunca había imaginado.

Los labios carnosos de Amber se separaron, y Owen tragó con dificultad para evitar estirarse sobre la mesa y sellarlos con los suyos.

Ella era muy hermosa. Muy distinta. La piel morena brillaba como un tesoro. Los ojos destellaban llenos de curiosidad y asombro. El cuerpo delgado, musculoso y femenino lo llamaba.

—¿Qué hay con que sea del futuro? —le preguntó.

—Me haces creer en los milagros, muchacha.

Abrió los labios sorprendida, y Owen no lo dudó. Se puso de pie y recorrió la distancia que los separaba con un paso. La levantó para tenerla de pie delante suyo y la besó.

Cuando los labios de ella tocaron los suyos, los sintió suaves, cálidos y suculentos, como un exquisito vino extranjero de un país muy lejano. Su cuerpo que era tan delicado como fuerte se apretó contra él y le encendió un fuego en la sangre. El deseo lo recorrió de inmediato, y el miembro se le endureció y se estremeció por ella.

Amber respondió besándolo con la misma voracidad. Las suaves caricias de sus labios contra los de él y de su lengua contra la suya desmoronaron algo en su interior, lo abrieron capa a capa hasta dejar su centro expuesto, desnudo, puro y vulnerable.

Owen bajó las manos al borde de la túnica, pero ella se quedó quieta.

—Viene alguien —murmuró contra sus labios.

Se oyeron unos pasos pesados en la escalera, y de mala gana, la soltó. Los dos tenían la respiración entrecortada y se miraban a los ojos al tiempo que el deseo latente e insatisfecho los envolvía.

Alguien llamó a la puerta y, acto seguido, el posadero entró con un balde de agua humeante. La muchacha que les había llevado la comida antes entró detrás de él con otro balde. Amber se volvió para darles la espalda, se sentó y se inclinó contra la comida para ocultar el rostro. No había nada que hacer respecto de su trenza larga y ondulada, pero supuso que algunos hombres llevaban el cabello así en esa época.

El posadero y la muchacha repitieron el viaje varias veces hasta que pronto salió humo de la tina llena. Echaron unas cuantas miradas de reojo hacia Amber, lo cual no era bueno. Owen sabía que se marcharían temprano por la mañana, pero no cabían dudas de que el posadero recordaría a dos soldados ingleses, uno de los cuales tenía el cabello inusualmente largo y voluminoso.

Cuando se marcharon, Owen cerró la puerta y se apoyó contra ella. Amber se puso de pie y caminó hacia el medio de la habitación con los ojos muy abiertos.

—Deberías bañarte primero —dijo Owen y sintió que el miembro se le volvía a endurecer al imaginarla quitándose la ropa —. Me acostaré a dormir. Despiértame cuando termines.

Se dirigió al otro lado de la cama y comenzó a desvestirse. La sentía observándolo, su mirada cálida le hacía sentir un cosquilleo en la piel. Cielos, si pudiera, iría hasta ella, la tomaría en sus brazos y le haría el amor en esa tina. Pero no podía. No podía ceder ante la tentación. Debía concentrarse.

Además, ella debía de estar exhausta y adolorida del viaje.

Se metió en la cama y se volvió. Todo el cuerpo le dolía, tenía la piel sensible y sentía hasta el último rasguño de las mantas y las sábanas sobre las que estaba acostado.

Oyó el susurro de sus prendas mientras se desvestía y las

arrojaba al suelo con delicadeza. Una imagen de su cuerpo desnudo le invadió la mente: vio la seductora curva de la parte baja de su espalda y los laterales de sus pechos. Owen cerró los puños intentando deshacerse de todas las imágenes que se le vinieron a la mente y lo hicieron endurecer y excitar.

Oyó una salpicadura de agua y supo que Amber se debía de haber sentado en la tina. Quizás fue a causa del contacto del agua caliente contra las heridas que soltó un suave silbido.

—De hecho, ¿me puedes ayudar? —le preguntó—. No llego a mi espalda y temo desgarrarme un músculo o abrir los puntos.

Owen tragó con dificultad.

«Di que no. Di que no».

Podía perder la cabeza por ella. Si cedía ante la tentación, ¿qué error cometería por culpa de ella?

—¿Owen?

—Sí, muchacha, te ayudaré.

Era un tonto. ¿Acaso no se podía controlar? Era como si su cuerpo tuviera voluntad propia. Aunque su cabeza le gritaba que se quedara en la cama, se puso de pie y caminó hacia ella.

—No mires, ¿*okey*? —le pidió.

«¿Cómo que no mire?».

—Sí —respondió devorándola con la mirada.

Amber estaba sentada en el agua abrazándose las rodillas y le daba la espalda. Unas gotas de agua le caían por los hombros. Owen tomó el jabón y un trapo que estaba flotando en el agua y se lo escurrió en la espalda. Amber se estremeció cuando el agua le recorrió la piel. Al ver los cortes, Owen sintió dolor.

Le pasó el trapo por la espalda con la mayor delicadeza posible. Algunas costras se abrieron y comenzaron a sangrar un poco. Pobre muchacha. Al menos ya no estaba pensando en lo mucho que anhelaba estar en su interior.

—Ya está —le dijo luego de lavarla lo más que pudo sin irritar las heridas.

—Gracias. —Amber tomó el trapo de sus manos sin volverse.

Owen se imaginó cómo se lo pasaría con suavidad por los senos, el pecho y el cuello. Y luego bajaría por el estómago, y más abajo...

Como sintió que se volvía a endurecer, apartó la mirada y regresó a la cama. Al llegar, oyó una gran salpicadura de agua que caía al piso y, sin pensarlo, se volvió y clavó la mirada en la tina.

Fue un gran error.

Amber se hallaba de pie desnuda y mojada.

Sus miradas se encontraron.

—Por todos los cielos —murmuró Owen.

Estaba equivocado. Ella no era la heroína de un cuento de hadas o una leyenda. Era una diosa. Su piel brillaba entre morena y dorada. Tenía senos llenos con pezones oscuros que anhelaba probar, cintura pequeña y caderas anchas. Entre sus muslos, había un triángulo de rizos negros. Tenía piernas largas y esculpidas con músculos poderosos.

Era la imagen de la feminidad y la fuerza. El pulso le latía en la sien como un tambor, y el miembro se le endureció aún más.

—Muchacha, ¿acaso intentas provocarme un ataque al corazón?

Ella no se cubrió, ni se inmutó. Tampoco mostró señal alguna de que quisiera que él se diera a vuelta. Estiró la mano para coger una toalla que colgaba del borde de la tina y se cubrió hasta dejar a la vista solo los hombros y los brazos esculpidos.

—No te hagas ilusiones. —Salió de la tina y caminó hasta la cama—. Espero que hayas disfrutado del espectáculo, pero no va a pasar nada. Métete en la tina mientras el agua sigue caliente.

Se metió en el otro lado de la cama y se cubrió con las mantas. Owen inhaló el aroma de su piel limpia, que lo provocaba y le hacía hervir la sangre. Ahora que estaba acostada a su lado, envuelta en una simple toalla de lino, lo último que quería hacer era alejarse de la cama. Anhelaba estirar los brazos y hacerla suya.

Pero estar con ella le nublaría la razón y lo llevaría a perder la cabeza. No podía permitirse cometer ningún error mientras el futuro de Escocia estuviera en sus manos.

—Sí —acordó y recurriendo a toda la fuerza de voluntad que tenía, salió de la cama y se dirigió a la tina.

CAPÍTULO 15

AMBER LE ECHÓ un vistazo a Owen por debajo de la manta. Tenía una poderosa espalda cubierta de músculos que fluía hacia un hermoso trasero masculino redondeado. Un trasero en el que quería clavar las uñas mientras lo alentaba a que se hundiera más en su interior.

Le dolía la espalda, pero sentía el cuerpo limpio y fresco luego del baño caliente. La imagen de Owen desnudo le despertaba una profunda inquietud interna y la privaba de toda capacidad de pensamiento. El corazón se le aceleró en el pecho, y varios músculos se le tensaron.

Owen se metió en la tina sin mirarla, pero cuando se giró un poco, Amber vio su erección y se mordió el labio al ver su tamaño. ¿Sería que ella lo excitaba de ese modo? De solo pensar en que podría tener ese efecto en él, se le encendió su propio deseo.

Él se sentó en la tina dándole la espalda y comenzó a lavarse. Se hundió más hasta sumergir la cabeza en el agua y luego volvió a emerger. Unas gotitas le cosquillearon por la piel, y Amber se las quiso lamer.

Cerró los ojos y se obligó a pensar en otra cosa para

distraerse del calor que sentía en la entrepierna y las burbujas de excitación que le revoloteaban en el estómago.

«Ya vete a dormir», se dijo y cerró los ojos. A pesar de que estaba cansada, no podía conciliar el sueño. El sonido del agua le hacía imaginar a Owen desnudo y mojado. A Owen invitándola a unirse a él en la tina. A Owen guiándola a montarlo, besándola, sujetándole los muslos y gruñendo de placer.

De pronto, el colchón se hundió, y él se acostó en la cama.

Amber se tensó. El roce de la manta contra su piel se sintió como una caricia que aumentó sus sensaciones e hizo que se le erizara todo el vello corporal. Notó que la respiración de los dos se había sincronizado. La sencilla manta de lino que tenía envuelta en los muslos parecía áspera contra su piel, y la presencia de él era como un campo de fuerza cálido que la cubría.

—Muchacha —susurró—, ¿estás dormida?

Amber consideró no responderle. Si lo hacía, bien podría ser incapaz de resistir lo que ocurriera. A pesar de eso, no se contuvo.

—Estoy despierta.

—¿Te puedo preguntar algo?

Su voz sonaba cálida, baja y seductora. Amber abrió los ojos y vio que la estaba mirando con intensidad. Se hundió en la profundidad verde de sus ojos, como si se tratara de un océano de tréboles suaves en pleno otoño. Inhaló el aroma a piel limpia, cabello húmedo y almizcle masculino, y quiso frotarse contra él como una gata. Podía beber ese aroma como un *whisky* añejo.

—Claro. —Se aclaró la garganta. Anhelaba estirar la mano y apartarle un mechón de cabello húmedo de la frente.

—¿Por qué viajaste en el tiempo?

Oh, vaya, ¿no podía haber hecho una pregunta más detestable? Quizás para él se trataba de una pregunta inocente, pero para ella...

¿Podría contarle de qué la habían acusado? ¿Podría admitir que era una cobarde que había huido en lugar de quedarse y defenderse? Y, lo más importante, ¿confiaba en que él creyera en su inocencia?

Lo cierto era que estaba cansada de mentir. Cansada de fingir, de buscar excusas y justificaciones. Se sentía aliviada de que él supiera que había viajado en el tiempo. Era como si le hubieran quitado un gran peso de encima. ¿Cómo se sentiría si le contara lo peor que le había pasado en la vida?

¿Y si utilizaba esa información en su contra?

«No», se detuvo. «No». Él no era así. Le había salvado la vida y la había cuidado. Le hacía creer que los milagros existían y que estaba a punto de regalarle uno.

Se había jurado que nunca volvería a confiar en nadie, pero de verdad quería confiar en las personas. Aunque tenía miedo, podía empezar a cambiar eso en ese momento.

—¿De verdad quieres saber? —le preguntó—. No es una historia feliz.

—Sí, no soy ajeno a las historias tristes.

Amber cerró la mano en un puño sobre la almohada e intentó relajarse. Cabía la posibilidad de que él nunca volviera a verla de ese modo.

—De acuerdo —dijo—. Empecemos.

Tomó una profunda bocanada de aire y soltó la angustia que le apretaba el centro de su ser. Una vez que pronunciara las palabras en voz alta, no habría vuelta atrás. Además, existía la gran posibilidad de que Owen no fuera capaz de aceptarla si llegaba a la conclusión de que era una cobarde.

Los sentimientos que afloraron se parecieron a los que experimentó cuando partió en una misión para eliminar a un grupo de terroristas. La tensión fuerte en las entrañas se intensificaba con cada segundo, y se volvió muy consciente del más mínimo movimiento y cambio en el aire. Cada paso podía ser la diferencia entre la vida y la muerte, pero siguió avanzando a la espera de que la alcanzara alguna bala.

—Hui de la policía. Por eso terminé viajando en el tiempo.

—¿La policía?

—Oh, cierto. Supongo que en esta época no existe la policía... Es un organismo de seguridad. Por ejemplo, si alguien comete una injusticia, la policía lo arresta y lo lleva a prisión hasta que lo juzguen por el crimen que cometió.

—Oh, sí, ya entiendo. Es como el jefe del clan, que se asegura de impartir justicia y castigar a los ladrones y asesinos.

—Sí, pero en mi época, hay una organización gigante que se especializa en eso. Muchos hombres y mujeres trabajan de policías para ganar dinero.

—Como los guerreros del jefe del clan.

—Bueno, sí. Yo luché por mi país en una guerra en Afganistán. —Como Owen frunció el ceño, añadió—: en Oriente Medio.

—¿El califato?

—Sí, creo que lo llamaban así en tu época.

—¿Y qué crimen has cometido, muchacha?

Amber lo miró a los ojos. ¿Estaba desilusionado de ella? ¿Temía oír la respuesta?

No. Owen parecía observarla con detenimiento, pero en paz. De hecho, el tono de voz sonó casual, como si le estuviera preguntando qué tipo de té prefería. Eso debió resultarle tranquilizador, pero la molestó.

¿Acaso él había cometido algún crimen?

—Ninguno —respondió—, pero me incriminaron en uno. Alguien hizo que pareciera que asesiné a un hombre.

El rostro de Owen perdió la expresión de calma y atención y registró asombro. A Amber se le cerró el pecho y se le congelaron las extremidades. Allí estaba. Él nunca la volvería a ver del mismo modo.

—Entonces, ¿la policía cree que has asesinado a alguien y te está buscando para castigarte?

—Sí, con la ley marcial me pueden sentenciar a cadena perpetua o... —sintió un espasmo en la garganta y tragó con dificultad— a sentencia de muerte. Y no tengo manera de demostrar que no lo hice. Quería intentarlo. De verdad, pero estaba muy aterrorizada y paralizada. El hombre que me incriminó, el comandante Jackson, es muy poderoso. Voy a perder.

Owen le cubrió la mano que tenía sobre la almohada con la suya. Su palma se sentía callosa y cálida. El contacto la tranquilizó y le derritió la tensión de hielo que le cubría el pecho.

—Cuéntamelo todo, muchacha.

A Amber se le llenó la mente de recuerdos.

—De Bourgh me hace acordar al comandante Jackson.

Los ojos verdes de Owen reflejaron una mirada de acero al tiempo que su expresión se endurecía. Apretó los labios hasta formar una línea delgada, pero no dijo nada.

—No por su aspecto —continuó—, pero tiene una especie de frialdad mortal, una determinación para alcanzar sus metas sin importar más nada. Jackson es muy inteligente y hace que se me congele la sangre.

Mientras que de Bourgh era un hombre bajo y calvo, Jackson era alto y tenía la cabeza cubierta de cabello oscuro. Hablaba muy alto y tenía una sonrisa grande y encantadora. Pero por debajo de eso, Amber había visto una crueldad inconfundible. La gente se sentía aterrada de él, y su predisposición a poner la vida de los habitantes locales en peligro la hacía sentir incómoda.

—Curiosamente, él fue quien me permitió regresar a casa durante algunos meses cuando falleció mi papá. No esperaba que fuera tan compasivo.

—¿Tu papá falleció?

—Sí, de un paro cardíaco.

—Lo siento, muchacha.

Owen no parecía confundido.

—¿Sabes lo que es un paro cardíaco?

—No, pero el nombre me da una idea.

—La última vez que vi a mis hermanos fue en el funeral, hace dos años. Solíamos vernos todos los años para celebrar Navidad y Acción de Gracias en la casa de mis padres. Mi mamá murió hace muchos años y, para ser sincera, creo que fue entonces que mi papá dejó de vivir. Luego de perderlos a los dos, fue como si ya no tuviéramos motivo para reunirnos. Así que pasé los últimos dos años en Afganistán. Fue allí que empecé a salir con Bryan.

A Owen se le tensó el rostro.

—¿Qué quieres decir con lo de «empezar a salir»? No suena a que se haya casado contigo.

—En el futuro, somos mucho más liberales con las relaciones. Él era mi novio.

—¿Tu amante?

—Sí, pero mucho más que eso. Pasábamos tiempo juntos, teníamos citas y esas cosas. —Se rio—. Bueno, al tipo de citas a las que puedes ir en el medio del desierto.

—¿Qué es una cita?

—Cuando te ves con alguien y pasas un buen rato en su compañía. Puedes ir a un restaurante, es decir a una taberna, y beber vino, disfrutar una buena comida y hablar. En tu época, supongo que irías a cabalgar con una dama o a pasear... Bryan y yo estábamos juntos. Él era mi hombre, y yo, su mujer, pero sin estar casados. Eso es normal en el futuro. La gente no tiene que casarse para tener hijos y construir una vida juntos.

—Me parece que disfrutaría el futuro. —Owen se rio.

—¿No quieres casarte?

—No. —Algo triste y casi amargo destelló en su rostro—. El matrimonio no es para mí.

Hacía mucho tiempo, Amber había asumido que algún día se casaría. Siempre había querido tener una familia. Siempre había pensado que luego de la boda se retiraría del ejército y se dedicaría a otra cosa hasta quedar embarazada.

—Creo que para mí tampoco —confesó—. Antes quería casarme, pero ahora, no. Soy una fugitiva. Una criminal. No puedo traer niños a un mundo en el que en cualquier momento les podrían quitar a su madre.

—¿Y qué le pasó a ese «novio» tuyo? —Pronunció la palabra «novio» con los dientes apretados.

—Bryan. Estuvimos juntos durante un año y luego nos separamos. No funcionó.

Decidió no contarle que él se había vuelto muy duro con ella porque no era algo de lo que estaba orgullosa y a menudo se preguntaba si había algo en ella que lo había hecho actuar de ese modo.

—Estábamos en la misma base, y él quería retomar la relación, pero yo no quería. Una noche, hace más o menos dos semanas, estábamos los dos en un bar y se me echó encima. Estaba ebrio, y todos fueron testigos de cómo lo empujé.

—¿Un bar?

—Sí, una especie de taberna donde la gente bebe cerveza, *whisky* y vino.

—¿Quieres decir *uisge?*

Pronunció la palabra diferente de *whisky*, pero era evidente que las dos palabras guardaban alguna relación. A Amber le resultaba increíble pensar que de repente podía entender y hablar en gaélico. Deseó que hubiera sido igual de fácil aprender darí, el idioma que hablaban en Afganistán.

—Más tarde, pasé por las barracas y oí algo... Entré para ver cómo se encontraba Bryan y lo vi...

La voz se le quebró, y se tensó al recordar el charco de sangre y la enorme flor roja que crecía en la camiseta blanca de Bryan alrededor de la bala que había recibido en el estómago.

—Estaba más pálido que una sábana. Las manos me temblaban tanto que se me cayó el teléfono en la sangre. Y entonces vi la pistola tirada en el suelo. —Negó con la cabeza—. Fui una tonta. La recogí. Y, así, sin más, quedaron mis huellas digitales en ella.

A pesar de no saber qué eran una pistola, un teléfono o las huellas digitales, Owen no la interrumpió. Amber se sintió agradecida de que la dejara hablar sin interrumpirla. Contar la historia era como soltar un gran dolor al que se había estado aferrando.

—Bryan estaba muriendo. Quería llamar a los médicos, pero me detuvo y me dijo que el comandante Jackson le había disparado porque lo iba a exponer por traficar drogas de Afganistán a los Estados Unidos. Y luego...

El pecho se le estremeció, y rompió a sollozar sin poder controlarse. Era un sonido femenino y débil, pero de lo más liberador.

—Luego murió —logró concluir antes de que la pena y el arrepentimiento se apoderaran de ella. Se acurrucó en una bola temblorosa y llorosa, y Owen la envolvió en sus brazos fuertes. Amber le apoyó la mejilla contra el pecho duro y lloró. Lloró por Bryan, por su vida, que se había destrozado y nunca volvería a ser igual, y por lo impotente que había sido frente a un hombre poderoso.

Owen la acarició y le susurró palabras en gaélico que no oyó sobre sus propios sollozos. Al cabo de un rato, el llanto cesó, y su cuerpo se relajó. Owen se limitó a abrazarla más fuerte.

—Es la primera vez que lloro desde que ocurrió —le confesó.

Se sentía más tranquila ahora que la presión la había abandonado.

—Está bien, mi cielo —le susurró contra el cabello.

«Mi cielo...». Algo se le derritió en el pecho. Se secó las lágrimas y elevó la vista hacia él.

—Jackson entró en las barracas y me encontró sosteniendo a Bryan con la pistola en la mano. Logró tomarme una fotografía y me aseguró que pagaría por lo que había hecho. Estaba a punto de llamar a las autoridades cuando tomé consciencia de lo comprometida que estaba. Entré en pánico. Sabía que no podría ganar contra él. Así que lo apunté con la pistola y lo amarré a una de las camas. Luego hui. He estado huyendo desde entonces.

—Has huido tanto, que terminaste viajando al pasado —murmuró.

Amber tragó con dificultad. Necesitaba hacerle la pregunta que le cerraba el estómago y le hacía apretar los puños hasta que las uñas se le hundían en las palmas.

—¿Me crees?

—Sí —respondió sin dudarlo ni un segundo—. Te creo, muchacha. Sé lo que es que te acusen de algo que no has hecho.

La ola de alivio que la inundó se sintió como un rayo de sol. Al mismo tiempo, algo se tensó en su pecho hasta el punto de hacerle sentir dolor.

Él la entendía. Él la había protegido. Él se preocupaba por ella.

Y ella se preocupaba por él, más de lo que quería, más de lo que podía permitirse. Más de lo que debería. Y cuanto más se preocupara por él, más terminaría sufriendo. Porque sin importar lo maravilloso que él hubiera sido con ella, aún era un hombre. Tarde o temprano, algo saldría mal, y él terminaría culpándola y abandonándola.

CAPÍTULO 16

OWEN SOSTUVO a Amber en sus brazos hasta que se quedó dormida. Relajada y cálida contra su cuerpo, respiraba tranquila, y las pestañas le titilaban como si estuviera soñando algo... Owen esperaba que fuera algo bueno.

Él no tenía tanta suerte. La confesión de Amber había despertado viejos demonios en su interior, los mismos demonios que intentaba olvidar.

Debía mantener la cabeza fría para llevarles las noticias de la emboscada en el paso de Brander a su familia y a Roberto. El resultado de la guerra podría depender de eso.

Sin embargo, al igual que en el pasado, se encontraba en una situación en la que le habían asignado una tarea importante y tenía a una hermosa mujer en apuros que lo necesitaba. No confiaba en su propio juicio. Amber le despertaba más sentimientos de los que nunca había sentido por nadie. Por supuesto que se había preocupado por las mujeres con las que se había acostado, pero sus aventuras nunca habían durado más de una noche o una semana. Transcurrido ese tiempo, se despedía y les deseaba una vida larga y próspera.

A Amber quería hacerla sonreír todos los días. Quería matar a ese bastardo del comandante Jackson. Sentía la misma ira que ella porque la hubieran tratado de un modo tan injusto. Al fin y al cabo, él también sabía lo que era cargar con el peso de una acusación falsa. En su caso, su padre siempre lo había escogido último para llevarlo a la batalla y dudaba a la hora de darle alguna responsabilidad. Y no solo su padre, sino que sus hermanos también.

Owen siempre llevaría cargos de consciencia tanto por la muerte de Lachlan, como por la enemistad entre los MacDougall y los Cambel y por la pérdida del favor del rey Juan de Balliol.

Todo eso había ocurrido porque se había distraído con diferentes mujeres.

Observó el rostro pacífico de Amber y se detuvo en sus atractivos labios carnosos. Su cabello seguía húmedo y le caía en pequeños rizos alrededor de los hombros. Owen admiraba su espíritu, su valentía y sus habilidades para luchar. Era una guerrera, y él nunca antes había conocido a una mujer guerrera.

Y el hecho de que fuera una fugitiva...

Él creía en su inocencia tanto como le hubiera gustado que su clan le hubiera creído cuando lo acusaron de robar el oro.

Ella era muy buena y había permitido que las personas se aprovecharan de eso. Había estado en el lugar y el momento equivocados. Eso era lo único que había hecho mal. Owen se sintió furioso de que algunos hombres como Jackson la hubieran utilizado. Hombres como John MacDougall y *sir* de Bourgh.

Aunque estaba furioso de que le hubiera pasado a ella y a él, sabía que llegaría el momento de utilizar la información que había adquirido en contra de ellos para así vengarse.

Aun así, para que eso llegara a ocurrir, no podía permitirse ninguna distracción. Por primera vez en su vida, se prometió que no iba a ceder al deseo. No se acostaría con Amber. No permitiría que su miembro arruinara la misión más importante de su vida.

Despertó a Amber cuando la leña del hogar se redujo a carbones casi apagados y el cielo comenzó a aclararse detrás de las persianas. El sol saldría pronto, y debían marcharse.

—Muchacha —la llamó en un susurro.

Cuando ella se movió, sus senos se rozaron contra el pecho de él. Tan solo una delgada capa de lino separaba sus cuerpos. Bajo el poderoso hechizo de su feminidad, su miembro cobró vida y se endureció. Amber abrió los ojos y lo miró con la vista nublada por el sueño.

—Debemos marcharnos —le dijo.

—¿Qué? ¿Por qué?

—Para no llamar la atención. Puede que los ingleses nos vengan a buscar aquí hoy, y si no es hoy, será mañana. No estamos muy lejos de Stirling.

—Tienes razón.

Cuando se estiró, se arqueó contra el cuerpo de él. Owen tensó el mentón y le rogó a Dios y las hadas que le dieran la fuerza necesaria para no excitarse aún más. Ella se volvió a fundir en sus brazos, y sus miradas se encontraron. Por primera vez desde que la había conocido, se mostraba con la guardia baja. Había una especie de franqueza en su mirada que nunca antes había visto. Ya no pretendía ser alguien de su época. No se escondía. Y tampoco estaba huyendo.

En su lugar, Owen vio su alma y supo que se había perdido en ella. Para siempre. A partir de ese momento, su corazón latía por ella. Respiraba por ella. Se había enamorado de ella.

Por primera vez en su vida, se había enamorado.

El sentimiento le encendió una luz en el pecho que se le extendió por todo el cuerpo. Era como si el sol residiera en su corazón. Ella era el sol.

Bajó el rostro y la besó. Amber no se resistió ni se apartó. Le devolvió el beso como si fuera lo más natural del mundo. Fue un beso suave, delicado y cariñoso. Aunque no contenía indicios de voracidad ni de pasión, incrementó el deseo en su miembro endurecido.

Tuvo que recurrir a todo su autocontrol para no profundizar el beso, para no hacer la sábana a un lado y explorar ese cuerpo tan apetecible a besos.

«No puedes fallar», se recordó. «Esta vez, no te puedes permitir fallar».

Tras ese pensamiento, se apartó.

—Debemos marcharnos —repitió con la voz ronca.

Amber asintió. Un dejo de desilusión le cruzó el rostro, pero desapareció pronto. Se vistieron, comieron las sobras de la cena, dejaron unas monedas sobre la mesa y se marcharon. En el exterior hacía frío en contraste con el calor de la habitación. El borde del cielo índigo brillaba en un tono dorado hacia el este, y la aldea ya comenzaba a despertarse. Los gallos cantaban. Una mujer salió de una de las casas y se dirigió a un establo para vaciar un balde. Owen tomó una profunda bocanada de aire y sintió el aroma al césped y el rocío matutino.

—¿Puedes montar? —le preguntó.

—Sí, creo que sí. Si sobreviví ayer, creo que estaré bien.

La ayudó a montarse sobre el caballo y, cuando salieron de la aldea, apretaron el paso a un trote. Continuaron a ese ritmo hasta que los caballos se cansaron y disminuyeron la marcha. Owen aprovechó el tiempo para ayudar a Amber a sentirse cómoda sobre el caballo. El día anterior, había aprendido mucho con la práctica, pero ahora le explicó todo lo que no le había podido enseñar antes.

Cabalgaron por el bosque y se mantuvieron alejados del camino que se dirigía al norte. Amber parecía más tranquila, más relajada y más segura.

—Anoche te quería preguntar algo —comenzó—. ¿A qué te referías cuando dijiste que sabías lo que era que te acusen de algo injustamente?

Owen la miró con intensidad. Oh, no debería haber dicho nada la noche anterior. Si le respondía, sabría de sus peores fracasos. ¿La desilusionaría?

Ella se había abierto con él, y él quería hacer lo mismo. Estaba enamorado de ella y anhelaba una conexión.

Su caballo se mecía con ritmo mientras andaban. El bosque olía a tierra, flores silvestres y moho, y el viento balanceaba las ramas y los árboles. El sol estaba alto en el cielo, y los rayos dorados de luz se colaban entre las ramas.

—Sucedió en un día como este —respondió con el estómago tenso—. En un día de verano cálido y soleado. Yo era un muchacho de dieciséis años e iba de regreso a casa desde Dunollie, el fuerte de los MacDougall. Nuestros clanes solían ser aliados, y los MacDougall nos recibieron a mí y a cada uno de mis hermanos en su hogar durante unos meses. A la vez, durante algunos períodos, sus hijos también vivían con nosotros en Innis Chonnel, la sede de nuestro clan en ese momento.

Como Amber parecía confundida, le explicó:

—Es una tradición de las Tierras Altas. Para estrechar los lazos entre los clanes, albergamos a los hijos de otros clanes. Alasdair, el hijo de John MacDougall, se encontraba con mi familia en ese momento.

Owen apretó las riendas al recordar lo que Alasdair le había hecho a Marjorie años después. John MacDougall había permitido que su hijo la secuestrara, la violara y la lastimara. Luego de eso, nunca había vuelto a ser la misma. Owen y sus hermanos la habían entrenado para que aprendiera esgrima, y se había convertido en una gran guerrera. Pero juró que jamás volvería a casarse.

Una decisión que comprendía.

—El rey Juan de Balliol nos estaba visitando en ese momento, y yo debía regresar a casa. John MacDougall me pidió que llevara una bolsa con monedas de oro como regalo del clan MacDougall al rey.

—¿Tenías dieciséis años, y él te confió la tarea de entregar el oro?

Owen se rio con amargura.

—Sí, a mí también me pareció extraño. Pero soy el hijo más joven de mi padre, y uno de los más jóvenes entre todos nuestros primos. Craig y Domhnall siempre recibían toda la atención. Hasta mi primo Ian, que vivió con nosotros varios años, la recibía. Mi padre lo tomaba más en serio que a mí. Como a menudo me abandonaban a mis propios medios, yo me juntaba con los niños de la aldea y hacía lo que quería.

No le contó que su padre nunca lo había castigado por haber descuidado sus deberes porque ni siquiera lo había notado. Fue por eso que Owen comenzó a portarse mal. Cuando tuvo la edad suficiente para comenzar a tomar lecciones de esgrima, se negó y quiso aprender tiro con arco. Solía asustar a las lavanderas con sus bromas y esconder las especias y la costosa sal del cocinero.

Owen había querido que su padre lo valorara tanto como los valoraba a Craig y Domhnall y que le diera alguna responsabilidad. Había intentado sobresalir entre sus hermanos, pero hacia los dieciséis años, ya se había ganado la reputación de un muchacho al que le gustaba pasárselo bien, perseguir a las campesinas y hacer bromas. Su padre no confiaba en él, y eso era su propia culpa.

Por eso, cuando el jefe de los MacDougall le pidió que llevara el oro, a pesar de que todo en su interior le decía que algo no iba bien, había ignorado sus instintos y aceptado la misión.

—Me imaginé lo orgulloso que estaría mi padre cuando llegara y le entregara el oro al rey. Cómo mis hermanos me verían diferente. Cómo mi padre comenzaría a llevarme con él a las batallas y a darme más responsabilidades.

Al apretar más las riendas, se clavó las uñas contra las palmas.

—Prometí que protegería el oro con mi vida de ser necesario, pero no esperaba encontrar ningún problema. Supuse que un muchacho joven como yo no atraería demasiado la atención. Pero no podía estar más equivocado.

Amber lo miró con compasión.

—¿Qué pasó?

—En el camino, encontré a una bonita muchacha, y un hombre la estaba atacando. Luché contra él y lo obligué a marcharse. Como la muchacha estaba conmocionada, me quedé para asegurarme de que se encontraba bien. Bebimos vino y, bueno, digamos que se puso cariñosa. Yo era un muchacho bastante excitable, y su atención me atrajo como la miel a los osos. No me pude resistir.

Amber apretó los labios y se quitó un mechón de cabello de los ojos.

—Pero me quedé dormido antes de que pasara nada y, cuando me desperté, se había marchado. El oro había desaparecido.

—Cielos...

—Sí. Ni siquiera pensé que tuviera sentido buscarla, pero lo más extraño de todo fue que... Me avergüenza decirlo, así que por favor no te rías.

—*Okey*.

Owen suspiró. Las mejillas se le habían ruborizado un poco.

—No se me bajaba la erección.

—¿Qué?

—La tenía dura como una piedra, sin importar lo que hiciera.

Los labios de Amber formaron una sonrisa. Los apretó para contenerse, pero al final se le escapó una risita.

—Entonces, ¿te dio Viagra?

—Eh...

—En mi época, el Viagra es un tipo de medicina que les permite a los hombres tener erecciones durante mucho tiempo. En general, es para los hombres mayores o los que tienen problemas. Supongo que ese no era el caso para ti, ¿no?

Owen reprimió un gruñido.

—No, no tengo ningún problema.

Y le encantaría demostrarle que nunca había tenido ningún problema en esa área de su vida, en especial en presencia de ella. De hecho, ella tenía el mismo efecto que el Viagra en él.

Se miraron a los ojos, y Amber separó los carnosos y atractivos labios un poco. A Owen se le comenzó a endurecer el miembro otra vez.

Diablos. Con ella, parecía más un muchacho que un hombre de veintinueve años.

Negó con la cabeza y miró hacia adelante.

—Llegué a casa con el miembro duro y sin el oro. Crucé el

gran salón sin saludar ni al rey ni a mi padre. Fui directo a mi habitación. En ese momento no lo sabía, pero Alasdair debió conocer el plan desde el comienzo. Su trabajo era señalar que no tenía el oro y echarme la culpa. Aileene y el hombre que «la había atacado» llevaron el oro a Innis Chonnel en secreto, y Alasdair lo escondió en mi habitación. Lo habían planificado todo con anticipación. Entró en mi habitación con mi abuelo Colin, que era el jefe de nuestro clan en ese entonces. Mi padre, mis hermanos y mi primo también vinieron. Y el rey. Todos vieron mi humillación. Y cuando les conté que me habían robado el oro, Alasdair señaló una bolsa que había debajo de mi cama. Era la misma bolsa que me habían robado en el bosque.

Amber negó con la cabeza.

—Alguien te tendió una trampa.

Le creía... Owen se sintió aliviado.

—Sí, Alasdair me acusó de haber robado el oro.

Ella volvió a negar con la cabeza.

—¿Y por qué los MacDougall traicionaron a tu clan?

—El rey Juan de Balliol le dio parte de sus tierras a nuestro clan en reconocimiento de un buen servicio. Los MacDougall querían que perdiéramos el favor del rey para recuperar sus tierras, pero lo que terminaron comenzando fue una enemistad. Fue el comienzo del fin. Fue una trampa, y yo caí en ella.

—No solo tú, tu familia también. ¿Le creyeron a Alasdair o a ti?

—A Alasdair.

—¿Ves? Ellos también cayeron en la trampa de los MacDougall.

—Sí, pero no fue culpa de ellos. Dada mi reputación, no era de sorprender. Yo siempre me metía en problemas. Era impredecible. La oveja negra.

—Sí, pero ¿acaso tu padre no podía ver que eras incapaz de robar sin importar lo impredecible que fueras?

La voz sonaba enfadada, y los bonitos ojos echaban chispas. Su propio clan no le había creído y, a pesar de eso, esta muchacha, esta forastera del futuro, le creía. Un sentimiento de euforia le recorrió el cuerpo entero. No podía sentir más agradecimiento hacia las hadas, o el destino, o a quien sea que le hubiera enviado a Amber.

—No, mi padre no lo podía ver, pero ya no importa. Con el tiempo, mi hermano Craig y mi primo Ian llegaron a creerme, aunque Domhnall y mi padre siguen sin poder confiar en mi plenamente. Están en lo cierto. He hecho muchas cosas de las cuales no me enorgullezco.

Se refería a lo que había ocurrido en Inverlochy, donde había causado el asesinato de Lachlan. Y de haber perdido el castillo cuando los ingleses lo estaban asediando. Y que los capturaran. Y que hubieran torturado a Amber. Todo eso era su culpa.

—Pero ahora que sé dónde van a atacar los MacDougall y los ingleses, puedo ayudar al clan. Solo espero que me tomen en serio esta vez.

Esperaba que cuando vieran a una mujer hermosa a su lado, no asumieran que lo habían vuelto a embaucar. Tenía que mantener sus pensamientos y sus manos alejados de Amber el tiempo suficiente para actuar con responsabilidad y advertirle al rey acerca de la trampa que le querían tender los ingleses.

CAPÍTULO 17

Dos días después...

—¿Qué sucede ahora, muchacha? —preguntó Owen.

Estaban sobre los caballos en la cima de una pequeña colina. Amber tenía la mirada clavada en Glenkeld, el pequeño castillo que se erguía a la orilla del lago. El agua estaba tan quieta que el castillo, las colinas y las montañas se reflejaban sobre la suave superficie del lago. En comparación con Stirling, era pequeño. Tenía una torre cuadrada grande y cuatro muros cortina que se asemejaban a los de Inverlochy. De algún punto detrás de las murallas, salía humo de un hogar. Varias ovejas y vacas pastaban alrededor de las murallas, y el aire olía a estiércol, césped y flores.

Ese era el hogar de Owen. No el de ella.

Amber se mordió el labio. De cualquier forma, ¿dónde estaba su hogar? Desde que fallecieron sus padres y Jonathan vendió la casa para dividir el dinero entre ellos, no había tenido un lugar al que regresar. Antes de servir en Afganistán, había dejado su apartamento. De cierto modo, el ejército era su hogar.

Hasta que ese hogar la traicionó.

Entonces ¿qué sucedería ahora?

Lo que más quería hacer era regresar a su época, limpiar su nombre y enviar al bastardo que había asesinado a Bryan y traficaba drogas a la cárcel. Vivir escondiéndose, mirando por encima del hombro y estando enfadada por la injusticia le carcomería el alma. Si tuviera el coraje suficiente, regresaría a Inverlochy y atravesaría la piedra para regresar al siglo XXI. Acudiría a Jonathan. Contrataría a un abogado, y trabajaría sin cesar para reunir las pruebas que necesitaba en contra del comandante Jackson.

Pero todo eso no era más que un sueño. La realidad era que Jackson la aplastaría. Ella no era lo suficientemente fuerte como para derrotar a un gigante como él. En el pasado, nunca se había enfrentado a sus hermanos y detestaba ser una cobarde indefensa.

—No lo sé —respondió—. Sin dudas, no puedo regresar a mi tiempo. De lo contrario, me atraparán.

Owen ofrecía una vista espectacular: un guerrero medieval lleno de orgullo montado a caballo. Un mechón de cabello rubio le caía sobre la frente. Los moretones del rostro le añadían cierta aspereza a los hermosos rasgos, y la barba incipiente comenzaba a crecer más y tornarse del color dorado pálido del trigo con unos matices ámbar. Lo cierto era que podría hundirse en esos ojos verdes y perderse allí para siempre. Ese sería un hogar maravilloso para ella.

—Si no puedes regresar... —Owen tragó saliva—, ¿qué vas a hacer?

Mientras esperaba su respuesta, no se movió ni un centímetro, pero Amber pudo ver que el pecho le subía y le bajaba más rápido y que la vena del cuello le latía acelerada.

¿Qué haría? Podría quedarse en ese siglo.

Sin embargo, ¿había perdido la razón al punto de considerar esa opción? El *highlander* musculoso que tenía enfrente no tenía nada que ver con eso. Allí estaba más a salvo... en términos generales. O al menos cuando no la perseguían y la torturaban los ingleses.

—Supongo que me podría quedar aquí. Tu familia no me arrojará al calabozo, ¿no?

Owen se rio.

—No. Estás a salvo con nosotros. Y te prometo que de Bourgh no te tocará ni un pelo sin oír lo que tengo para decir primero. ¿Quieres ser una invitada de nuestro clan?

—¿Una invitada? Claro. Gracias por la invitación, eres muy amable. Pero ¿qué puedo hacer aquí? ¿Cómo puedo ganar dinero? No creo que sepa hacer nada que sea de utilidad en este tiempo.

—Por lo general, las mujeres se casan, y sus maridos proveen por ellas. Le puedo pedir al jefe del clan, mi tío Neil, que te encuentre un marido. —Al decir eso, se le tensó el mentón.

Amber se rio.

—¡No me voy a casar en la Escocia medieval!

—Si planeas quedarte aquí, necesitarás a alguien que te proteja. Incluso una muchacha fuerte como tú necesita un padre, un hermano o un marido.

—Estoy segura de que estaré bien sola. Quizás me puedas enseñar a blandir una espada para que pueda protegerme.

—Sí, claro. Pero primero, vamos a casa.

Durante los últimos dos días, en el camino de regreso de Stirling, habían tomado la precaución de evitar las carreteras lo más posible. Como iban vestidos con las prendas de los ingleses, el peligro al que se enfrentaban era doble: los *highlanders* podían matarlos al verlos, y los ingleses también si se enteraban de que ellos no eran sus compatriotas. Y eso sin mencionar a los hombres de *sir* de Bourgh, que seguro seguían buscándolos.

Owen la fascinaba. No solo era un bombón a la vista, sino que desde que le había contado lo que le sucedió con el oro, no podía evitar sentir una conexión con él, como si un milagro hubiera ocurrido y se hubiera ganado la lotería.

Le encantaba montar a su lado y escuchar las historias que él le contaba acerca de su clan, la guerra, y Craig e Ian. Había dormido a su lado, pero nunca había intentado besarla o hacer nada. Se había limitado a yacer a su lado duro como una estatua.

Estaba desconcertada por la repentina distancia física luego de lo que habían compartido antes y se sentía un poco lastimada. ¿Por qué le resultaba tan poco atractiva de repente? Antes la había deseado. Había visto su imponente erección en la taberna. Lo había sentido en la forma en que la besó y en las simples caricias de sus manos. En sus abrazos. ¿Estaría tan horrorizado por su confesión que no soportaba tocarla?

Eso no debería molestarla. Involucrarse con él complicaría mucho las cosas, y eso era algo que no se podía permitir.

Cabalgaron hacia el castillo y se detuvieron delante de las puertas. Varios arqueros salieron a la muralla y los apuntaron con sus flechas.

—¿Quién anda allí? —resonó una voz masculina.

—Te agradecería que no nos dispararas, Malcolm —respondió Owen—. ¿No me reconoces?

Un hombre de cabello blanco que le llegaba hasta los hombros y una barba del mismo color se asomó al terraplén.

—¿Owen? —preguntó.

—Sí.

El hombre suspiró y negó con la cabeza.

—Solo tú puedes llegar en plena luz del día vestido como un bastardo *sassenach*. ¡Déjenlos entrar!

Owen miró a Amber entretenido. Las puertas se abrieron, y entraron a caballo.

Malcolm bajó las escaleras de la cima de la muralla.

—Estaba así de cerca de dar la orden de que dispararan —le dijo juntando el pulgar y el índice—. Ven aquí, canalla.

Envolvió a Owen en un abrazo de oso, y los dos se dieron palmadas en la espalda.

—¿Qué está pasando? —preguntó alguien.

LA VOZ ENFADADA DE DOUGAL CAMBEL HIZO QUE A OWEN SE le tensara el estómago. Soltó a Malcolm y se volvió para mirar a su padre que avanzaba hacia ellos con Craig, Domhnall y varios hombres más a sus espaldas. Detrás de ellos, se erguía la muralla norte que se estaba desmoronando y le habían colocado pinchos afilados. A Owen se le revolvió el estómago al imaginarse a Marjorie teniendo que luchar contra los MacDougall. Craig le había contado en privado que un guerrero del futuro que había ayudado a Marjorie a proteger a Colin y el castillo había sugerido la construcción de los pinchos. Las puertas habían sido reconstruidas con madera nueva... ¿serían parte de las defensas del castillo? Su hermana fuerte y valiente... Deseó haber podido estar allí para proteger su hogar. La echaría de menos. Con un dolor agridulce en el corazón, se preguntó cómo serían las vidas de Marjorie y Colin en el siglo XXI, y esperó que ese hombre hiciera muy feliz a su media hermana.

—Owen, hijo —comenzó Dougal—, estás vivo.

Su padre le sujetó el hombro y se lo apretó. A pesar de que la muestra de cariño fue inesperada, Owen lo abrazó y se preparó para las preguntas que sabía vendrían a continuación.

—¿Qué sucedió? —preguntó Craig—. ¿Por qué llevas prendas de *sassenach*? ¿Y quién es el mu...? —Frunció el ceño y miró a Amber— ¿O es una muchacha?

—Sí, soy una «muchacha», ¿*okey*? —respondió Amber, y Craig arqueó una ceja—. Gracias por notarlo.

Craig intercambió una mirada con Owen. Sin lugar a dudas, su medio hermano había reconocido el acento. Todos se volvieron para estudiar a Amber.

Owen se aclaró la garganta.

—Es Amber. *Sir* de Bourgh nos secuestró durante el asedio de Inverlochy. Nos llevó a Stirling. Nos las ingeniamos para escapar, pero nos tuvimos que disfrazar de ingleses.

—Temíamos que hubieras muerto —le dijo Craig—. Cuando recuperamos el castillo, no te pudimos encontrar. Nadie te vio caer, y no se encontró ningún cuerpo. Fue como si hubieras desaparecido...

A Owen se le ocurrió que su hermano podría haber sospechado que había viajado en el tiempo. Al principio, el pensamiento le pareció divertido, pero luego se dio cuenta de que era una posibilidad muy real.

—Sabía que no habías muerto —le aseguró su padre—. Eres demasiado astuto para permitir que la muerte te lleve tan pronto.

—Por momentos, no lo sentí así —repuso Owen.

Su padre se puso pálido, y a Owen se le hinchó la nuez de Adán al intentar tragar con dificultad. Esa situación era demasiado similar a lo que le había ocurrido a Ian. Hacía muchos años, durante una batalla con los MacDougall, todos pensaron que Ian había muerto y los MacDougall se habían quedado con su cuerpo. Sin embargo, los Cambel se habían equivocado, y a Ian lo habían vendido como esclavo, pero hacía unos meses había escapado del califato y regresado a casa.

Owen sabía muy bien que su familia no deseaba revivir el horror de esa experiencia.

—Y tú, ¿quién eres, muchacha? —preguntó Craig.

Amber intercambió una mirada con Owen, quien asintió con la cabeza para indicarle que compartiera la historia que habían tramado juntos.

—Vengo del califato. Me contrató Kenneth Mackenzie.

Mientras la estudiaba, Craig frunció el ceño. Su padre y el resto de los presentes la miraban con incredulidad.

—Y, en concreto, ¿cómo fue que los terminaron secuestrando juntos? —preguntó el mayor de los Cambel pasando la mirada de Amber a Owen.

—Owen me ayudó —respondió Amber, y su voz sonó llena de gratitud—. Me salvó la vida frente a los ingleses.

Owen apretó los dientes. Prefería que nadie más supiera eso.

—Ayudaste a una mujer —comenzó su padre—, perdiste el castillo a manos de *sir* de Bourgh y terminaste secuestrado.

El labio superior se le curvó hacia arriba para formar la misma mueca de disgusto que había visto en su rostro en incontables ocasiones. En el pasado, eso solo lo había llevado a rebelarse más contra él, a demostrarle a su padre que no necesitaba su aprobación y que no le podía importar menos tenerla.

Ahora, en cambio, no se podía permitir actuar de ese modo. Tenía una misión muy importante, debía entregar un mensaje.

—No, no entiendes —intervino Amber—. Nos salvó a los dos. A él lo torturaron, pero no dijo nada acerca de Roberto. Él...

Owen se preocupaba por la muchacha y estaba agradecido por que lo defendiera, pero solo estaba empeorando las cosas. La expresión de horror en el rostro de su padre se intensificó. Sin lugar a dudas, pensaba que Owen se estaba escondiendo tras las faldas de una mujer y que le permitía luchar sus batallas.

—Amber —la interrumpió Owen—. Déjame explicarlo, ¿de acuerdo?

Ella cerró la boca, asintió con la cabeza y dio un paso hacia atrás.

Owen clavó la mirada en su padre.

—Sí, terminé secuestrado. Y no logré mantener el castillo de Inverlochy luego de que Kenneth Mackenzie cayera. Pero vi a John MacDougall en Stirling.

Dougal se cruzó de brazos.

—¿Ah, sí? ¿Y qué dijo?

—Planean tenderle una emboscada a Roberto cuando avance hacia Lorne para atacarlos.

Dougal soltó un suspiro.

—¿Dijo eso?

—Sí.

Dougal miró a Amber con intensidad.

—¿Tú también lo has oído, muchacha?

—No, no estaba presente, pero...

Dougal negó con la cabeza y la interrumpió.

—¿Tienes alguna otra evidencia, hijo?

Owen sintió el peso de la impotencia sobre sus hombros acompañado del de sentirse solo, del de ser un forastero en su propio clan. Craig tenía el ceño fruncido, y su rostro registraba dudas. Como el año anterior Owen lo había decepcionado, no lo podía culpar por dudar de él. Por su parte, Domhnall lo miraba como si cada palabra que saliera de su boca fuera puro palabrerío.

—La única evidencia que tengo es mi palabra, padre —respondió.

—Sí, bueno, tu palabra no es la fuente más confiable. Y sabiendo lo mucho que te gusta impresionar a las muchachas... El hecho de que tengas esta información parece demasiado conveniente.

—¿Crees que estoy mintiendo?

—No, no sé si estás mintiendo, pero sí sé que en lo que respecta a John MacDougall, hay que irse con mucho cuidado de sus engaños. Tú y John tienen eso en común.

—No me pongas en la misma categoría que a ese bastardo.

Dougal suspiró.

—Sí, eso fue demasiado. Olvidémonos del asunto. Ven, vamos a comer y beber para celebrar tu regreso. Y oiremos historias del califato y de Stirling. Ahora que has regresado, no faltará entretenimiento.

Apretó el hombro de Owen y lo condujo hacia el gran salón. Owen le dirigió una mirada a Amber que decía «te lo dije», y el rostro de ella registró preocupación.

Sin importar cuánto intentara ayudar a su clan, todos los Cambel tenían una imagen de él en la mente. Sabía que no confiarían en él. Pero por más que no le creyeran, tenía que trasmitirle el mensaje a Roberto. Esa era su misión, y en esa oportunidad, no fracasaría.

CAPÍTULO 18

MIENTRAS SE ACOMODABAN en la mesa, Owen sintió la tensión que le pesaba sobre los hombros. Aun sabiendo que necesitaba explicarse e intentar convencer a su familia de que lo que había dicho acerca de *sir* de Bourgh era cierto, no se apartó del lado de Amber ni un segundo.

Por más que allí nadie le iba a hacer daño, eso no importaba; de todos modos, se sentía protector hacia ella. Amber era parte de él. Lo hacía sentir bien acerca de sí mismo. Lo había defendido en el patio como un lince enfadado. Nunca nadie lo había defendido de esa manera.

Claro que no necesitaba que nadie lo defendiera.

Pero saber que una mujer lo respaldaba era un sentimiento nuevo y dulce.

Y le encantaba. Demasiado.

Observó el perfil dorado y moreno de Amber unos instantes mientras ella masticaba un bocado de pan y movía los labios carnosos de forma seductora. Sabían muy dulces. Tan dulces que nunca quería dejar de besarlos.

Owen notó que la gente reparaba en ella y la miraba fijo. El color de su piel era poco común, pero también observaban su belleza. ¿Cómo podrían evitarlo? ¿Cómo podría alguien no quedar hipnotizado por esos ojos, esos labios, y ese tipo de feminidad que emanaba fuerza y poder? Tenía la gracia y la confianza de un predador, y podía ser tan dulce como un gato hogareño.

—Owen. —Cuando su padre interrumpió sus pensamientos, se volvió a mirarlo—. Veo que estás babeando por otra muchacha.

Owen se ruborizó. Suponía que se merecía ese comentario, pero deseó que su padre pudiera ver al guerrero en él y no al libertino.

Dougal arqueó una ceja y sirvió *uisge* en las copas.

—Sin embargo, no te juzgo, hijo. Es una muchacha muy hermosa. Nunca había visto a nadie como ella. Toda una belleza morena, ¿no crees?

Owen observó a Amber para asegurarse de que no pudiera oír la conversación.

—Es mucho más que eso —respondió, sintiendo que el instinto protector se le intensificaba—. Es una buena guerrera con habilidades con las que nunca has soñado. Y es valiente y fuerte. —Apretó el puño alrededor de la copa de *uisge*—. De Bourgh la torturó, le dio doce latigazos, y aun así no dijo nada.

Dougal arqueó una ceja.

—Nunca te oí hablar de nadie como hablas de ella. Esta te caló hasta el corazón.

¿Acaso oía compasión en la voz de su padre?

—No. —La mentira le raspó la garganta al pronunciarla. Lo cierto era que no solo la llevaba en el corazón, sino también en la sangre—. Simplemente admiro la valentía y la fuerza, en especial en una mujer. No son cualidades que se vean a menudo.

—Humm. —Dougal contempló la copa de *uisge* unos instantes y luego se bebió todo el contenido—. Cuéntame lo de John MacDougall. ¿Cómo fue que te dijo el plan de hacerle una emboscada a Roberto?

A Owen se le aceleró el pulso. Esa era su oportunidad de convencer a su padre de que no estaba equivocado. De que no intentaba impresionar a Amber y que en realidad tenía información que podría concederles la victoria sobre los MacDougall y los ingleses.

—Creyeron que estaba inconsciente —comenzó—. MacDougall habló de su plan con de Bourgh y no sabía que yo estaba escuchando.

—¿Y cómo sabes que no te estaba engañando? Tiene la astucia suficiente como para tenderte una trampa.

A Owen se le tensó el estómago hasta provocarle dolor.

—Simplemente lo sé, padre. Me dejó inconsciente de un golpe. Estaba allí acostado, sin sentido...

Dougal negó con la cabeza.

—Hijo, sé que no mientes, pero eso no quiere decir que él no te haya visto despertar.

Owen sintió náuseas en el estómago. Recordó la noche horrorosa en la que se tuvo que parar delante de su padre, Craig, Domhnall, su tío Neil y sus primos, avergonzado y desamparado, para repetir una y otra vez que era inocente, que todo había sido un ardid de los MacDougall, que el oro se lo había robado una mujer, y que alguien lo había colocado en su habitación. Nada de eso lo ayudó.

—Puede que me haya engañado con el oro —concedió—, pero no en esta ocasión. Saben que Roberto vendrá por ellos, y le tenderán una emboscada en el paso de Brander. Quieren repetir la batalla de Dalrigh.

—El oro...

—Por supuesto —escupió y las palabras le supieron amargas en la lengua—. Tu hijo se robó el oro del rey. Eso es lo que piensas, ¿no es cierto?

—El rey anterior pensaba eso, sí —respondió Dougal con los dientes apretados—, pero no importa lo que yo piense. Lo que importa es que no defraudemos al «nuevo» rey porque la libertad de nuestro país yace con Roberto, así como también todo por lo que hemos estado luchando desde William Wallace. Nunca habíamos estado tan cerca de la victoria. Si MacDougall te dejó oír esta información para tendernos una trampa, y el rey cae en ella, estará acabado. Todos lo estaremos. No puedo correr ese riesgo, Owen. Simplemente, no puedo.

Owen negó con la cabeza, y una amargura se le extendió por todo el pecho hasta causarle dolor. Tras todos los años que había pasado intentando demostrar su valor ante su clan, por fin tenía información valiosa en sus manos que podría ayudar, que podría ponerle fin a la guerra.

—¿Y si tengo razón? —preguntó—. ¿Y si Roberto cae en la emboscada y lo matan?

—No, no creo que suceda eso.

—No lo crees porque soy yo quien te ha dado la información. Si Craig hubiera dicho lo mismo, estarías de camino a ver a Roberto a esta altura.

Dougal se puso pálido.

—Ya sé lo que estás pensando. Ni se te ocurra llevarle la información al rey. Prométemelo.

—Padre...

—¿Sabes qué va a pasar cuando gane Roberto?

—Habrá paz.

—Sí, habrá paz. Y por fin tendremos venganza por todo lo que nos han hecho. A Marjorie. A Ian. A tu abuelo. Recuperaremos la sede de nuestro clan en Innis Chonnel. Neil dijo que Roberto le prometió todas las tierras de los MacDougall. Está considerando en casar a su hermana Mary con Neil. Podríamos estar casados con la familia real. Si Roberto gana, nos recompensará con riquezas y poder. Eso es algo que deberíamos haber tenido hace mucho tiempo y que los MacDougall nos quitaron.

—Padre, yo también quiero todo eso para nuestro clan, y por eso es que hay que advertirle al rey...

—No, si le cuentas esa historia y estás equivocado, lo perderemos todo. Nunca volverá a confiar en nosotros.

A Owen le vibró la garganta con el gemido que reprimió. ¿Cómo su padre podía ser tan terco? A pesar de todos los errores que había cometido como hijo, su padre debería tener fe en él.

Pero no la tenía. Intentar convencer a Dougal Cambel de algo cuando ya había tomado una decisión era inútil.

Owen no sabía qué hacer. ¿Debía hacer lo que su padre quería y guardarse la información? ¿O debía enviarle un mensajero a Roberto y arriesgarse a perder el favor del rey otra vez?

Si escogía la segunda opción, no podía tener ninguna distracción.

No habría lugar para Amber en su vida. Sin importar lo difícil que sería, necesitaba mantenerse alejado de ella. Su familia no lo tomaría en serio si pensaba que ella lo estaba distrayendo. No podía permitirse que le nublara la razón. Si dejaba que una mujer lo volviera a distraer, podría perderlo todo. Peor aún: su clan podría perderlo todo.

Así como también Escocia.

Bebió un sorbo de *uisge* y sopesó sus opciones. Sabía con la misma certeza con la que sabía que el sol saldría por la mañana, que «quería» esa responsabilidad. «Quería» ser un líder, al igual que sus hermanos y su padre. «Quería» ver respeto y admiración en los ojos de color malaquita de su padre. Aunque el precio que tuviera que pagar fuera dejar a Amber, dar un paso hacia atrás y alejarse lo más posible de ella.

—Sí, padre. —Alzó la copa de *uisge*—. Tienes razón. Bebamos por eso.

Owen no se había apartado del lado de Amber desde que entraron en el castillo de Glenkeld. Luego de abrazar a su padre, se había vuelto hacia ella para sostenerle la mano. A Amber, el contacto le había hecho sentir una descarga eléctrica en el centro de su ser y le había encendido fuego la sangre. Fue como si la unión de sus manos le hiciera sentir los rayos del sol en lo más profundo de su interior.

Se sentaron a una mesa larga con el resto de los Cambel. Aunque Owen le soltó la mano, sus caderas aún se rozaban, y a Amber le dio vueltas la cabeza como si hubiera bebido una copa de vino con el estómago vacío.

El cielorraso del gran salón era alto, y las ventanas pequeñas solo permitían el ingreso de poca luz. A lo largo de dos filas, se alineaban mesas y bancos largos. En el extremo opuesto del salón, había una gran silla y otra más pequeña al lado. La sala le hacía acordar al vestíbulo de una iglesia, pero olía a cerveza y comida.

Mientras Owen hablaba con su padre en voz baja, Amber notó que algo cambiaba en él. De pronto, se apartó de ella. El muslo se le puso más rígido que una piedra. Cuando comenzó a evitar mirarla, sintió que algo gélido se le enroscaba en la boca del estómago.

No, seguro que se lo estaba imaginando. Solo debía hablar con él.

Amber miró a la gran silla que se encontraba vacía.

—¿Tu padre es el jefe o algo del estilo?

Owen siguió su mirada.

—No. El jefe del clan es el tío Neil, el hermano mayor de mi padre. Mi tío es la mano derecha del rey, y tanto él como sus hijos están con Roberto ahora. Mi padre se encarga de administrar todo aquí.

Amber miró a Dougal mientras arrancaba un trozo de carne de una pata de pollo. Hablaba con uno de los hermanos de Owen, Domhnall, que se encontraba sentado frente a él. Su barba blanca se movía mientras masticaba, y llevaba el cabello corto del mismo tono al estilo militar. Amber vio de dónde había heredado Owen los ojos verdes, el mentón recto y la nariz perfecta. Era curioso: Dougal le recordaba a su propio padre. Los dos tenían un estricto aire militar. Su rostro reflejaba pocas emociones, y tenía la espalda tan recta como un mástil. Tenía la mirada cautelosa de alguien que estaba acostumbrado a lidiar con enemigos.

Si su padre estuviera vivo, ¿hubiera creído en su inocencia? ¿Hubiera acudido a él en busca de ayuda? Lo más probable era que no, pues él había sido parte del sistema militar que la había decepcionado. ¿Habría podido hacer eso a un lado y confiar en su hija? Durante toda su vida, lo único que había querido había sido que él se sintiera orgulloso de ella. Que sus hermanos la amaran y la respetaran.

Se debería haber defendido. Quizás entonces la habrían respetado más. Descartó la idea. Eso no hubiera hecho que les agradara más, solo hubiera intensificado los conflictos.

Como su cuerpo vibraba de estar sentada tan cerca de Owen, ignoró la copa que tenía delante y se concentró en la mano bronceada que él había apoyado sobre la mesa. Notó los delgados vellos rubios que le cubrían la muñeca y anheló acariciarle la mano, volver a sentir esa descarga eléctrica recorriéndola de pies a cabeza.

La mirada de Owen se detuvo en ella y, de pronto, en la habitación gigante no había aire suficiente. Cielos, esperaba que él no pudiera notar el efecto que tenía sobre ella. A Owen se le tensaron y endurecieron los músculos de los muslos. Amber se apartó de él y dejó de sentir el cálido contacto. Pero como Craig estaba sentado a su derecha, tuvo que regresar al lado de Owen para no acercarse demasiado a su hermano.

—Así que el califato... —comenzó Craig.

Sus ojos verdes se parecían a los de Owen. Los dos hermanos eran altos y fuertes, pero Craig tenía el cabello oscuro. Mientras Owen era alegre y despreocupado, Craig la miraba con una intensidad que la sostenía en su sitio como un tornillo de banco. Tenía la expresión de un detective.

A Amber la embargó la sensación de que la había descubierto mintiendo. Le ofreció una sonrisa nerviosa.

—Sí. —Se aclaró la garganta—. El califato.

Craig miró a la gente sentada a la mesa y se acercó a Amber.

—¿De casualidad quieres decir los Estados Unidos de América?

«¿Qué acaba de decir?».

—¿Y cómo diantres lo sabes?

Craig se rio y miró hacia un punto en la entrada. Una hermosa mujer de cabello cobre entró apoyando la mano sobre su vientre de embarazada. Llevaba las prendas típicas de una mujer medieval. El cuello del vestido de mangas largas estaba decorado con patrones celtas cocidos a mano. Llevaba el cabello recogido en dos rodetes sujetos con lazos blancos. Al ver a Craig, se iluminó y avanzó hacia la mesa.

—Mi esposa, Amy, te lo contará —le respondió.

Su rostro se transformó a medida que la mujer pelirroja se aproximaba a ellos. El detective que llevaba dentro había desaparecido, y toda su expresión se había iluminado con amor, orgullo y una suerte de posesividad. Estiró los brazos hacia ella, que lo abrazó y le apoyó una mano en el hombro antes de sentarse a la mesa frente a él. Observó a Craig durante unos instantes y luego reparó en Amber.

—Hola —la saludó.

¿Estaría alucinando o la mujer tenía acento estadounidense?

—Ho... hola —respondió.

Owen había mencionado a otros viajeros en el tiempo...

Amber y Amy se miraron fijo y ninguna de las dos se atrevió a decir más nada. Había mucha gente en el gran salón, y alguien las podría oír.

Craig se acercó a Amber y le ofreció una sonrisa traviesa.

—Estados Unidos de América. Hablen.

Amber parpadeó.

—¿Tú eres de...?

Amy intercambió una mirada de precaución con Craig, y su esposo se apresuró a asentir con la cabeza.

—Sí —respondió Amy tranquila—. De Carolina del Norte. ¿Y tú?

Amber exhaló y miró hacia el cielorraso. ¡Ella también era una viajera en el tiempo!

—De Chicago.

De a poco, una sonrisa afloró a los labios de Amy.

—¡Oh, por todos los cielos!

Estiró los brazos sobre la mesa, y Amber le tomó las manos.

—Qué bueno conocerte —siguió—. No es que esté sola aquí —se detuvo y le guiñó un ojo a Craig—, pero nadie entiende lo que es vivir en el pasado para las personas como tú y yo. Pero ¿cómo lo hiciste? ¿Por qué?

Amber se puso tensa y apartó las manos. A pesar de lo mucho que le alegrara conocer a una mujer de su época, no podía contarle a una desconocida que su gobierno la buscaba por asesinato.

—Es una historia larga —respondió—. ¿Y tú te has casado con Craig y esperas un bebé? ¿Has decidido quedarte?

Amy se rio.

—Sí, también es una historia larga. Al principio, decidí regresar, pero luego me di cuenta de que no podía vivir sin este hombre.

—¿Y no te arrepientes?

—No, ha sido la mejor decisión de mi vida.

Amber volvió a mirar alrededor para asegurarse de que nadie las oyera.

—Puede que yo también quiera quedarme.

—Oh. —Amy sonrió y arqueó las cejas—. ¿Por Owen?

A Owen se le tensó el mentón, y Amber sintió que se le encendía el rostro. Craig soltó una carcajada que hizo que varias personas volvieran las cabezas hacia ellos.

—No —respondió—. Por Owen no. Por mí. Aquí estaré mejor.

Anonadada, Amy frunció el ceño.

—¿Cómo que por ti? ¿Quién en su sano juicio se quedaría de forma voluntaria en la Edad Media cuando tenemos medicina, inodoros, duchas y microondas en el siglo XXI?

Amber apretó los dientes.

—Bueno, supongo que no estoy en mi sano juicio.

Amy negó con la cabeza y le sonrió para disculparse.

—Lo siento. No quise ofenderte. Pero ¿qué harás aquí?

—Aún no lo sé, pero no puedo regresar.

Amy frunció el ceño, hizo una mueca y tomó una profunda bocanada de aire.

Craig se enderezó.

—¿Qué sucede?

Amy negó con la cabeza.

—Nada, solo unas contracciones de Braxton Hicks... creo.

—¿Cómo dices? —preguntó Craig.

—Son como contracciones de práctica. No es nada. Ni siquiera duelen, solo se sienten extrañas.

Craig se puso de pie.

—Debes ir a acostarte. Iré contigo.

—No, estoy bien. En serio.

—Mujer, no discutas conmigo. O vas por tu cuenta o te recojo y te cargo. Tú eliges.

Amy puso los ojos en blancos y miró a Amber.

—¿Sabías que me retuvo cautiva durante varias semanas cuando nos conocimos? Supongo que algunos hábitos no cambian nunca.

—¡Amy Cambel! —exclamó Craig con un tono de advertencia.

—Oh, está bien. Ya me voy. —Se puso de pie—. Amber, ¿vendrás a hablar conmigo más tarde? ¿Por favor? No te haré preguntas que no quieras responder. Solo quiero charlar.

Amber sonrió.

—Claro. Por supuesto.

Amy se movió para besar a Craig, pero se detuvo y miró alrededor.

—No debemos hacer demostraciones públicas de afecto —le explicó a Amber—. Ya sé, ¿qué importa, no? Pero te acostumbras.

Cuando se fue, Amber miró a Owen.

—¿Nadie más sabe de ella? —le preguntó en voz baja.

—Solo Craig, nuestro primo Ian y yo... y algunos hombres de confianza que preferirían morir antes que revelar su secreto.

«Preferirían morir antes que revelar su secreto...».

Y ni siquiera eran familia de Amy. ¿Acaso los lazos del clan eran tan fuertes incluso si la gente no guardaba relación de sangre? De ser así, le gustaba mucho la época medieval. En especial la lealtad y el hecho de pertenecer a una comunidad. A Amber le gustaría ser parte de eso. Eran algunas de las cosas que había estado buscando cuando se unió al ejército.

Pero ¿qué había de Owen? ¿Cómo podía ser que su familia no le creyera? Deberían creerle. ¿Cómo era posible que protegieran a Amy a pesar de todo y no le dieran a Owen el beneficio de la duda? De seguro, si se los explicaba mejor, verían las cosas diferente.

Amber se volvió hacia Owen. Aunque en ese momento era una escultura de hielo y era evidente que no quería hablar con ella, tenía que hacérselo ver.

—Deberías hablar con ellos otra vez —le susurró—. Si confías en que te creerán, lo harán.

El rostro de Owen era una máscara gélida. Tenía la mirada fija en la mesa, y las comisuras de la boca se le curvaron hacia abajo.

—No es asunto tuyo. No sabes nada.

—De hecho, te equivocas. Veo mucha más confianza en tu familia que en la mía.

—Muchacha, no me hagas...

—Owen, por favor, si dejaras de ser tan egocéntrico...

—¿Egocéntrico? —gritó, y varios rostros se volvieron hacia ellos. Su padre lo fulminó con la mirada.

—Owen... —comenzó Craig con tono de advertencia.

Owen miró alrededor al tiempo que el pecho se le inflaba y desinflaba acelerado y las manos le temblaban. Se levantó del banco.

—No te metas en esto, Amber. Ya has causado suficiente daño. —Cruzó el gran salón a zancadas y desapareció. Amber sintió los ojos de Dougal sobre ella.

Quizás luego se arrepentiría, era probable que Owen nunca volviera a dirigirle la palabra, pero elevó el mentón y lo miró a los ojos.

—Debería confiar en su hijo, ¿sabe? —comenzó—. Usted es su familia. Abra los ojos. Su hijo es mucho más de lo que usted cree.

A Dougal se le cayó el mentón y la miró incrédulo, pero antes de que pudiera responder nada, Amber se puso de pie y se marchó.

CAPÍTULO 20

OWEN LE ENTREGÓ un pergamino enrollado en una funda de cuero a Malcolm.

—Ten cuidado —le dijo—. No le confío esto a nadie más que a ti.

Malcolm asintió con expresión seria y ocultó el pergamino en uno de los bolsillos internos del abrigo. Malcolm era uno de los hombres más leales y de confianza del clan. También era una de las pocas personas que podían ver más allá de la actitud de Owen y ver quién era en realidad: un muchacho con mala suerte y hermanos mayores a quienes admirar.

Malcolm se apoyó el puño enguantado en el corazón.

—Prefiero morir antes que permitir que alguien obtenga esto.

Owen miró la *claymore* de Malcolm con el pequeño escudo de armas de los Cambel en la empuñadura.

—Será mejor que lleves esta espada. —Le entregó la que le había quitado a uno de los centinelas ingleses en Stirling—. Será mejor que no tengas ningún indicio de que perteneces a nuestro clan. Si alguien te detiene, eres un simple viajero.

Malcolm la tomó.

—Cuida mi *claymore*.

—Sí. —Owen tomó el arma, y Malcolm asintió y se montó al caballo.

—Buena suerte —dijo Owen y le dio una palmadita al caballo. Soltó un suspiro profundo mientras Malcolm se alejaba a galope del castillo. Ya estaba hecho. Ahora solo restaba rogarle a Dios que Malcolm llegara a salvo a Inverlochy. Owen hubiera ido en persona, pero sabía muy bien que su padre nunca le permitiría marcharse del castillo. Hasta podría llegar a desheredarlo y exiliarlo del clan si lo intentaba.

Owen miró alrededor del patio. La mayor parte de los miembros del clan aún se encontraba en el gran salón comiendo. Malcolm no tenía idea de que Dougal no quería que Roberto recibiera el mensaje. De haberlo sabido, ¿le habría creído y le habría llevado el mensaje a Roberto?

Había una persona de pie en la entrada del gran salón que lo miraba fijo con una mirada oscura penetrante. Owen se quedó sin aliento al ver a Amber.

Aún estaba enfadado con ella. En gran parte, porque tenía razón. Tenía que volver a hablar con su padre. Enviar el mensaje a sus espaldas no solo estaba mal, sino que también era una traición hacia el jefe del clan. Aunque su padre no era el jefe, estaba a cargo mientras el tío Neil no se encontraba en el castillo.

Amber marchó hacia él.

—¿Qué has hecho? —Se llevó las manos a las caderas y lo fulminó con la mirada como una gata enfadada. Se detuvo tan cerca de él, que Owen podría haber estirado la mano y besarla.

Pero no podía hacerlo.

—Deberías ir a descansar luego del largo viaje —sugirió Owen.

—¿Enviaste a ese hombre para que le diera el mensaje a Roberto?

Owen guardó la *claymore* de Malcolm en la funda y caminó hacia la gran torre.

—No te preocupes por eso, Amber.

Ella lo siguió.

—Lo hiciste, ¿no es cierto? ¿Por qué no volviste a hablar con tu padre? Oí que te prohibió enviar el mensaje. Se pondrá furioso.

—Sí, pero no se enterará hasta que llegue Roberto.

—¿Lo has invitado aquí?

Owen entró en la torre y subió las escaleras. Su habitación estaba en la planta superior.

—Sí, debemos crear un plan para detener la emboscada del paso de Brander.

El rostro de Amber reflejó preocupación.

—Owen, puede que te hayas metido en un gran aprieto.

Él negó con la cabeza.

—No importa. Sé que tengo razón. También conozco muy bien el paso de Brander, y lo que John MacDougall describió en su plan coincide a la perfección.

—Te creo, solo desearía que el terco de tu padre también lo hiciera.

—Tú eres del futuro, ¿no sabes lo que va a ocurrir?

—Por desgracia, no estudié historia en detalle. Pero recuerdo que Roberto I de Escocia es un gran guerrero y un gran líder militar. Creo que es victorioso.

Owen suspiró aliviado.

—Qué bueno. —Habían llegado a la puerta de su habitación, y la abrió para entrar. Amber lo siguió.

—Pero no tengo idea de si puedes cambiar el futuro con tus acciones —señaló—. Y el hecho de que Amy yo estemos aquí podría cambiar el curso de la historia.

Ese pensamiento lo hizo estremecer tanto que le caló los huesos.

—Sí, no me lo tomaré como un futuro seguro. Me tengo que asegurar de que suceda, sin importar lo que pase.

Amber echó un vistazo alrededor de la habitación, y los ojos se le detuvieron en las espadas, los escudos y los arcos que colgaban de las paredes.

—Si me quedo más tiempo con tu clan, quiero ganarme mi propio sustento.

—No hace falta, muchacha. Eres mi invitada, te encuentras bajo mi protección.

Ella no respondió, sino que frunció el ceño.

—Mira, no tienes que sentirte responsable por mí, ¿de acuerdo? Gracias a ti, salimos de aprietos en Stirling. Me has salvado la vida, y siempre te estaré agradecida. Pero eso no significa que me debes tu protección ni nada.

Ella tenía toda la razón, pero no sabía que él perdería la capacidad de respirar si algo le llegara a ocurrir. Saber que se encontraba viva y bien era más importante que la comida y la bebida.

—No, te equivocas. De hecho, quiero que te quedes en esta habitación. El viaje hasta aquí ha sido duro para tu espalda, aún necesitas sanar.

—¿Qué? ¿Quedarme en tu habitación?

—Sí.

—Y... —tragó saliva—, ¿tú también dormirás aquí?

—No. Dormiré en el gran salón con los guerreros del clan. No es ninguna molestia, no te preocupes. Estoy acostumbrado a dormir en cualquier sitio.

—¿Dónde hubiera dormido de lo contrario?

—Lo más probable es que durmieras con las criadas, en algún colchón en el piso. Déjame tomar una túnica fresca y me iré.

Se quitó la túnica inglesa y avanzó semidesnudo hasta uno de los baúles que había en la habitación. Tomó una túnica y se quedó congelado al verla mirándolo. Sin interrumpir el contacto visual, Amber avanzó hasta él. Cuando su aroma dulce lo rozó, todos sus sentidos se intensificaron. Al mirarlo a los ojos, le temblaron las pestañas.

«Tómame en tus brazos», le rogaban sus ojos. «Bésame...».

Oh, anhelaba hacerlo. Su cuerpo reaccionó antes de que su mente pudiera evitarlo. La tomó en sus brazos. Sus pechos se apretaron contra él con cada bocanada de aire que respiraba.

Sus labios se encontraban allí. «Solo baja la cabeza y vuelve a saborear esa dulzura exuberante, piérdete en su esencia. Acaríciale el rostro y siente su piel suave».

Su cama también estaba allí. La habitación se había reducido al tamaño de una caja. Qué fácil sería recogerla, dar dos grandes zancadas y colocarla sobre el colchón. Acostarse a su lado y desvestirla antes de adorarle todo el cuerpo.

Entonces recordó las palabras de su padre: «Si te equivocas, lo perderemos todo».

Ceder ante sus deseos en ese momento, le nublaría el juicio. Sería más propenso a cometer un error y terminaría poniendo en riesgo su misión.

Tensó los brazos para evitar frotarle los hombros y el cuello y enterrar los dedos en el cabello de Amber. Quería tomarle el rostro entre sus palmas y besarla hasta hacerle olvidar su nombre.

Ella le apoyó una mano contra el pecho, y la palma le quemó la piel desnuda. Owen contuvo el aliento sin poder moverse. Si movía un dedo, todo su autocontrol explotaría. Era una perfecta seductora, le acariciaba el pecho con la mano y hacía que toda la sangre de su cuerpo fluyera hacia su miembro. Owen maldijo por dentro. ¿Cómo era posible que un gesto tan simple lo excitara tanto?

Amber llegó a su cuello, donde le dolía la herida. Sin tocarlo, siguió subiendo y le acarició el rostro. Sus labios estaban demasiado cerca, y se puso de puntas de pie para besarlo.

Lo que más anhelaba era besarla. Pero si sus labios rozaban los suyos, estaría perdido. Con delicadeza, le apartó la mano del rostro. Aunque detestó rechazarla, la soltó y dio un paso hacia atrás.

—Deberías mantenerte alejada de mí, muchacha. No soy bueno para ti.

Los ojos de Amber se nublaron de dolor. A Owen se le encogió el corazón al verla así, pero recogió la túnica limpia y se la pasó por la cabeza.

—Eres de no creer —le arrojó Amber.

Como un cobarde, sin siquiera mirarla, se marchó de la habitación. No defraudaría ni a su clan ni a su rey por ceder ante la distracción de una mujer hermosa. Se mantendría concentrado y se redimiría, aunque el precio de lograrlo fuera perder a Amber para siempre.

CAPÍTULO 21

—¿Puedo entrar? —preguntó Amber.

Amy estaba acostada sobre la cama, y una anciana le palpaba la barriga. La habitación era redonda y bastante espaciosa. Había una ventana angosta con las persianas abiertas que permitía el ingreso de la luz, y unas llamas bailaban en el hogar. Alrededor de la habitación había varios baúles y sillas.

Cuando Amy alzó la mirada, se le iluminó el rostro.

—¡Hola! Sí, claro.

Amber entró y se detuvo al lado de la cama. Un dosel de color lavanda colgaba del cielorraso y cubría los cuatro postes que se erguían de cada esquina de la cama.

La anciana se enderezó y miró a Amber con unos ojos claros que destellaban llenos de curiosidad. Era una mujer pequeña y llevaba un simple vestido negro y un pañuelo blanco en la cabeza. Tenía el rostro curtido y arrugado.

Amy se sentó en la cama.

—Amber, ella es Isbeil, la curandera del castillo de Glenkeld.

Isbeil se inclinó y recogió la cesta que había dejado al lado de la cama.

—¿Otra viajera de tu época? —preguntó con un tono casual.

Amber se quedó congelada en su sitio, dudando de si había oído bien a la mujer. Amy se rio.

—Sí. Isbeil lo sabe. No se le escapa nada.

Isbeil soltó una risita sin gracia.

—Prácticamente se puede oler la magia de las hadas en ustedes dos.

—¿Sabes de las hadas? —le preguntó Amber—. ¿Acaso Sìneag es un hada?

—Oh, sí. Es el hada que juega con los destinos. —Miró a Amy, y sus ojos se suavizaron—. Tu bebé está bien, al igual que tú. Es muy pronto para que el vientre se tense tanto, pero aún no estás lista. No te preocupes.

—Gracias.

Sin decir más nada, Isbeil se marchó de la habitación. Amber la observó fascinada. La mujer parecía muy mayor y, a pesar de eso, estaba llena de energía y se movía con facilidad.

—¿Cómo lo sabe? —preguntó Amber cuando Isbeil cerró la puerta a sus espaldas.

—Por tu acento. Pero no dirá nada. Confío en ella. Una de las cosas que tiene la Edad Media es que la gente vive tan cerca que todos se meten en los asuntos del resto. Aquí creen que soy rara, pero son buenas personas y me han aceptado.

Amber sonrió y negó con la cabeza.

—Sí, esta época es muy distinta a todo a lo que estoy acostumbrada. Esto te hace apreciar más lo que teníamos, ¿no? La libertad, las comodidades...

—Bueno, sí, pero ninguna comodidad en el mundo me haría abandonar a Craig. Lo que tenemos, toda la felicidad que sentimos, ninguna comodidad moderna podría superar eso.

Amber se rio por amabilidad. Qué afortunada era Amy. Deliraba de felicidad con Craig, tenía una familia con él... No pudo evitar sentir una punzada de celos. Se estaba enamorando de Owen, pero, a diferencia de Amy, nunca estaría con el hombre al que amaba... ni con nadie. Simplemente no podía depender de un hombre. O confiar en uno. En especial, en uno como Owen.

Además, le había dicho que debería mantenerse alejada de él. Se ruborizó de vergüenza al recordar su intento patético de besarlo. Negó con la cabeza para quitarse el pensamiento de la mente.

—Hablando de comodidades, ¿tienes alguna prenda que me puedas prestar? Todavía llevo puesto este uniforme inglés que apesta porque hemos pasado varios días en la carretera.

—Sí, claro. Te daré algunos de mis vestidos. —Se puso de pie y miró a Amber para calcular el talle—. Creo que quizás sean algo cortos para ti. Pero le puedo pedir a mi criada que te haga un vestido a medida. No te preocupes. ¿Quieres probarte algo?

Amy se inclinó contra uno de los baúles, y Amber se quitó la túnica por la cabeza.

—¿Tienes una criada? —preguntó.

Amy suspiró.

—Sí, lo sé. Tengo una criada. Suena muy sofisticado, pero una se acostumbra a esas cosas. Al principio, me negaba, pero con el tiempo me di cuenta de que no podía hacerlo todo: coser, hacer los vestidos, lavar la ropa... y no te confundas, aquí se lava todo a mano y con agua fría. También tienes que estar a cargo de la cocina, hacer la limpieza... Es mucho trabajo. Además, me gusta saber que le doy a una buena chica la oportunidad de tener un trabajo honesto. Ten. —Le entregó un vestido azul, otro de color rojo claro y unas túnicas.

—Gracias.

Cuando se volvió para poner los vestidos sobre una silla y poder probárselos, oyó un jadeo a sus espaldas.

—Amber, ¿qué te pasó en la espalda?

Se quedó quieta.

—Me dieron latigazos en Stirling.

—¿Latigazos? Aguarda, déjame mirarte. —Amy se acercó, y Amber sintió el roce suave de sus dedos sobre una de las suturas —. Las heridas se ven bien, pero alguien hizo un trabajo desprolijo. Tenemos que quitarte los puntos para que no te dé una infección. ¿Quieres que lo haga? Cuando regresé al pasado, traje suministros médicos.

—¿Los puedes quitar?

—Claro. Ven, acuéstate —le instruyó. Amber se recostó sobre la cama, y Amy se dirigió a uno de los baúles y comenzó a revolver sus contenidos.

—Veo que aún tienes zapatos modernos. Cuídalos. Son mucho más cálidos que estos. —Le mostró un zapato de cuero con la suela plana—. Le pediré a mi criada que te compre algunos en la aldea. Los necesitarás antes de lo que crees.

—Muchas gracias.

Encontró una botella de metal que sin lugar a dudas había traído del siglo XXI, y algo que parecía un botiquín de primeros auxilios.

—Ojalá yo hubiera tenido a alguien aquí que me ayudara con todas estas cosas desde el principio.

Regresó a la cama y colocó todo sobre las mantas. Extrajo unas tijeras afiladas, pinzas, algodón y vendas adhesivas. Vaya, la mujer era un milagro.

—¿Eso es lo que haces como esposa? —le preguntó—. ¿Administrar la casa?

Un líquido burbujeó un poco, y Amber sintió el olor a alcohol. Amy pasó un algodón humedecido contra las heridas de Amber, que sintió un ardor.

—Sí, Craig y yo tenemos nuestra propiedad, pero vinimos aquí porque es más seguro. Él tiene que unirse a Roberto a menudo, y prefiere que el bebé y yo estemos en el castillo. No tenemos tantos hombres como Neil y Dougal.

—¿Qué hacías antes, en Estados Unidos?

Amy tomó las tijeras y las pinzas, y Amber sintió un pequeño pinchazo en la espalda, seguido de un jalón y una sensación de ardor.

—Era una oficial de búsqueda y rescate.

—Yo estaba en el ejército. Era soldado y luché en Afganistán.

Amy colocó un pequeño trozo de hilo en un cuenco de madera.

—Oh, vaya, una mujer soldado...

—Ya no.

Sintió otro jalón y oyó el ruido de las tijeras.

—Si te pregunto por qué no me lo dirás, ¿no?

Amber soltó un suspiro.

—No creo que quieras saberlo.

Estaba segura de que Amy no querría a una sospechosa de asesinato cerca de su familia.

—Si ya no soy soldado, o guerrera o como sea que se llamen aquí, ¿qué puedo hacer para ganarme la vida?

Amy se rio.

—Qué buena pregunta. La mayoría de las mujeres se casan y administran sus hogares. Pero creo que eso no es lo que quieres hacer, ¿no?

—Ni de casualidad.

—Algunas mujeres hacen cerveza y se la venden a las tabernas. Se las llama cerveceras, y les va muy bien. Algunas tienen sus tabernas y posadas. La agricultura es esencial, pero es probable que no puedas hacerlo sola. También puedes trabajar en el castillo. Hay muchas cosas que se pueden hacer aquí. Las mujeres trabajan de criadas o nodrizas para la señora de la casa. ¿Tienes alguna habilidad médica?

—Solo las cosas básicas. Sé cómo detener una hemorragia, recolocar huesos rotos y esas cosas. Cosas que te enseñan para sobrevivir en un combate.

—Claro, entonces, ¿no puedes trabajar de curandera?

—¿Haciendo qué? ¿Colocando hierbas y sanguijuelas? —Amber se rio—. No, ni tampoco quiero hacerlo.

—¿Y asumo que no quieres ser monja?

Se volvió a reír.

—Preferiría hacer cerveza.

Amy había comenzado a mover los dedos más rápido, y las tijeras resonaban en el aire.

—Entonces, quédate conmigo hasta que te acostumbres a esta vida y sepas qué quieres hacer.

Amber soltó un suspiro largo, y sintió un dolor leve en el pecho. A pesar de encontrarse a miles de kilómetros y cientos de años lejos de casa, había conocido personas amables y cariñosas que se preocupaban por ella.

Aun así, sería una tonta si confiaba a ciegas en desconocidos. Además, no quería ser una carga. Su primer instinto era marcharse y crear su propio destino. Pero Owen estaba en lo cierto. Parecía haber más peligro para una mujer sola en esos tiempos, en especial para una que se veía tan distinta a todos los demás y con los ingleses buscándola. Siempre estaba la oportunidad de marcharse más adelante, cuando supiera cómo ganarse la vida y tener una vida segura.

—Gracias, Amy —le dijo—. Valoro mucho tu bondad. Owen también insistió en que me quedara como invitada suya hasta que fuera seguro marcharme.

Amy jaló muy fuerte de un nudo, y Amber se mordió el labio.

—*Okey*, entonces está decidido —concluyó—. Te quedarás con nosotros. Estoy tan contenta de conocer a otra viajera en el tiempo.

—Me quedaré, pero solo si algún día puedo pagarte por toda tu bondad.

—Oh, por favor, no te preocupes. —Jalón. Corte. Jalón. Corte. —Por cierto, ¿qué está pasando entre tú y Owen?

Amber sintió que se le encendía el rostro.

—Nada. Tuvimos la desgracia de que nos secuestraran juntos, y me salvó la vida cuando me dieron los latigazos. Ahora insiste en que sea su invitada y esté bajo su protección.

—¿Bajo su protección? Vaya...

—No quiero. Es sobreprotección. Hasta me cedió su habitación. Aprecio mucho el gesto, pero en verdad, solo quiero que me deje en paz.

Mentira. Lo que quería era a él. Pero tenerlo no era una posibilidad, sin importar cuánto le robara el aliento o lo mucho que la hiciera sentir viva, como si por fin pudiera relajarse y ser ella misma en lugar de tener que justificar su mera existencia.

Cuando estaba con él, Amber podía ser quien era en realidad.

Amy arqueó una ceja.

—No creo que ser sobreprotector sea una cualidad típica de Owen.

—¿Y qué es típico de Owen?

—Creo que nunca lo he visto con la misma mujer dos veces. Y ahora te cede su habitación y te ofrece su protección.

Amber negó con la cabeza, pero se le aceleró el pulso.

—Simplemente se siente responsable por mí.

—Puede que Owen sea un libertino y cometa errores, pero tiene buenas intenciones. Y sé que llegado el caso defenderá a su clan hasta el último aliento. Puede que sea un mujeriego, pero cuando se enamore, dudo que cambie sus sentimientos. Recuerda lo que te digo: será para siempre.

Amber se mordió la mejilla. «Cuando se enamore...». Recordó cómo se sentían sus labios sobre los suyos y la forma en que la llamaba «muchacha». Cuando él pronunciaba esa palabra, sonaba llena de luz solar. Pero él no estaba enamorado de ella. De ninguna manera. Quizás un poco prendado, pero nada más.

Y a pesar de eso, una pequeña parte de su corazón deseaba que lo estuviera. Era un hombre maravilloso, el mejor hombre que había conocido en su vida. No era perfecto, y ese era el motivo preciso por el cual lo amaba.

«¿Lo amaba?».

No, no lo amaba. ¿Cómo podía amarlo tras conocerlo tan poco tiempo? Quizás estaba algo embelesada con él. No podía negar que se sentía atraída hacia él. Y ¿cómo no? Era absolutamente hermoso. De solo estar en la misma habitación que él, sentía una paz profunda, como si por fin hubiera encontrado la parte del alma que había perdido hacía mucho tiempo. Como si por fin el viaje complicado hubiera acabado y hubiera llegado a casa.

Sin embargo, ¿cómo podía confiar en ese sentimiento?

CAPÍTULO 22

TRES DÍAS DESPUÉS...

OWEN CERRÓ LA PUERTA DE LOS ESTABLOS DE UN PORTAZO A sus espaldas. El olor cálido a caballos, heno y estiércol lo envolvió y lo distrajo de la discusión acalorada que acababa de tener con su padre. Parecía como si todo lo que hiciera sacara de quicio a Dougal.

Había sugerido que podía entrenar a los guerreros más jóvenes y, para su sorpresa, su padre se lo había permitido. Craig y Domhnall lo observaron mientras instruía a más de veinte hombres en el patio y les mostraba los movimientos que había utilizado en Stirling para luchar cerca del enemigo. Algunos de los hombres estaban sorprendidos, pues nunca lo habían visto tomar ningún tipo de iniciativa.

Mientras los guerreros se tomaban un pequeño descanso, Owen le preguntó a su padre si los podía entrenar de manera regular. Dougal le había respondido que esa era la tarea de Craig y Domhnall; era evidente que no confiaba en que asumiera la responsabilidad a largo plazo. Owen había recibido la negativa y la desconfianza como un puñetazo en medio del rostro.

El primer instinto habría sido rebelarse y huir, tal y como había hecho tantas veces en el pasado, pero su nueva forma de ser más responsable se opuso a eso. En lugar de huir, se quedaría y les demostraría a todos que se equivocaban. Les mostraría que había cambiado, que podía asumir responsabilidades y ser de confianza.

El segundo instinto habría sido buscar a Amber y besarla. Hablar con ella. Hacerle el amor. Permitirle que lo distrajera.

Pero eso sería un error. Durante los últimos tres días había logrado evitarla muy bien, a pesar de sentir que se estaba arrancando los dientes al hacerlo.

En lugar de eso, marchó hacia los establos para tomar un caballo y cabalgar hacia el norte, hacia una pequeña cueva que había sobre un lago a la que iba cuando se sentía como en ese momento: como un forastero en su propio clan.

Cuando los ojos se le ajustaron a la penumbra de los establos, se dio cuenta de que no estaba solo. Amber se hallaba de pie al lado de un caballo que uno de los mozos estaba ensillando para ella.

—Hola —le dijo.

A Owen se le tensó el estómago al ver lo hermosa que era. La había visto caminar por el castillo, casi siempre acompañada de Amy. Todo se iluminaba y adquiría color cuando la veía. Anhelaba acercarse a ella y quedarse a su lado, empaparse de su presencia como si estuviera tomando sol.

Ahora no tenía sitio a donde huir.

—Muchacha —la saludó y asintió con la cabeza. Avanzó hacia otro caballo y comenzó a ensillarlo.

«Deja de pensar en ella».

Ella se detuvo al lado de su caballo.

—¿Vas a algún lado? —le preguntó.

A Owen se le tensó la mandíbula.

—Sí —le respondió sin mirarla. Colocó la silla sobre el lomo del caballo y comenzó a ajustarla—. ¿Y tú?

—Sí, estoy cansada de estar adentro sin nada que hacer. Quiero ir a cabalgar.

Owen se detuvo.

—¿Sola?

—Sí.

A Owen se le dilataron las fosas nasales.

—Muchacha, ya hemos hablado de esto. No debes salir sola. Es muy peligroso.

—Estaré bien. Además, tú no quieres pasar tiempo conmigo. —Se volvió para alejarse, pero se detuvo para fulminarlo con la mirada—. Has estado actuando como un patán desde que llegamos.

El mozo resopló, y Owen suprimió un gemido. Sabía que la distancia la estaba lastimando, pero no quería discutir delante de otros.

A pesar de eso, no le dejaba alternativa en ese momento.

—No irás a ningún lado, muchacha.

Fue el turno de Amber de resoplar.

—No tienes ningún derecho a darme órdenes, amigo.

Pero ¿qué le pasaba? Nunca era así de mandón con las mujeres, aunque eso se debía a que nunca se había preocupado por nadie como se preocupaba por ella.

—Cuando es por tu bienestar, sí.

—Mi bienestar no es asunto tuyo.

Owen salió del compartimiento y la miró a los ojos.

—Si insistes en ir sola, te arrojaré sobre mis hombros y te encerraré. O vienes conmigo o te quedas aquí. Tú decides.

Amber se cruzó de brazos.

—¿Ir contigo? Pensé que me estabas evitando como a una peste.

Owen apretó los labios hasta formar una delgada línea.

—Estaba ocupado.

Ella arqueó una ceja.

—Sí, estabas ocupado corriendo en la dirección opuesta cada vez que me veías.

—¿Vienes o no?

—Solo si prometes que no te comportarás como un zoquete.

—¿Cómo un qué?

—Creo que la muchacha quiere decir «patán» —intervino el mozo—. Su caballo está listo, *milady*.

—Gracias.

—Por favor, espera afuera con el caballo mientras hablo con la dama —instruyó Owen sin dejar de fulminarla con la mirada. Cuando el mozo se marchó, soltó un suspiro—. De acuerdo, no me comportaré como un «zoquete».

—*Okey*.

Al cabo de unos instantes, se montaron a los caballos y salieron del castillo. Con Amber montando a su lado, Owen necesitaba una distracción de «esa» distracción. Apresuró al caballo y disfrutó la brisa del viento que le zumbaba en los oídos y el ritmo duro del animal. A la derecha, tenían el lago que se veía gris y tormentoso bajo un cielo de color humo. A la izquierda se extendía el bosque y varias piedras, y los árboles y arbustos se mecían en el viento.

Como la cueva no se hallaba lejos, llegaron pronto. Había un pequeño desagüe que formaba una piscina con forma ovalada. La orilla se elevaba en pendiente y había una gruta medio escondida entre los arbustos y matorrales.

La vista desde allí lo dejó sin aliento. El lago se extendía frente a ellos tanto a la izquierda como a la derecha. En la orilla, frente a la cueva, había cimas y montañas verdes cubiertas de campos de brezo púrpura. Detrás de la cueva, la orilla se alzaba en pendiente hacia un acantilado rocoso.

—¿Por qué querías venir aquí? —preguntó Amber.

Owen ató el caballo a un árbol y se paró frente al lago para respirar la primera bocanada profunda de aire fresco y sentir cómo la tensión y la ira que había llevado en la boca del estómago comenzaban a derretirse.

—Aquí es donde venía de niño cuando todos parecían

haberse olvidado de mí. Y cuando mis bromas no lograban llamar la atención de mi padre. —Se rio con suavidad.

Amber se detuvo a su lado mirando el lago.

—Es un lugar hermoso al que huir.

—A veces dormía en esa cueva. —Señaló hacia el acantilado —. Hay algo de magia allí. Lo descubrí cuando falleció mi mamá. Era un muchacho de doce años. Ella se enfermó de repente y falleció.

—Lo siento mucho, Owen. Yo también perdí a mi mamá, nada se compara con ese tipo de pérdida.

Owen suspiró. Sintió una tristeza profunda en el corazón, pero de algún modo, saber que Amber había atravesado lo mismo lo hizo sentir mejor.

—Mi mamá era la madrastra de Craig y Marjorie, pero nos trataba a todos igual, como si todos fuéramos sus hijos.

Amber sonrío.

—Suena como una mujer increíble.

—Sí, creo que me está cuidando. La primera vez que lo noté fue aquí. Es por eso que siempre regreso.

—¿De verdad? ¿Por qué aquí?

Owen la observó sopesando si debería abrirse a ella o no. Era la primera mujer a la que amaba, su alma quería compartir las cosas más importantes con ella. En medio del día gris y ventoso, las nubes se disiparon en el cielo para dejar brillar un rayo de sol. Sí, su madre lo estaba cuidando. Esa era una señal.

—Ven, te lo mostraré. —Le tomó la mano, y comenzaron a subir la pendiente. Pasaron por delante de los arbustos y los matorrales y entraron en la cueva. Olía a hojas en descomposición y algo terroso; quizás era algún animal. La cueva era bastante pequeña y profunda, y a pesar de que el sol brillaba alto en el cielo en ese momento, era difícil ver qué había en la profundidad de las penumbras.

La entrada de la cueva centelleaba con la intensidad de un cristal destellante o como una noche llena de estrellas. En los ojos de Amber se reflejaba la misma maravilla que Owen sentía en su corazón. Por todos los cielos, ni esa creación divina de la naturaleza se acercaba a la belleza de esa mujer.

Cuando sus miradas se encontraron, Owen se olvidó de ocultar su fascinación. Fue como esa noche en la posada, cuando habían estado desnudos delante del otro, ocultos del mundo como si nada más existiera excepto ellos dos.

Owen le vio la decisión en los ojos. Amber cruzó la distancia que los separaba, se aferró al cuello de su túnica y le hizo bajar el rostro hacia ella.

El beso fue como sumergirse en las aguas del lago: fresco y delicioso. Se hundió en ella con la inevitabilidad de una piedra que llega hasta el fondo.

Su aroma le invadió cada poro del cuerpo. Sus labios lo acariciaron, y su lengua lo provocó. Hambrienta de él, Amber se apretó contra su pecho.

«Suéltala. Dile que no. Déjala. Detente».

Todo fue en vano. Ella era el agua por el que había estado sediento toda su vida. Nada podía detenerlo de beber hasta saciarse. Allí, en la cueva que le daba fortaleza en los momentos que más lo necesitaba, la tomaría. La haría suya.

Profundizó el beso y le devoró la boca. La reclamó. La poseyó.

En un instante, estuvo duro y palpitando por ella. Tenía la sangre encendida fuego. Amber se frotó contra él con la misma impaciencia que sentía él. En respuesta, le tomó el rostro entre las manos y le recorrió el cuerpo con los dedos. Le tomó un pecho a través de la túnica y lo sintió cálido y carnoso contra su piel. Con el pulgar, le dibujó círculos alrededor del pezón, y Amber jadeó sin aliento antes de arquearse contra él. Owen respondió metiendo la mano debajo de la túnica y acariciándole los dos senos con las manos. Eran muy suaves y cálidos. Los masajeó, y con los dedos pulgares e índices le acarició los pezones endurecidos.

Amber soltó un gemido de placer apenas audible. Owen se la imaginó intentando reprimir el mismo ruido mientras se enterraba en ella por primera vez. Interrumpió el beso y la bajó al suelo. Miró los pantalones que llevaba puestos y se dio cuenta de que eran suyos. ¿Cómo podía ser que ver a una mujer con pantalones le hiciera arder tanto la sangre?

Se los bajó por las caderas y miró el triángulo de vello negro que había anhelado desde el momento en que la vio desnuda en la posada.

—Eres hermosa —susurró.

Con la sangre pulsándole en los oídos, le separó los pliegues y colocó la boca sobre ella.

En algún punto en la cercanía, se oyó un gruñido.

Owen estaba tan ebrio del sabor suculento y lascivo que al principio no notó el peligro, pero Amber se tensó y se movió.

Volvieron a oír el gruñido, pero en esta ocasión sonó más cerca, más fuerte y más acuciante.

Todo pareció ocurrir demasiado lento. Owen se congeló, como si le hubieran arrojado un balde de agua helada.

Era un oso.

Su mente sabía que debía reaccionar, pero su cuerpo se negaba a moverse. El subconsciente le recordó que a los osos les gustaba dormir durante los días de verano y cazar por las noches.

Como si estuviera en una pesadilla, sintió el cuerpo lento y pesado como un peñasco. Se puso de pie y empujó a Amber a sus espaldas mientras extraía la espada de la funda. La bestia salió de la oscuridad gruñendo como un monstruo de los viejos mitos. Era un animal grande, gordo y marrón, y se paró delante de Owen a la luz del sol, con las garras abiertas y exhibiendo los colmillos amarillos.

En lo único que podía pensar era en Amber.

«No permitas que le ocurra nada. Haz todo lo que sea por protegerla».

La espada destelló bajo la luz del sol cuando la blandió en señal de advertencia frente a la bestia. El animal volvió a gruñir, un sonido que casi le detuvo el corazón, y se lanzó contra él.

Owen soltó un gruñido al tiempo que la bestia lo envolvía en un abrazo mortal y le clavaba las garras en la espalda, pero antes de que le pudiera hundir los dientes en los hombros, alzó la espada, la insertó en la mandíbula del animal y se la hundió hasta el cráneo. El oso cayó como una pila de piel pesada y apestosa.

—¡Owen! —exclamó Amber.

Owen pateó la pesada garra del animal para liberarse, y Amber lo ayudó a ponerse de pie y alejarse del oso. Se detuvieron en la entrada de la cueva con la mirada fija en el animal muerto y el charco de sangre que se formó alrededor de su cabeza.

—¿Te encuentras bien? —le preguntó—. Déjame ver.

Le tocó el hombro para intentar voltearlo y ver sus heridas, pero Owen se apartó de un salto.

Eso era su culpa. Ella lo había vuelto a tentar. Y tras todas las promesas que había hecho para mantenerse alejado de ella y no distraerse, había vuelto a fracasar. Se había distraído, y los dos podrían haber muerto.

Amber frunció el ceño sorprendida y lastimada.

—Casi nos mata por mi culpa —dijo Owen.

El rostro de Amber registró perplejidad.

—¿Cómo dices?

—Si no me hubieras besado, si no hubiera cedido ante tus encantos...

Ahora ya no era solo cuestión de fallarle a su rey y a su familia, era cuestión de fallarle «a ella». Por su incapacidad de ser responsable y concentrarse, ella casi había resultado herida.

Esa era una buena bofetada en el rostro, un recordatorio de que no podía ceder ante la tentación.

La próxima vez podría no ser un oso, sino un inglés quien le pusiera fin a todo por lo que estaba luchando.

CAPÍTULO 23

CUANDO LOS CENTINELAS QUE SE HALLABAN SOBRE LAS murallas gritaron y echaron a correr, Owen se detuvo en el medio del patio de camino al gran salón.

Venía alguien.

El corazón se le aceleró en el pecho. Vio a Amber en el patio y ansió hablar con ella. Era la única que sabía que le había enviado un mensaje a Roberto.

Llevaba puesto un vestido azul oscuro y el cabello tejido en dos trenzas sujetadas en un rodete. Parecía una noble de su época. Desde que Amy le había prestado algunas prendas y comenzó a ayudarla a cambiar el aspecto para no parecer una mujer moderna, Owen comenzó a imaginársela allí con él todos los días, y eso le producía un dolor dulce en el pecho.

Era algo que nunca podría ocurrir.

—¡Es el rey! —anunció uno de los centinelas—. Con su ejército. —El hombre corrió hacia el gran salón para contarle la noticia al resto del clan.

A Owen se le revolvió el estómago. Su padre estaba a punto de enterarse de que lo había desobedecido.

—Por los clavos de Cristo... —murmuró.

Sin importar si Roberto lo escuchaba o no, se encontraba en problemas. En lugar de enfrentarse a su padre, corrió hacia la muralla para observar la llegada de Roberto con sus propios ojos.

Subió corriendo los escalones de piedra y se detuvo en la cima de la muralla para observar la multitud de hombres que avanzaban por las colinas verdes hacia el castillo que se encontraba al norte. Un portaestandarte abría la procesión exhibiendo los colores del clan de Roberto, dos líneas rojas cruzadas como una letra x sobre un fondo amarillo.

—¡Owen! —gritó una voz enfadada desde el patio.

Owen apretó los dientes y bajó los escalones bajo la mirada letal de su padre.

—Por todos los cielos, ¿qué has hecho? —gruñó Dougal—. ¿Le has enviado un mensaje?

Owen se detuvo delante de su padre; una parte de él temblaba como un muchacho, pero alzó el mentón. No tenía nada que demostrar ni nada por lo que disculparse. En esta ocasión, no había cometido ningún error.

—Sí —respondió—. Así es.

—Pero qué muchacho más tonto. ¿Y si vuelves a avergonzar a la familia?

—No lo haré. Si llega a haber algo de qué avergonzarse, lo asumiré solo. Te juro que, si me equivoco, y no me equivoco, me marcharé para siempre y nunca más volverás a verme.

—Esto no tiene vuelta atrás. Y hay mucho más en juego que la vergüenza. Las vidas de muchísima gente, el destino de nuestro país...

Craig se acercó a ellos y se veía tan enfadado como su padre.

—Es demasiado tarde para discutir. Tenemos que decidir juntos qué le diremos al rey. ¿Apoyamos la sugerencia de Owen de atacar el paso de Brander? ¿O convencemos a Roberto de no atacar?

Su padre fulminó a Owen con la mirada y escupió el suelo.

—No quiero volver a pararme delante de un rey avergonzado de mi hijo.

Los cascos de los caballos resonaron en el aire e hicieron vibrar el suelo. El rey atravesó las puertas a caballo y entró en el patio rodeado de sus hombres. El tío Neil estaba a su lado, así como también los primos de Owen, Goiridh y Colin. Owen reconoció a James *el Negro* Douglas, uno de los guerreros favoritos de Roberto. Malcolm también entró en el patio y desmontó al final de la procesión.

El rey se bajó del caballo, seguido de Neil y el resto de los hombres. Owen tomó una profunda bocanada de aire. Miró a su tío Neil a los ojos, pero la expresión del hombre era ilegible. ¿Qué pensaba de todo el asunto?

—Bienvenido, su Excelencia —saludó Dougal—. Espero que el viaje haya ido bien. No sabíamos que vendría.

—Sí —respondió Roberto—. El mensaje que me envió tu hijo era muy importante. Debemos actuar. ¿Dónde está Owen?

Owen dio un paso hacia adelante.

—Sí, su Excelencia. Estoy aquí.

El rey era un hombre alto y poderoso, tenía el cuello de un guerrero atemperado, hombros y brazos enormes y una mirada cargada de intensidad. Owen nunca había hablado con el rey en persona, y ser el receptor de su mirada penetrante le hacía picar la piel. ¿Y si estaba equivocado? ¿Y si ponía en peligro el destino de su rey y de Escocia?

—Ven —ordenó Roberto—. Debemos hablar en un sitio tranquilo y decidir qué hacer.

—¿Qué te parece el gran salón? —le preguntó Neil a Dougal.

—Sí, por supuesto. Owen, asegúrate de que nadie entre, excepto quienes deben estar presentes. Craig, Domhnall, vengan.

Owen apretó los dientes. ¿No estaba invitado a la reunión?

—Padre —comenzó Craig con voz calma mientras el tío Neil conducía al rey hacia el gran salón—. Owen debería estar presente. Él es quien se enteró de la emboscada.

Dougal miró a Owen con detenimiento y negó con la cabeza.

—Sí, de cualquier forma, no hay vuelta atrás.

Owen estaba a punto de dirigirse al gran salón con ellos cuando Amber lo tomó del brazo y lo detuvo. Su delicioso aroma le llenó los sentidos, y observó sus labios carnosos que se encontraban muy cerca de él.

—Owen, no dudes —le dijo—. No permitas que te intimiden. Tú puedes.

A pesar de que se había mantenido alejado durante los últimos días, ella no estaba enfadada y lo apoyaba. Owen sintió una gratitud cosquilleante y cálida que le llegaba a todas las extremidades del cuerpo. De pronto, se le ocurrió algo.

—Ven conmigo. Tú eres del futuro. A lo mejor tengas buenas ideas.

—¿Yo?

—Sí. Por favor. Amy ayudó a Craig con sus habilidades del futuro para encontrar gente. Además, hierve la leche, el agua y los trapos porque nos asegura que así se eliminan enfermedades invisibles. Para mí, suena a hechicería, pero funciona. Tú eres una guerrera del futuro. A lo mejor sepas algo que nosotros no sabemos.

Amber lo miró con los ojos entrecerrados.

—¿Acaso no dijiste que yo te distraía?

Owen sintió una punzada de culpa.

—Intentaré contenerme —le prometió apretando los dientes—. Si puedes ayudar, eso es más importante.

Amber movió un pie nerviosa y le sostuvo la mirada mientras lo consideraba.

—*Okey*, vamos.

—De acuerdo.

Se dirigieron al gran salón, al que varios hombres estaban vaciando para la reunión. Roberto les ordenó a sus guerreros que vigilaran la entrada. Los centinelas les bloquearon el paso a Owen y Amber.

—El rey me quiere del otro lado, muchachos —comenzó Owen.

—No se trata de ti —respondió uno—. Es ella quien no puede entrar.

Amber dio un paso hacia atrás.

—En verdad, creo que no debería estar allí, Owen.

—No, te equivocas. Ella viene conmigo, muchachos. Es una experimentada estratega militar del califato.

Los centinelas intercambiaron miradas, pero uno de ellos negó con la cabeza.

—Roberto se enfadará —les advirtió.

—No me han dicho nada acerca de nadie del califato —sostuvo uno de los centinelas.

Craig se acercó a la puerta.

—¿Por qué tanto retraso, Owen? El rey está preguntando por ti.

—Estos buenos hombres no quieren dejar entrar a Amber.

Craig frunció el ceño confundido.

—¿Amber? ¿Por qué entraría...?

—Sí, es una experimentada estratega militar del califato. Y el rey apreciaría mucho sus consejos.

El rostro de Craig se suavizó.

—Oh, sí. Muchachos, déjenla pasar. El rey la quiere allí.

El centinela suspiró y dio un paso al costado para permitirles entrar en el gran salón.

Varios hombres se habían parado alrededor de una de las mesas y habían corrido los bancos. Entre ellos se hallaban el rey, el tío Neil, Dougal, Craig, James Douglas, el hermano de Roberto, Edward, y varios otros. Su presencia llenaba el gran salón de una sensación palpable de poder.

—Owen Cambel —Roberto alzó la cabeza—, por fin. —Frunció el ceño al ver a Amber—. ¿Por qué hay una mujer presente?

—*Lady* Amber es una mercenaria ambulante del califato —respondió Owen—. La contrató Kenneth Mackenzie.

—¿El califato? —La mirada de Roberto se volvió más afilada —. ¿Acaso las mujeres no son parte de harenes y dan a luz a niños allí? Eso es lo que había oído.

Amber alzó el mentón.

—No todas. Las más fuertes construyen sus propias vidas. O, al menos, eso es lo que les deseo.

Qué muchacha más fuerte. ¿Le creería Roberto?

—¿Qué haces aquí? —le preguntó el rey—. Una mujer no pertenece en un consejo de guerra.

Si la ira del rey caía sobre Amber, eso sería culpa de Owen. Tenía que protegerla.

—Creo que su conocimiento único del califato nos podría ayudar. La he visto luchar y posee habilidades militares que nunca antes he visto. Ella es un gran recurso, su Excelencia.

Roberto lo estudió con detenimiento y luego se volvió hacia ella.

—Es inaudito, pero corren tiempos inauditos. Te permitiré quedarte. Pero ten por seguro que, si sospecho algo sucio, te retendré prisionera, *lady* Amber.

Owen tuvo que contener el impulso de protegerla de las palabras del rey. Otra amenaza de prisión... Eso debía ser difícil para ella.

Roberto hizo un ademán para invitarlos a acercarse.

—Dime qué pasó, Owen. ¿Cómo llegaste a enterarte de la información de la emboscada de los MacDougall?

Owen avanzó a la mesa y sintió todos los pares de ojos sobre él. La mirada de su padre era la más pesada de todas. La podía sentir de lleno en la piel. Sin embargo, su padre no era lo que lo preocupaba en ese momento. Se detuvo en la mesa y miró al rey a los ojos, que eran oscuros y penetrantes, los ojos de un hombre que sabía lo que quería y demandaba mucho, tanto de sí mismo como de la gente que lo rodeaba.

El hombre que se había hecho rey por su propia cuenta no perdonaría ninguna debilidad y ningún error.

—Cuando *sir* de Bourgh tomó Inverlochy, me tomó de prisionero. —Miró hacia atrás y vio a Amber parada detrás de él. Roberto los observó—. A Amber también. De Bourgh la torturó para intentar averiguar algo que lo pusiera en riesgo a usted o a su campaña. Y cuando llegó la hora de que me interrogaran a mí, apareció John MacDougall.

La mirada afilada de Roberto lo perforó.

—Sí, ¿y luego qué?

Owen apretó los puños al recordar la furia que le había circulado por todo el cuerpo.

—Hablamos. Como ya sabe, nuestros clanes tienen un pasado.

Roberto asintió con la cabeza.

—Sí, el mío con el de él, también.

—Sí, me molió a golpes hasta dejarme inconsciente. Cuando desperté, de Bourgh y MacDougall no sabían que los estaba escuchando mientras discutían su plan. El tratado de paz con los MacDougall termina en una semana. John sabe que irá tras él porque es el clan más fuerte en Escocia que se opone a usted. Y también sabe que el único modo de llegar a sus tierras es cruzando el paso de Brander.

—Sí.

—Quiere repetir la batalla de Dalrigh. Le tenderá una emboscada allí.

Roberto lo observó durante unos largos instantes, y Owen se sintió clavado al suelo. La anticipación de aguardar la respuesta del rey era como si hierro frío se le estuviera solidificando en los huesos. ¿Qué le traería la decisión? ¿Victoria o vergüenza? ¿Lo perdería todo por haber hablado? ¿Deshonraría la reputación de su familia frente a otro rey?

—¿Estás seguro de esto?

Owen encontró la habilidad de hablar.

—Sí, su Excelencia. Lo oí con mis propios oídos. Usted sabe que no tengo motivos para mentirle o engañarlo, y le juro que es cierto.

Roberto miró a Dougal.

—Pareces dudar. Dime qué piensas.

Owen miró a su padre a los ojos. Sus rasgos se endurecieron, y curvó la boca hasta formar una mueca amarga. Si su padre hablaba en su contra, era el fin. Se le tensó tanto el pecho que dejó de respirar. Una gota de sudor le bajó por la columna vertebral.

Dougal suspiró y miró a Roberto.

—Si mi hijo dice que es cierto —tamborileó un pulgar contra la mesa—, es cierto. El clan Cambel siempre le ha sido leal. Y siempre lo será.

Owen sintió una ola de alivio, como si le hubieran quitado un gran peso del pecho. Su padre le asintió con la cabeza de forma apenas perceptible. Le creyera a su hijo o no, estaba de su lado frente al rey, y eso era lo que importaba. Owen sintió que algo cálido lo recorría, y le fue más fácil respirar.

—Yo apoyo las palabras de mi hermano y de mi sobrino, su Excelencia —añadió el tío Neil.

A Owen se le cerró la garganta. Ahora que el jefe del clan había dado su palabra, todo el clan lo apoyaría a ciegas.

Roberto asintió.

—De acuerdo. Ahora, ¿qué me dicen del paso de Brander? ¿Alguien lo conoce?

—Sí, yo —respondió Owen—. Lo he usado en varias ocasiones para ir a las tierras de los MacDougall cuando vivía allí.

Roberto asintió.

—Muy bien. Ahora dime cómo crees que intentarán la emboscada en concreto y qué podemos hacer para contraatacarlos.

<h1 style="text-align:center">CAPÍTULO 24</h1>

Amber pudo sentir el alivio de Owen en sus propios huesos. Se le relajaron los hombros y el rostro, y supo lo agradecido que debía de estar de que su familia lo apoyara. Deseó haber experimentado lo mismo, que sus hermanos la hubieran apoyado en los momentos difíciles, pero dudaba que eso llegara a ocurrir algún día.

La tía Christel era la única a la que había podido acudir en busca de ayuda, pero, por desgracia, había puesto en peligro a sus familiares inocentes al obligarlos a encubrir a una criminal. ¿La policía habría interrogado a su tía y a su primo? ¿Habrían presentado cargos en su contra? Cielos, esperaba que no.

Estaba orgullosa de que Owen se hubiera mantenido firme en su lugar. Roberto era intimidante, y Amber podía imaginar que le diera terror a quienes no se encontraban de su lado. Pero Owen no había dudado. Se había defendido y había mantenido su palabra.

Eso era algo que ella no había hecho. Algo que nunca tendría el coraje de hacer en su época. Se imaginó defendiéndose. Manteniéndose firme, contratando a un abogado y luchando con todas sus fuerzas contra Jackson.

Pero no tenía sentido. Perdería. No había nada que pudiera

hacer para defenderse. Todas las evidencias la condenaban. Había muchos testigos que la habían visto pelear con Bryan en el bar. Bryan no le había dado nada para demostrar que Jackson estaba traficando drogas, tan solo un nombre: Aman Safar. Aunque pudiera acusarlo de asesinar a Bryan, sin pruebas, no podía demostrar que Jackson tuviera algún motivo.

Y como había huido de las autoridades, parecía aún más culpable.

Owen tomó una pila de hollín del hogar y la vertió en la mesa.

—El paso de Brander es un camino angosto y peligroso. —Dibujó una línea en el hollín con el dedo—. Solo tiene unos pocos metros de anchura. A la derecha, lo bordea la ladera empinada de la montaña Ben Cruachan. —Pasó el dedo por la pequeña pila de hollín y dibujó una forma de cono al lado de la línea—. Y a la izquierda, cae hacia las aguas del *loch* Awe. —Owen dibujó unas olas al otro lado de la línea.

Roberto se rascó el mentón barbudo.

—No hay sitio mejor para una emboscada.

—Exacto. —Owen trazó una línea que cruzaba el camino—. MacDougall bloqueará el camino y pondrá a algunos de sus hombres en el medio del paso. —A continuación, hizo varios puntos en la superficie de hollín para indicar la montaña de Ben Cruachan—. Aquí, sobre la montaña, colocará otros hombres que les arrojarán rocas y peñascos a nuestros guerreros.

Neil Cambel puso las manos sobre la mesa y se acercó al dibujo.

—Es igual que en Dalrigh.

—Yo no estuve en Dalrigh —intervino Domhnall—. ¿Qué pasó?

Los ojos de Roberto se oscurecieron, al igual que los de la mayoría de los hombres alrededor de la mesa. Owen se frotó el hombro.

—Fue hace dos años —comenzó el rey—, luego de la batalla de Methven, donde los ingleses nos destruyeron. Huimos hacia el oeste, éramos solo quinientos hombres y mujeres. Los

MacDougall nos bloquearon el camino, y no tuvimos más opción que luchar. Eran mil guerreros, todos entrenados. Nosotros solo teníamos los sobrevivientes de un ejército exhausto, mujeres, ancianos y niños.

Amber tragó con dificultad al tiempo que varias imágenes de sangre, cuerpos perforados y personas moribundas le invadían la mente. Ella había visto su cuota justa de extremidades de cuerpos y baños de sangre cubriendo el suelo. La guerra era así.

Estudió el rostro sombrío de Roberto y vio sus ojos oscuros llenos de dolor y arrepentimiento. ¿Decepcionaría a su gente, a esos *highlanders* que habían apostado todo por su rey?

—Como pueden ver —siguió Roberto—, escapamos. Su tío, su padre y sus hermanos. James Douglas y Gilbert de la Haye resultaron heridos, entre muchos otros, y los pusimos en botes para que escaparan. A eso le siguió el peor invierno de mi vida, y nos escondimos en las islas creyendo que la guerra había acabado.

—Aún no ha acabado —dijo Owen antes de golpear el puño contra la mesa—. Falta mucho para que acabe. Sabemos lo que están planeando. Podemos devolverles el ataque.

—Sí —acordaron varios hombres.

—Y podemos acabar con los MacDougall para siempre —concluyó Craig. Miró a Owen a los ojos—. Yo sé a quién más le gustaría estar en esa batalla.

—A Ian —dijeron los dos al unísono.

—Sí, a Ian —acordó Dougal.

—Es mi sobrino al que los MacDougall vendieron como esclavo al califato —le explicó Neil a Roberto.

—De acuerdo —dijo Roberto—. Cualquier Cambel es bienvenido a luchar contra nuestro enemigo común.

—¿Qué quiere hacer, su Excelencia? —preguntó Owen.

Roberto suspiró y estudió el dibujo con detenimiento.

—¿Qué tan empinada es la pendiente?

—Bastante empinada —le respondió—. Pero conozco algunos sitios en los que se puede escalar.

—De acuerdo. Muy bien. En ese caso, debemos tomar ventaja de tu conocimiento. Sin dudas, la mayor amenaza la constituyen las fuerzas que se esconderán en la ladera. Owen, tú conoces bien el terreno. ¿Qué sugieres?

Amber se mordió el labio y sintió nervios por Owen. Ese era su momento de brillar o fracasar.

—Sugiero que tome el paso de Brander como si no supiera de la emboscada. Eso cegará a los MacDougall y les hará creer que su plan está funcionando. Mientras tanto, tenga a varios hombres listos para atacar al enemigo que aguarda emboscarlo en la ladera, quizás desde el flanco.

—De acuerdo —dijo Roberto—. Eso es lo que haremos.

Amber recordó una situación similar en Afganistán. Habían llegado a una ciudad en seis Humvees. En una esquina, giraron y se encontraron en una calle barricada con automóviles viejos y escombros. De pronto, les llovieron balas y granadas de arriba y de atrás.

De no ser por otra unidad que llegó del este y por el aire, Amber no creía que hubieran logrado sobrevivir.

Habían logrado eliminar a los francotiradores. Era evidente que Roberto no podía usar helicópteros, pero sus hombres podían subir aún más alto y emboscar al enemigo desde la cima.

—Hay algo más que pueden hacer —intervino Amber.

Todos la observaron, y Amber se mordió la lengua y se arrepintió de inmediato de haber hablado.

—Mujer, ubícate en tu lugar —ordenó Dougal, y los hombres se rieron.

—Déjenla hablar —intercedió Owen—. Con su permiso, su Excelencia.

Como Roberto la perforó con la mirada, Amber se echó atrás. ¿Qué diantres sabía de tácticas medievales y del terreno escocés?

Roberto negó con la cabeza.

—No tenemos tiempo para la opinión de una mujer. Estás aquí en consideración a Owen Cambel. Nada más. —Se volvió hacia los hombres—. Ahora, creo que los caballeros deberían atacar el bloqueo. Y los *highlanders*...

—Disculpe, Excelencia —lo interrumpió Owen—, pero debería oír lo que Amber tiene que decir.

Roberto le dirigió una mirada asesina.

—Owen, ya sabes que respeto tu opinión, pero ¿por qué debería confiar en una mujer?

—Si confía en mi información, debe confiar en ella.

—Owen... —comenzó Dougal.

Sin embargo, Owen insistió:

—Se lo ruego, escúchela y luego decida. Ella tiene mucha experiencia militar. Querrá darle la oportunidad de hablar.

Roberto lo observó durante unos largos instantes. Nuevos mundos pudieron haber nacido, vivido y muerto antes de que le contestara.

—De acuerdo. —Se volvió hacia Amber, que estaba plantada en su sitio—. Habla. Rápido.

Todos los hombres de la habitación la fulminaron con miradas pesadas y calculadoras. Diantres. Lo cierto es que podría estar equivocada. ¿Qué sucedería en ese caso? ¿Condenaría la batalla y la guerra entera al fracaso?

Avanzó hacia la mesa con las piernas débiles y la espalda erguida. Les daría su mejor consejo y les dejaría decidir si era un buen plan.

—Deberían emboscarlos con su propia emboscada. —Se acercó al dibujo y trazó una línea a unos centímetros de los puntos que él había marcado en la ladera de la montaña—. Pongan una línea de arqueros aquí, tantos como puedan, y que ataquen a estos sujetos desde arriba y desde atrás. Al mismo tiempo, que los *highlanders* los ataquen del costado, como sugirió Owen.

Owen asintió con una expresión llena de orgullo. Roberto colocó las manos en la mesa y estudió el dibujo más de cerca.

—La amenaza principal estará muy ocupada luchando contra

todos los frentes. Y los caballeros acabarán con los que estén bloqueando el paso de Brander.

Volvió a mirar a Amber con una mezcla de sorpresa y un indicio de respeto en los ojos.

—Sí, eso funcionará. —Volvió su atención hacia el hombre atractivo de cabello largo y oscuro y con la barba más tupida de la habitación—. Douglas, tus hombres estarán sobre la ladera. Tanto tú como ellos saben moverse con el sigilo de un gato.

Acto seguido se volvió hacia Owen.

—Como conoces el terreno, quiero que lideres a los *highlanders* y ataques desde el lateral. —Señaló los puntos.

A Owen se le infló el pecho. Amber creyó que había dejado de respirar. Una sonrisa amenazaba con separarle los labios, pero tensó la boca para contenerla y se le iluminaron los ojos.

Roberto miró a Neil Cambel a los ojos

—Yo lideraré a los caballeros.

Owen apretó la mano de Amber bajo la mesa. Ella le devolvió el apretón y entrelazó los dedos con los de él. La conexión de sus manos le hizo sentir una corriente eléctrica, una extraña combinación de deseo y confianza. Todo su cuerpo se relajó al tocarlo y se llenó de una emoción cálida y suave que apenas percibía. Fue como si hasta la última célula de su ser hubiera cobrado vida.

Roberto se volvió hacia ella.

—Quiero que luches con nosotros.

¿Podía servirle a otro líder que la utilizaría con facilidad en sus manipulaciones? ¿En un hombre que tenía todo el poder? No, no podía volver a hacerlo.

—No.

El aire se cargó de tensión. Todos los hombres la miraron anonadados. Los ojos de Roberto se volvieron tan afilados y peligrosos como los de una serpiente.

Aunque la peor respuesta fue la de Owen, quien la miró con la boca entreabierta y con la expresión dolorosa de alguien a quien acababan de traicionar.

CAPÍTULO 25

Owen sintió que se le dilataban las fosas nasales. Amber mantuvo el mentón erguido, la espalda derecha y el rostro serio bajo las miradas pesadas de más de una decena de guerreros intimidantes. ¿Cómo podía negarse cuando era evidente que su gente la necesitaba y el rey en persona le había pedido que se uniera a ellos? Si Owen quería ser un líder exitoso, debía tener a los mejores guerreros a su lado.

—¿Has dicho que no? —preguntó el rey con una voz baja y llena del tipo de calma inquieta que precede a una tormenta.

A pesar de que estaba enfadado con ella, Owen se dio cuenta de que se podía encontrar en peligro y cada parte de su ser saltó a protegerla. Por eso, se colocó entre Roberto y Amber.

Roberto era un buen líder, un guerrero fuerte y el rey por el que Owen estaba dispuesto a entregar su vida. Pero Amber no debía equivocarse. Era implacable. Era poderoso. Y también podía ser cruel.

Después de todo había asesinado a su oponente, Comyn *el Rojo*, en una iglesia y se había autoproclamado rey. Había atacado e incinerado todas las tierras de los Comyn en el este. Era un hombre que no les mostraba piedad a sus enemigos.

Owen esperó que Amber no se convirtiera en su enemiga. Y que no tuviera que escoger entre la mujer que amaba y su rey.

—Sí —respondió.

«Diablos...».

Por el rabillo del ojo, Owen vio que el rostro de su padre se tensaba y endurecía como una piedra. Los ojos del tío Neil estaban desorbitados y volaban de Amber al rey. El resto de los hombres presentes estaban de pie más quietos que una estatua. Solo Craig se movió y negó con la cabeza.

—Puedes luchar, ¿no es cierto? —preguntó Roberto con la voz aún baja—. Eres una mercenaria y has luchado para Mackenzie, ¿verdad? Y si has luchado para Mackenzie en Inverlochy, lucharás para mí.

Amber asintió y tragó saliva.

—¿Debo asumir que no confías en tu propio plan de batalla? ¿Cómo sé que no eres una espía contratada por mis enemigos?

—Amber no es una espía —intervino Owen.

Roberto lo miró como si fuera una mosca molesta.

—Respóndeme, muchacha —demandó el rey con las fosas nasales dilatadas.

—Si me lo hubiera pedido hace un mes —comenzó Amber, y su voz sonó alta en el silencio del gran salón—, hubiera dicho que sí. No porque quería luchar, sino porque le temería a usted, a su autoridad y a su poder. Me he acobardado y obedecido órdenes de mis comandantes a lo largo de toda mi vida. Mi padre. Mis hermanos. Mis superiores en el ejército. Y los mismos superiores en los que confié y por los que luché me traicionaron.

Amber inhaló una profunda bocanada de aire.

—De modo que no le daré a nadie el poder de decidir sobre mi destino. Usted lucha por la independencia de Escocia, Excelencia. Yo solo lucharé por la mía. Esta no es mi guerra, y usted no es mi rey. Yo no tengo rey.

Roberto la miró fijo durante unos largos minutos. La habitación estaba tan silenciosa, que Owen se imaginó el ruido de los ratones rascando las paredes.

Entonces Roberto se cruzó de brazos.

—¿Por qué accediste a luchar para Mackenzie en Inverlochy?

A Amber se le crispó el hombro.

—Necesitaba que me protegiera de quienes me perseguían.

—¿Quién te perseguía? —Roberto frunció el ceño.

Owen podría arrepentirse, pero no podía dejar a Amber en peligro y luchando sola. Aunque eso le costara el favor del rey.

—Los ingleses —respondió.

Roberto arqueó una ceja, y Owen sintió el peso de su mirada sobre él como si fuera un peñasco.

—¿Los ingleses son tus enemigos? —le preguntó Roberto a Amber.

—Sí —respondió Owen por ella.

Amber asintió. Luego de lo que *sir* de Bourgh le había hecho, al menos en parte eso era cierto.

—Si los ingleses son tus enemigos, ¿al menos te unirás a mí para luchar contra ellos? —Se rio con la boca torcida—. ¿Lo harás, aunque no sea tu rey?

Ella negó con la cabeza.

—Disculpe, Excelencia, pero no. Ya he luchado contra suficientes enemigos. No lucharé más.

Roberto asintió con los labios apretados detrás de la barba.

—No estoy acostumbrado a que me rechacen tres veces, *milady*. Sin embargo, es tu derecho, y aprecio la honestidad. Decirle que no a un rey requiere mucho coraje, y a ti eso no te falta. Tomaré tu valioso consejo y te dejaré ir. Pero si no me mostrarás lealtad luchando a mi lado, debes marcharte del consejo ahora.

Amber le soltó los dedos.

—Por supuesto.

Miró a Owen a los ojos, y a él se le tensó el estómago de la admiración hacia ella que lo embriagó. Duró solo un instante, pero se sintió como una eternidad. Era como si él y Amber fueran las últimas dos personas en el mundo, y no hubiera ni pasado ni futuro. Ni enemigos, ni nadie que los juzgara o ante quien responder. Ella no era una distracción, sino que era lo único que tenía sentido.

Cuando se marchó, lo dejó con el pecho hueco y vacío.

Oh, estaba perdido.

—¡Owen! ¡Owen! —Oyó que alguien lo llamaba y se volvió hacia los hombres de la mesa con pensamientos de Amber aún en la cabeza.

Roberto, Neil, Douglas y todos los demás lo miraban fijo como esperando algo. Entonces notó que su padre se había parado al lado suyo.

—¿Qué sucede? —preguntó.

Roberto arqueó las cejas, y sus ojos reflejaron irritación.

—¿Hay un camino para subir la montaña?

Owen se aclaró la garganta. Tenía que quitarse de encima los sentimientos que tenía por Amber y concentrarse en la tarea que tenía en frente. Como si eso fuera posible.

—Hijo —le murmuró Dougal al oído—, debes concentrarte. Lideras a un tercio del ejército de Roberto en esta batalla. No te puedes distraer con una muchacha en esta ocasión.

Owen asintió. Por primera vez en su vida, estaba completamente de acuerdo con su padre.

—Sí —le dijo a Dougal, y se acercó al dibujo sobre la mesa para dibujar un camino delgado y serpenteante que subía la ladera derecha del flanco de la montaña—. Por aquí.

Al tiempo que el camino se acercaba a los puntos que representaban a los MacDougall, se dio cuenta con la misma claridad del agua de *loch* Awe que todo lo que siempre había querido por fin había ocurrido. Le habían dado una gran responsabilidad. Se había convertido en líder. Por fin podría hacer que su clan se sintiera orgulloso.

No podía permitir que su amor por Amber interfiriera en eso.

CAPÍTULO 26

OWEN SE SENTÓ en el patio y clavó la mirada en las llamas de la fogata, perdido en sus pensamientos. Disfrutó de las voces que murmuraban a su alrededor. Todo el patio estaba lleno de fogatas y guerreros que comían y bebían.

Craig se hallaba allí, al igual que varios hombres más, incluidos dos hermanos Mackenzie, que eran primos de Kenneth. El gusano de la culpa se retorció en el estómago de Owen: él tenía la culpa de su muerte.

—Lamento la muerte de su primo —les dijo.

—No es tu culpa, Cambel —respondió Angus, que evidentemente era el mayor. Tenía el cabello y los ojos negros—. Estamos en guerra. La gente muere.

Raghnall, el hermano menor, que tenía el mismo cabello azabache pero era más alto y delgado, suspiró. Tenía la nariz torcida y una cicatriz sobre una de las cejas. Parecía alguien que había participado de una buena cantidad de batallas.

—Sí. Todos vamos a morir. —Alzó la copa de *uisge*—. Por eso es mejor saborear las alegrías de la vida mientras aún la tengamos. —Se bebió todo el contenido y gruñó.

—No es ninguna sorpresa que digas eso, hermano —señaló Angus—. No tienes esposa, ni hijos, ni tierras.

Raghnall le dirigió una mirada oscura.

—No tengo tierra, y ya no soy un Mackenzie, ¿no?

Craig frunció el ceño.

—¿Acaso ustedes no son hermanos?

Angus y Raghnall intercambiaron una mirada profunda.

—Nuestro padre me desheredó —respondió Raghnall—. Me dijo que no me moleste en regresar a las tierras de los Mackenzie o en considerarme parte del clan.

Owen sintió algo frío y pesado en las entrañas. ¿Acaso ese sería su destino si fracasaba en su misión? ¿Y si al día siguiente llegaban al paso de Brander y no había ningún enemigo esperándolos? ¿Y si les habían tendido otra trampa?

—Nuestro padre falleció —continuó Raghnall—. Ahora nuestro hermano es el jefe del clan. Y luego de esta batalla, iré a casa. A lo mejor reconsidere aceptarme de regreso.

—¿Qué has hecho para que tu padre te desheredara? —le preguntó Owen.

Angus clavó la mirada en el fuego. Los hermanos no estaban sentados cerca, y Owen se preguntó si los Mackenzie serían tan unidos como los hermanos Cambel.

—Muchas cosas de las que me arrepiento —respondió Raghnall.

Angus arqueó las cejas.

—¿De verdad? —Su voz baja sonó como un trueno.

Raghnall se encogió de hombros.

—He vivido como un ermitaño sin hogar durante muchos años. Lo que quiero es una cama cálida y un estofado humeante todas las noches. Es hora de volver a vivir como un hombre.

El rostro de Angus se tornó sombrío. Se inclinó hacia adelante y apoyó los codos sobre las rodillas, de modo que los músculos de sus hombros descomunales se inflaron bajo la túnica. Owen no querría enfrentarse a ese hombre. Sus ojos negros eran como las nubes cargadas de una tormenta inminente. Durante un instante, Owen vio un dolor sin fin allí, el tipo de dolor del que hablan las canciones más tristes.

—La cama cálida se siente fría cuando te acuestas solo, y el estofado humeante no sabe a nada si la mujer que amas no lo cocinó. —Se le quebró la voz al pronunciar la palabra «mujer».

Raghnall se rio.

—No sabía que te querías casar, pero créeme, hermano, cualquier cama y cualquier estofado es mejor que nada.

Alrededor de la fogata reinó el silencio. Cuando Angus tomó un palo y removió la leña en el fuego, un frenesí de chispas se elevó en el aire.

—¿No quieres casarte? —le preguntó Craig.

—Solo si es necesario para proteger a mi clan —respondió Angus.

Raghnall revolvió su bolsa y sacó un laúd. Pasó los dedos por las cuerdas y produjo un sonido hermoso y triste.

—Has estado haciendo eso toda tu vida —señaló—. Es evidente que te sientes solo. ¿No deseas encontrar alguien a quien amar?

Angus lo fulminó con la mirada.

—No te preocupes por mí. ¿Por qué no te casas tú si quieres una cama cálida?

Raghnall se rio y tocó una melodía alegre.

—Un hombre no necesita una esposa para mantener la cama cálida. ¿No es cierto, Owen? —Le guiñó un ojo.

Owen apartó la mirada. Lo cierto es que no podía imaginarse a nadie más en su cama que no fuera una mujer hermosa del futuro.

Craig arqueó una ceja.

—Creo que antes hubiera estado de acuerdo contigo. Ahora, lo dudo.

—Cierra el pico —gruñó Owen.

Las notas de Raghnall formaron una melodía fluida, y comenzó a cantar.

OH, QUE EL CAMINO ME TRAIGA VIENTO A FAVOR.

Oh, que el mar profundo y azul me trate con dulzura.
Que me recoja cuando esté cansado, enfermo y solo,
y me lleve hacia la muchacha que aguarda por mí...

TENÍA UNA VOZ MELÓDICA Y AGRADABLE, Y OWEN SE SINTIÓ agradecido por la distracción que brindaba el hombre. No sabía si Craig sospechaba de sus sentimientos hacia Amber, pero no necesitaba que nadie se la recordara cuando estaba haciendo todo lo que podía para mantenerse concentrado en la misión.

—¿Tienen una copa de *uisge*? —preguntó una voz familiar.

Owen se volvió. Ian se encontraba de pie a sus espaldas, tan grande como lo recordaba, y entero. Tanto Craig como Owen se pusieron de pie y lo abrazaron con cariño.

—El mensajero fue rápido —comentó Owen, que más temprano había enviado un hombre a Dundail para pedirle a Ian que se uniera a la batalla—. No te esperaba hasta la mañana.

Ian miró el cielo.

—No falta mucho para el amanecer. Me apresuré, no me quería perder la batalla.

—¿Cómo están tus heridas? —le preguntó Craig.

—Viviré. Si John MacDougall está allí, será mi oportunidad de vengarme por lo que me hizo.

Los tres Cambel intercambiaron una mirada. Esa batalla significaba todo para el clan. Owen podía salir victorioso... si tan solo lograba controlar su miembro y su corazón y se mantenía alejado de la primera mujer que lo había hecho sentir vivo.

CAPÍTULO 27

Al día siguiente...

Amber observó el patio donde Owen le ladraba órdenes a los hombres que estaba entrenando. Tanto la expresión amable como la sonrisa relajada habían desaparecido para dar lugar al ceño fruncido de un hombre determinado que sabía lo que quería e iba por ello. Caminaba más erguido y parecía más imponente, como si hubiera adquirido músculos desde que lo había visto el día anterior en el consejo del rey.

La gracia de su cuerpo era la misma: tanto la forma en que blandía la espada como la manera en que se agachaba, se movía y evadía los ataques como un predador en plena caza. Estaba concentrado. Tenía el control. Era mortal.

Estaba aliviada de que Roberto la hubiera dejado ir el día anterior. El hecho de haber hablado y haber defendido su postura frente a los hombres más poderosos de Escocia demostraba que ella también había cambiado. Owen seguía respaldándola y estaba listo para apoyarla, aunque eso significara la posibilidad de perder todo por lo que había luchado. Saber eso, le había cambiado la vida.

Era algo mágico.

Y le había llegado al corazón.

El mundo se había detenido. El universo solo consistía en él: el atractivo *highlander*, fuerte y valiente que tenía el corazón más amable y el cuerpo más hermoso que había visto. El hombre que se había quedado a su lado más veces que nadie nunca en toda su vida en el siglo XXI.

De solo mirarlo, sentía una descarga eléctrica en toda la piel. Ese hombre tenía más coraje en una gota de sangre del que ella tenía en todo el cuerpo, a pesar de haber pasado años luchando en una guerra.

Era el hombre al que amaba.

Sí, lo amaba. Ese pensamiento la hizo quedarse petrificada mientras luchaba por procesarlo. Era como si un pequeño sol personal le hubiera nacido en el pecho y le irradiara luz y calor a cada célula del cuerpo. Como si hubiera vivido en la oscuridad durante toda su vida y por primera vez hubiera salido a la luz.

Por fin había encontrado lo que siempre le había faltado en su vida. Él.

Todo su ser anunciaba a gritos que lo amaba. Quería decírselo. Él debía saberlo. Ella quería que lo supiera. Por primera vez en su vida, quería ser vulnerable y abierta y contárselo. Aunque él no quisiera oírlo. Con determinación, avanzó hacia él. Nada la detendría.

Lo obligaría a escucharla.

—¡Owen! —exclamó mientras cruzaba el patio embarrado. Varios hombres se volvieron a mirarla. Los criados le clavaron las miradas. El único que no reaccionó fue Owen—. ¡Owen!

Se detuvo a su lado y lo tomó de los bíceps para hacer que se volviera hacia ella. Con la boca tensa, la fulminó con la mirada. A Amber le dio un vuelco el estómago. ¿Estaba equivocada por completo acerca de él? ¿Sería que él no sentía nada hacia ella?

«No», se recordó. «No te desanimes. Solo dile lo que sientes».

—¿Qué sucede, muchacha? —le preguntó con un tono

molesto. El hombre al que estaba entrenando la miró con curiosidad.

«Métete en tus malditos asuntos», pensó.

—¿Puedo hablar contigo, por favor? —le pidió.

Owen miró a su estudiante y resultó evidente que estaba irritado.

—¿Puede esperar, Amber?

Se estaba cavando su propia tumba, pero no se podía detener.

—No.

Su mano seguía apoyada sobre el brazo de él, y el contacto era tan agradable como lamer una cucharada de chocolate caliente.

Un trueno resonó en la distancia. El cielo se oscureció. Una brisa de viento frío removió el cabello de Owen, que estaba húmedo de ejercitar, pero no de forma desagradable. Todo lo contrario: de una forma *sexy* y masculina que le pedía a gritos que se bañara con ella. Amber sintió el deseo de acomodarle el cabello detrás de la oreja y dejar al descubierto los atractivos ojos del color del musgo en la primavera.

—De acuerdo. —Se volvió hacia los hombres que entrenaban—. Muchachos, continúen hasta que comience a llover.

Estiró el brazo y le quitó la mano de los bíceps con suavidad, lo que a Amber le formó un nudo en el estómago.

«Eso no es bueno. Oh, cielos». Eso iría fatal, ¿no?

Owen hizo un gesto hacia la mazmorra. Se mostraba tan frío y distante que parecía que nunca hubieran atravesado todos esos momentos en los que habían estado entre la vida y la muerte, que nunca se hubieran besado, ni se hubieran contado las peores cosas que les habían ocurrido.

Amber tenía un muy mal presentimiento.

Cruzaron el patio y entraron en la torre. Había una alacena en la planta baja donde guardaban sacos, barriles y cajas. La única luz provenía de tres antorchas que colgaban de las paredes. Se quedaron de pie uno frente al otro.

Como dos desconocidos.

Una criada bajó por las escaleras. Oh, cielos. ¿Acaso estaba a punto de abrirle su corazón mientras la gente caminaba cerca?

—¿Podemos hablar en un lugar más privado, por favor? ¿En tu habitación?

—No es adecuado, Amber. No estamos casados. No puedes estar a solas conmigo en una recámara.

Amber se rio.

—Primero que nada, tú y yo hemos estado a solas en situaciones mucho más comprometedoras. No hay mucho que tú o yo no hayamos visto.

Los ojos de Owen destellaron chispas, y el músculo del mentón se le tensó. Por fin, una reacción.

—En segundo lugar, no me importa mi reputación. Ni soy virgen, ni tengo ninguna intención de casarme o hacer lo que sea que hagan aquí para proteger la reputación de las mujeres.

El rostro de Owen adquirió una intensidad que nunca antes había visto.

—Pero no puedo hablar contigo mientras la gente nos camina tan cerca. Por favor.

—De acuerdo.

Subieron las escaleras que conducían a la habitación de Owen, donde Amber había estado durmiendo desde que llegaron al castillo. Cuando entraron, el viento silbó, y una brisa fría se coló por la única ventana. Las persianas se cerraron con un golpe. En el cielo se oyó otro trueno seguido de un relámpago que se coló por las hendiduras de las persianas.

Owen miró alrededor.

—Está oscuro. Encenderé el hogar.

Se detuvo delante del hogar y colocó unos leños antes de soplar sobre las brasas casi apagadas. A Amber le comenzaron a temblar las manos. ¿Cómo se lo podría decir? ¿Siquiera importaba? Cielos, ¿había algún modo de decírselo que no acabara en rechazo?

—¿Owen? —lo llamó.

—¿Humm? —Owen tomó el atizador y acomodó la leña.

Unas chispas se elevaron de las brasas. El fuego se avivó y comenzó a arder con intensidad.

«Sé valiente. Sé fuerte».

—Por favor, mírame —le pidió.

Owen suspiró, se puso de pie y se volvió hacia ella, pero no se acercó.

¿Podría decirlo?

«Ya suéltalo».

El corazón le latía en el pecho como un puño, y Amber se frotó las palmas sudadas y temblorosas contra el vestido. Estaba cubierta de sudor.

—Yo... —Dio un paso hacia él y lo miró a los ojos. Owen se mostraba de lo más indiferente, como si estuviera mirando un árbol y no a ella.

—Estaba pensando que me gustaría construir relojes. Cuando era adolescente, reparé uno con mi mamá y me gusta la ingeniería. Me vuelve loca no saber qué hora es. Así que en cuanto sepa que estás a salvo luego de la batalla, me marcharé. Buscaré trabajo de aprendiz en algún sitio. Y luego veré.

Owen asintió con la cabeza. Su rostro era una máscara de piedra. Solo una sombra de tristeza asomó en sus ojos.

—Qué bueno. Es un oficio útil, Amber. Entiendo que para una mujer del futuro pueda parecer normal, pero no sé si algún hombre querrá contratar a una mujer de aprendiz. Además, tendrás que ir a una gran ciudad para eso, o a un monasterio. Los relojes son tesoros exóticos.

Sería una profesión, algo que hacer en la Edad Media, y aun así seguiría huyendo de las sombras del pasado. El día anterior se había enfrentado a Roberto, y había comenzado a sopesar diferentes opciones para confrontar al monstruo del siglo XXI.

—¿Cuándo es la batalla? —le preguntó.

—Nos marchamos mañana.

—Mañana. —Se le cerró la garganta. Otro relámpago iluminó la habitación, y el viento movió las persianas al tiempo que un trueno explotaba por encima de sus cabezas.

Él podría morir mañana...

Dio otro paso hacia él y notó con dolor que Owen se tensaba. Bien podría haber dado un paso hacia atrás, si no hubiera tenido el hogar a sus espaldas.

—Owen, yo...

Amber miró hacia el abismo; el viento le ondeaba la falda, la muerte acechaba en cada recoveco en las aguas que rompían contra los acantilados de piedras como hojas afiladas, y solo había un sitio en ese mar en el que podía aterrizar y sentirse a salvo.

El estómago le dio un vuelco, perdió la capacidad de respirar y saltó.

—Te amo —le dijo.

A él se le agrandaron los ojos, y el rostro se le deformó para dar paso a una mueca de anhelo combinada con dolor físico, como si acabara de clavarle un puñal en las entrañas.

—Tú... —comenzó.

—Te amo. Me enamoré de ti.

Tembloroso, Owen inhaló profundo, cerró los ojos durante unos instantes y luego tragó saliva al tiempo que se le hinchaba la nuez de Adán.

—Por Jesús, María y José... —masculló y la miró—. Amber, no sé qué decir.

—Mañana te marchas a la batalla, y no podía dejarte ir sin que lo supieras. Supongo que quiero saber qué sientes por mí.

Oh, cielos, esa confesión era como arrancar los dientes de una boca sana. ¿Acaso una confesión de amor debía sentirse de ese modo? ¿No debía ser apasionada, con lágrimas de felicidad y besos acalorados que prometían una vida compartida?

Owen guardó silencio; se limitó a respirar fuerte y la observó como si fuera un león, y ella un antílope.

—Porque si sientes lo mismo por mí, no me iré. Me gustaría quedarme. —Se detuvo. ¿De verdad no iba a decir nada?

El pecho de Owen subía y bajaba acelerado, su boca estaba

apretada y formaba una línea delgada, y tenía los músculos del cuello tensos. Parecía como si estuviera teniendo una apoplejía.

—Es decir, me gustaría quedarme contigo. Si tú quieres. —Amber inhaló y exhaló profundo—. Di algo. Me estás matando.

—Muchacha... —su voz sonó más rasposa que una lija. Negó con la cabeza—. No puedo. Tengo que concentrarme en la batalla. Mañana lidero a muchos hombres. Sus vidas son mi responsabilidad. No puedo fracasar.

Confundida, Amber frunció el ceño.

—¿Y eso qué tiene que ver con esto? Solo te estoy preguntando qué sientes...

Owen cruzó la distancia que los separaba con tres zancadas y se ciñó sobre ella. Un relámpago iluminó la habitación y la mitad de su semblante. Sus ojos estaban oscuros y ardían, la devoraban con una mezcla de deseo, dolor y anhelo.

Tomó su rostro entre sus manos, y la caricia le hizo sentir como si le hubiera caído un rayo.

—Si te quieres marchar para hacer relojes, deberías empacar e irte.

Las palabras la azotaron peor que el látigo de Jerold Baker.

—No hay futuro para nosotros —terminó.

Un trueno resonó y la dejó sorda. ¿O sería que sus oídos no querían funcionar para no oírlo?

—No puedo estar contigo.

Amber dejó de respirar, el dolor la estaba sofocando. Pero ¿por qué seguía sosteniendo su rostro entre sus manos? ¿Por qué la miraba como si quisiera besarla? ¿Por qué la torturaba?

Detrás de sus ojos se liberaba una batalla entre el deseo y la restricción. Y de pronto la sorprendió. Se inclinó y la besó. No fue un beso apasionado. Fue uno lleno de desesperanza y suavidad. No le rozó la lengua, sino que sus labios se fundieron contra los de ella. Luego se detuvo, cayó de rodillas y se abrazó a su cintura. Le apretó la frente contra el estómago y se quedó allí congelado. Amber no se pudo mover, tenía miedo de asustarlo, de perder ese extraño e inexplicable momento de ternura.

La lluvia golpeó las persianas. Un relámpago la cegó, y un trueno estremeció el mundo.

Owen se puso de pie y la miró.

—Fue un beso de despedida. —Asintió con brusquedad—. Que te vaya bien, Amber.

Acto seguido, se marchó y se llevó consigo el corazón que le acababa de romper.

CAPÍTULO 28

¿Lo amaba? Lo amaba... ¡Lo amaba!

Las palabras le resonaron en los oídos más fuerte que la tormenta que tronaba afuera del gran salón. La habitación estaba llena de guerreros, y Owen no recordaba que alguna vez hubiera estado tan abarrotada. El rey, sus caballeros y algunos de sus *highlanders* habían ido en busca de refugio de la lluvia torrencial. El resto del ejército acampaba en tiendas de campaña que habían montado contra las paredes del castillo y había recibido toda la comida que los cocineros habían podido servirles.

Owen tenía la vista fija en el cuenco de estofado que tenía enfrente. Distraído, lo revolvía con la cuchara. No tenía nada de apetito. A todo su alrededor, se oían las voces altas de decenas de guerreros que hablaban, reían y cantaban en el gran salón.

Al día siguiente, lideraría a esos hombres. Y en lo único que podía pensar era en Amber.

Amber, que lo amaba.

Owen se había apresurado a salir de la habitación tan rápido como le permitieron los pies.

Había huido. Había huido de la felicidad. De la mujer que amaba. De la mujer más perfecta, hermosa y fuerte del mundo.

Con la cabeza hundida entre los hombros, Owen buscó la copa de *uisge*.

Había huido para poder mantenerse concentrado y ganar la batalla al día siguiente.

Porque en el pasado había sido un tonto. Se había dejado cegar por mujeres hermosas. Se había dejado llevar por su miembro. Había tomado el camino fácil.

No se había tomado nada en serio.

Por fin, había conseguido lo que quería. Iba a liderar a los hombres al ataque contra los archienemigos de su clan, los MacDougall, en una batalla que podría decidir el destino de Escocia. Una batalla en la que podría morir.

No le importaba morir por su familia y por aquello en lo que creía. Pero ¿podía morir sin decirle a Amber cómo se sentía en verdad? ¿Podría morir en paz luego de haberla lastimado tanto? Había visto el dolor que le había causado al rechazarla. La había herido tanto que se quería golpear.

Pero era mejor así, ¿verdad? Se había prometido que no se distraería, y estaba manteniendo su promesa.

Lo que más quería era tomarla en sus brazos, acostarla en su cama y mostrarle exactamente cuánto la amaba. Quería gritar: «Quédate conmigo. Cásate conmigo. Permanece a mi lado. Sé mía. Para siempre». En lugar de eso, se sentó en el gran salón conteniéndose con toda la fuerza de voluntad que tenía. Se detestaba por haberla lastimado. Ella no se merecía el dolor que le había causado.

Tenía que decírselo. Tenía que explicarle. Si se marchaba pronto y nunca la volvía a ver, tenía que decirle que no podía estar con nadie. No solo con ella.

Owen se levantó del banco y se apresuró a marcharse del gran salón y salir al exterior tormentoso, oscuro y relampagueante. El viento lo azotó fuerte, junto con un helado chaparrón. Un trueno resonó por encima de su cabeza mientras cruzaba corriendo el patio embarrado y se dirigía a la mazmorra. Subió las escaleras, salteándose varios escalones. Abrió la puerta sin molestarse en llamar y se quedó de pie, congelado en su sitio.

Amber estaba desnuda de la cintura para arriba. Estaba inclinada contra una jofaina, con un aguamanil en una mano y un chorro de agua recorriéndole el brazo. La piel le brillaba bajo la luz del hogar, un tono moreno y dorado que contrastaba contra el trapo blanco.

Tan suave, tan seductora, tan hermosa.

Se endureció en un instante y se sintió atraído hacia ella, como si lo hubiera hechizado. Se miraron a los ojos. Amber separó los labios dulces y carnosos. Unas llamas bailaron en la mirada oscura.

Lo amaba. Él se iba a luchar en una batalla. Necesitaba explicarle por qué no podía estar con ella.

Y no se le ocurría ni un solo motivo.

Un relámpago iluminó el cielo y lo sacó del estupor. Cruzó el espacio que los separaba y se detuvo delante de ella en unos segundos. Amber soltó el aguamanil que les salpicó agua a los dos.

A Owen no le importó. Memorizó hasta el último detalle de su hermoso rostro. Las pestañas largas, la cicatriz delgada sobre una de sus cejas, los labios carnosos y deseables... creía que nunca vería nada más hermoso.

—Que Dios me ayude —susurró.

Olvidándose de todo, le hundió las manos en el cabello y la besó. En el momento en que sus labios se tocaron, un trueno ensordecedor resonó en el cielo. La sangre se le convirtió en fuego. Amber soltó un gemido femenino, una mezcla de sorpresa y placer, y le pasó los brazos por la espalda para apretarse contra él.

La besó con más voracidad y solo entonces se dio cuenta de lo hambriento que estaba de ella. De lo mucho que su alma, su cuerpo y su corazón habían estado privados de ella durante tanto tiempo.

Amber se derritió contra él, arqueó la espalda para acercarse más, le enterró una mano en el cabello y, al llegar a la nuca, lo acercó más a su boca.

La deseaba tanto que estaba listo para ir a pelear contra el mundo entero para tenerla. Su boca era deliciosa y lasciva, y le respondía los besos con la misma pasión. Le temblaban las manos y apenas podía respirar.

Quería tomarla como un animal. Hacerla suya. La recogió y la cargó hasta la cama. La recostó sobre el colchón y se estiró a su lado.

Ella lo miró a través de sus pestañas y le preguntó:

—¿Qué hay de eso de que no eres el hombre para mí? Que nunca puedes ser...

—Todas mentiras. Tú eres lo único en lo que puedo pensar. Ardo por ti. Vivo por ti. Y, en realidad, no he vivido nada antes de conocerte. Solo ahora comienzo a vivir.

Le apoyó la boca contra el cuello y comenzó a besarla allí, a inhalar el aroma limpio y femenino de su piel. Con delicadeza, le mordisqueó el cuello, y ella le obsequió un gemido ronco que lo hizo arder de deseo.

Owen siguió bajando, acariciando la piel sedosa y perfecta con sus labios. Cuando llegó a los pechos, tuvo que detenerse a admirar los pezones oscuros que coronaban los hermosos hemisferios redondeados y llenos. Se acercó y le mordió un pezón.

—Ooooh... —exclamó Amber.

—Disculpa, muchacha, ¿te dolió?

—No. Para nada. Hazlo de nuevo.

Así lo hizo; tomó el pezón entero en la boca y comenzó a succionarlo. Amber arqueó la espalda contra él y puso los ojos en blanco. Owen le cubrió el otro pecho con la palma de la mano y comenzó a retorcer el capullo con los dedos.

—Owen... —gimoteó sin aliento.

—Sí, mi dulce muchacha.

—Oh...

El sonido que se le escapó de la garganta le hizo sentir una ola de placer en la entrepierna. Nunca había oído nada más hermoso ni seductor. Quería enterrarse en lo más profundo de ella. Tocar cada centímetro de su ser. Disolverse en ella.

Perderse en ella.

~

AMBER ESTABA EN EL PARAÍSO. UNA ESPECIE DE DICHA IBA creciendo en su interior. Se sentía como una criatura salvaje, que no tenía ningún pensamiento del pasado y ninguna preocupación por el futuro. Su cuerpo era libre y vivía para seguir sus instintos. Porque confiaba en él.

No tenía miedo de que la lastimara. No tenía que preocuparse de que, si se movía de forma equivocada, él se excitaría mucho y la lastimaría.

Lo deseaba. En todos lados. Quería sentir su boca sobre sus pechos, su piel contra la de ella, su miembro enterrado en lo más profundo de su ser. Rodó sobre la cama y se puso de pie delante de él. Los ojos de Owen se llenaron de estupor, y el pecho se le cerró con un dolor dulce. Amber se bajó la prenda de dormir por las caderas.

—Por todos los cielos, no hay ninguna mujer más hermosa que tú —susurró con una intensa mirada oscura y ardiente.

Esas palabras se sintieron como una caricia contra la piel.

—Tú tampoco estás nada mal. —Permitió que sus ojos le recorrieran el cuerpo de arriba abajo; por primera vez, quería ser abierta. Quería que él la viera.

Regresó a la cama, se colocó sobre él y lo montó. Owen se sentó en la cama y la tomó en sus brazos. Amber soltó una mueca cuando su mano le rozó las heridas de la espalda.

—Disculpa, muchacha —murmuró y le besó el pecho por encima de los senos.

—No pasa nada. —Le tomó el rostro entre sus manos—. Tus caricias son sanadoras.

Sus ojos cobraron la misma intensidad oscura de la malaquita.

—Nunca nadie me había dicho eso. No he dado más que problemas.

—Para mí, no has sido más que una bendición.

La besó con ternura, tomándose su tiempo, como si besarla fuera su único propósito en el mundo. Cuando la dejó sin aliento, se apartó y regresó a sus pechos. Succionó el capullo endurecido del pezón y le hizo sentir una ola de placer en todo el cuerpo. Con voracidad, succionó más y tomó el otro pecho en su boca al tiempo que su lengua le hacía cosas maravillosas.

Cuando se movió al otro pezón y lo mordió con suavidad, Amber soltó un gemido ronco. Owen le deslizó una mano entre las piernas y le recorrió el sexo con los dedos. Amber se estremeció de placer.

—¿Te gusta esto, muchacha? —le preguntó en un murmullo.

—Sí...

Owen soltó un sonido masculino de satisfacción y deslizó un dedo entre los pliegues de su sexo. Encontró su punto más sensible e hinchado y comenzó a frotarlo con suavidad, hacia arriba y abajo, y luego en círculos. Amber jadeó al tiempo que la embargaba una pequeña convulsión.

La recostó con cuidado sobre su espalda, se colocó entre sus muslos y le acercó la boca. Una capa de sudor cubría la piel de Amber. Se le escapó un gemido tembloroso. Jadeó al tiempo que Owen le abría los pliegues y los relamía. Los movimientos de su lengua la provocaban y la volvían loca. Le enterró los dedos en el cabello y comenzó a mover la pelvis al ritmo de su boca.

La llevó a la cima delirante de un placer cegador y emitió ruidos como si fuera él quien estaba a punto de deshacerse, y no ella. Le introdujo un dedo en el interior y comenzó a dibujar círculos que la fueron elevando cada vez más.

Un placer intenso y magnífico comenzaba a crecer en su interior. Amber soltó un gemido alto, explotó y se deshizo como una nebulosa. Se tenso en una convulsión feroz, una erupción abrasadora. El orgasmo la recorrió como una ola ardiente.

Owen se incorporó, se recostó a su lado y la tomó en sus brazos.

—Eres tan hermosa cuando acabas. Nunca he visto nada más bonito que tú —le dijo con la voz ronca.

Amber abrió los ojos y lo miró sin aliento. El amor que sentía por él la recorrió entera, y pensó que nunca había visto a nadie más atractivo que él. Él la observaba con orgullo masculino y una sensación de posesividad. Le recorrió el cuello con un dedo, fue bajando y bajando hasta llegar al pecho y dibujar un círculo suave al rededor del pezón con el nudillo. Como respuesta al dulce placer, se endureció. La sensación la atravesó.

Sorprendida de su reacción, Amber se mordió el labio inferior. A pesar de que acababa de tener un orgasmo, estaba lista para más.

«Sí», pensó sorprendida, «sí». Lo deseaba. Deseaba sentirlo dentro, hundiéndose en ella, poseyéndola, haciéndola suya.

Se estiró y lo besó, le recorrió el cuerpo duro con los dedos, le acarició el vello del pecho, los músculos tonificados del abdomen, y siguió bajando hasta llegar a la erección. Dibujó un círculo en la base de su miembro, y Owen tomó una profunda bocanada de aire.

—Muchacha... —gruñó, y su voz fue una advertencia.

—Hummm —pensó Amber al tiempo que comenzaba a acariciar el miembro hacia arriba y abajo.

Owen dejó escapar un gruñido animalesco.

—Cielos, tienes unas manos tan, tan dulces... —La miró con un hambre insaciable—. No puedo esperar mucho más, muchacha... —La voz sonaba ronca y densa—. Te deseo... ¿Quieres ser mía?

Ser suya...

—Sí.

Se puso de rodillas y, con un movimiento rápido, jaló de ella para acercarla a él. Fue demasiado rápido. Demasiado duro. Durante un momento breve, le hizo acordar a los momentos de intimidad con Bryan.

—¡No! —Amber se enderezó al tiempo que el miedo se le retorcía en las entrañas—. No seas brusco.

—Muchacha, puedes confiar en mí. Nunca haré nada que te lastime.

Eso era algo que sabía sin lugar a dudas. Owen la había protegido con ferocidad y le había salvado la vida en varias ocasiones.

—Pero verás mis cicatrices... Son feas, y nunca se irán...

La besó y apoyó la frente contra la de ella.

—Tú no tienes nada feo. Eres la mujer más perfecta que ha caminado sobre la faz de la tierra.

—Pero...

—Te deseo. Con tus cicatrices y todo.

La volteó para que quedara a gatas y comenzó a besarle las heridas con tanta delicadeza que Amber sintió como si unas plumas frías le acariciaran la piel cálida. La intensidad del momento le provocó lágrimas. La giró para que lo mirara y le besó la boca. Amber estiró la mano entre sus piernas y le tomó el miembro. Lo dirigió hacia su entrada y arqueó la espalda para recibirlo en su interior.

Owen la embistió y la llenó.

—Eres tan suave y cálida, muchacha —gruñó.

Cada centímetro de su erección dura la estiraba. Se expandió en todas las direcciones, cálida y plegable, como arcilla en sus manos. Owen le tomó los pechos y jugó con sus pezones, los provocó con sus pulgares y dedos índices, y le hizo sentir olas de puro placer.

La penetró una y otra vez, y mantuvo los labios apretados contra los de ella, las manos apoyadas en sus senos, y cada caricia de su lengua era pura lujuria. Soltó unos gruñidos desde lo más profundo del pecho, como si no pudiera saciarse de ella. Y cuando Amber creyó que no podía soportarlo más, Owen colocó una mano entre sus piernas y le rozó el clítoris. Se estremeció y gritó al tiempo que unas gloriosas olas de placer la asaltaban por todos los frentes.

Inclinó la cabeza hacia atrás mientras Owen seguía embistiéndola con determinación y acariciándole el clítoris hinchado. Con el aliento entrecortado, Amber se corcoveaba ante cada embestida.

Owen le siguió murmurando lo perfecta que era en sus brazos, lo hermosa que era, lo mucho que la deseaba, y que no podía saciarse de ella. El tiempo se ralentizó, y Amber tuvo la descabellada sensación de caer al centro del mundo.

El sudor le cubrió la piel, su cuerpo se retorció al borde del clímax. Unos espasmos intensos y fuera de control comenzaron a crecer en su interior. Una ola de placer reventó contra ella, y se le tensaron los músculos. Los espasmos le retorcieron el cuerpo, y se convulsionó en una dicha blanca, caliente y cegadora.

Owen se quedó quieto, gruñó como un animal y la embistió murmurando su nombre. Colapsaron contra el colchón, cálidos, relajados y abrazados.

Cuando Amber lo miró a los ojos, la niebla de la lujuria se desvaneció, y el corazón le empezó a doler otra vez. ¿Sería que él solo la deseaba o eso había significado más?

Necesitaba saberlo.

Pero cuando abrió la boca para preguntarlo, él se volvió al tiempo que una expresión de arrepentimiento le nublaba el rostro.

CAPÍTULO 29

«¿Qué diablos acabo de hacer?».

Cuando la calidez y la pesadez comenzaron a abandonarle el cuerpo, Owen tuvo una epifanía fría que le invadió la mente.

Había hecho precisamente lo que se había prometido que no haría. Había perdido la cabeza. Había cedido ante una distracción. Se incorporó y se apartó del hermoso cuerpo cálido de la mujer que amaba. El corazón se salteó un latido ante la pérdida del contacto, y sintió un estremecimiento en la piel.

—No debí hacerlo... —comenzó.

Amber también se sentó, buscó una manta y se la envolvió en el pecho. Owen no soportaba mirarla a los ojos. El temor le paralizaba el corazón. Esa distracción podría arruinar cualquier posibilidad de lograr la victoria en la batalla del día siguiente. Ahora que había probado a esa mujer, ahora que sabía lo que era acostarse con ella, sentirla temblar y estremecerse de placer bajo su cuerpo, no quería que eso se detuviera nunca.

Sabía que no se podía permitir que ese sentimiento guiara ninguna de sus decisiones. No podía confiar en él mismo. El corazón y la cabeza siempre lo guiaban en direcciones opuestas.

—¿Por qué? —le preguntó con la voz herida—. ¿Estuvo mal?

Se volvió hacia ella.

—¿Mal? Eso fue lo más cerca de Dios que he estado.

La expresión de Amber reflejó sorpresa, comprensión y asombro.

—Entonces ¿por qué? —preguntó y exhaló.

—Porque ahora sé con la misma certeza que sé que el sol saldrá por la mañana que una vez contigo nunca sería suficiente.

Amber inhaló profundo.

—¿Y cuál es el problema? Yo tampoco quiero que nos detengamos tras una sola vez.

Owen se encorvó y se pasó los dedos por el cabello.

—Cada error que he cometido a lo largo de mi vida se ha debido a que me dejé guiar por mi miembro. Ahora no me lo puedo permitir, no cuando el mismo rey me ha puesto a cargo de sus tropas.

—¿Eso es todo lo que soy para ti? —le preguntó con la voz a punto de quebrarse del dolor—. ¿Una distracción? ¿Algo a lo que tu miembro no se puede resistir?

Lo cierto es que le podría haber clavado una daga en el corazón.

—No, *mo chridhe*. —«No, mi corazón»—. Eres mucho más. Lo eres todo.

A ella se le abrieron los ojos. Volvió a inhalar temblorosa y se acercó un centímetro a él.

—Pero ese es precisamente el problema. Tengo el corazón lleno de ti. Y cuando mi corazón está lleno, y el miembro me palpita, la cabeza me deja de funcionar. Necesito tener la cabeza despejada mañana.

Amber gruñó.

—Pero no tiene que ser así. Las personas aman. Y pueden vivir felices con alguien y aun así concentrarse.

—Muchacha...

Amber le cubrió el antebrazo con la mano.

—Te puedo ayudar a concentrarte. Podemos ser el sistema de apoyo de cada uno.

Owen sintió dolor en el corazón. Cómo deseaba creer que

eso pudiera ser cierto. Cómo deseaba poder tenerlo todo: tener a Amber y ser el hombre que quería ser. Estiró el brazo, le tomó el rostro entre las manos y sintió la piel perfecta y hermosa como pétalos de flores contra los dedos.

Sin embargo, lo cierto era que eso era imposible para él. Tener una vida en la que era un líder responsable y tenía a la mujer que amaba en sus brazos no era más que un sueño.

—Es bueno que te marches mañana, muchacha. Y lo siento si te lastimé. Pero no podemos estar juntos. Si quiero ser un líder digno de la confianza de mi rey, el líder que mi clan se merece, no puedo permitir que mis sentimientos por ti me nublen la razón. —Negó con la cabeza—. Mis errores del pasado me han demostrado que eso puede resultar letal.

Pensó en Kenneth, en Lachlan, en su abuelo. Y en tantas vidas más que se habían perdido durante la enemistad con los MacDougall.

—Owen...

Pero antes de que pudiera decir algo que le hiciera cambiar de parecer, se puso de pie, se subió los pantalones, se colocó la túnica y por último los zapatos.

—Hay demasiado en juego, Amber. La vida del rey, la vida de los miembros de mi clan. Tu vida.

Ella también se puso de pie y se envolvió la sábana alrededor del cuerpo, de modo que los hombros y los brazos quedaran al descubierto. Cielos, tenía unos hombros hermosos que parecían esculpidos, y los músculos de los bíceps bien definidos, de forma femenina. Owen anhelaba recorrerlos con la lengua.

Ese era el motivo exacto por el que no se podía quedar.

A Amber se le llenaron los ojos de dolor.

—¿Sabes qué, Owen? Vete. Haz lo que quieras. Nunca debí haber dicho nada acerca de que te amaba. Ahora sientes que has ganado, ¿no?

Owen frunció el ceño.

—¿Ganado?

—Sí, ganado. Has conseguido a la chica. Porque lo único que

tienes son malditas excusas. Siempre has sido un mujeriego, ¿no? Lo único que querías era probar un bocadillo de otra época, ¿no?

No. Todo eso era mentira. Pero, de cualquier modo, era mejor así. Era mejor que creyera eso, se marchara y nunca regresara. Owen se dirigió a la puerta, la abrió y se volvió a mirarla por última vez.

—Si nunca te vuelvo a ver —su garganta luchó contra las emociones—, quiero que sepas que eres lo mejor que me ha pasado en la vida.

Se marchó sintiendo como si se acabara de arrancar el corazón del pecho para dejárselo a ella.

CAPÍTULO 30

AL DÍA SIGUIENTE, partieron temprano. Owen no se permitió mirar hacia atrás, hacia la torre en la que se encontraba su recámara, hasta que el castillo no se hubiera reducido bastante en la distancia. Aunque esperaba ver a Amber por última vez, la ventana estaba vacía, y eso lo desgarró.

Marcharse sin despedirse de ella había sido una de las cosas más difíciles que había hecho.

El lomo del caballo se mecía mientras cabalgaba. Los árboles a la derecha susurraban al viento. A la izquierda, el *loch* Awe se mostraba tormentoso y gris, con unas olas enfadadas que rompían unas entre otras. Se dirigían hacia el noreste para girar en el punto más al norte del lago.

Como Roberto estaba preocupado de que MacDougall hubiera enviado centinelas, y que estos vieran el avance del ejército, James Douglas se había adelantado con sus arqueros para posicionarse por encima del punto donde tendría lugar la emboscada.

Owen cabalgaba al lado de su padre, Craig, Ian y Domhnall. Todo el clan cabalgaba a sus espaldas, junto con los Mackenzie, los Cameron, los Maclean, los Mackintosh, los MacKinnon y varios más. El rey, el tío Neil y el resto de los caballeros cabalgaban delante de ellos.

El camino estaba ventoso y frío tras la tormenta de la noche anterior. Ni siquiera el pequeño ejército de hombres que lo seguían era suficiente para que Owen pudiera concentrarse en la tarea que tenía por delante. Con el viento soplándole en el rostro y la belleza descomunal del *loch* Awe que se abría ante él, lo único que veía en su mente era la belleza de la mujer a la que amaba.

A pesar de que hicieron una parada rápida para descansar, el tiempo transcurrió rápido. Cuanto más se acercaban al paso de Brander, más tensos se ponían los hombres y más preocupados se veían sus rostros.

Llegaron temprano por la tarde de ese mismo día. A través de unos huecos entre las ramas y las hojas, Owen vio tres *birlinns* en el río; los navíos típicos de las Tierras Altas del Oeste.

—Los MacDougall —murmuró y señaló para que su padre y sus hermanos los vieran. Intercambió una mirada con Craig e Ian.

La tensión que había sentido en los hombros se disipó. El enemigo estaba allí, tal y como sabía que estaría. No le fallaría ni a su rey, ni a su clan.

—Tenías razón, hijo —admitió Dougal entrecerrando los ojos mientras miraba el río.

—Sí —coincidió Craig—. Bien hecho, hermano.

Llegaron a la boca del paso. A la derecha, comenzaba el pronunciado flanco de Ben Cruachan. Owen vio un pequeño sendero montañoso entre unos arbustos y árboles que se extendía cuesta arriba. Él y sus hombres tomarían ese sendero en cuanto el rey les diera la señal.

A la izquierda, detrás de los arbustos y el sotobosque, había un descenso casi vertical hacia el río. El sendero que se abría ante ellos se iba volviendo cada vez más angosto hasta que pronto solo tendría unos metros de anchura. Desde los *birlinns*, nadie podría verlos avanzar entre los arbustos.

Roberto detuvo la procesión, y aguardaron hasta que una

figura bajó por la pendiente pronunciada de Ben Cruachan: el mensajero de Douglas les avisó que él y sus hombres se encontraban en posición.

Owen detuvo su caballo al lado del rey.

—Todo es cierto —dijo Roberto al verlo—. Hay una emboscada. El camino está bloqueado. Douglas ha tomado su posición. ¿Tú y tus hombres están listos?

Le latía el corazón acelerado en el pecho. ¿Estaba listo? ¿Estaba concentrado? ¿Conduciría a sus hombres a la victoria?

Tomó una profunda bocanada de aire y se le infló el pecho al tiempo que enderezaba los hombros y erguía la cabeza. Tenía el rostro de Amber en la mente, oía su voz dulce en la cabeza. Para su sorpresa, eso no se sintió como una distracción. Ella le daba fuerza y poder.

Le daba amor.

Ahora sabía por quién quería luchar. Quería luchar para poder regresar a su lado. Para decirle que la amaba.

Solo esperaba que no fuera demasiado tarde.

—Sí, su Excelencia —respondió—. Estoy listo. Y los *highlanders* también.

Los ojos de Roberto brillaron con una determinación oscura y un deseo de victoria feroz y carente de remordimientos.

—En ese caso, acabemos con los bastardos de los MacDougall.

—Sí —acordó. Hubiera aullado, pero necesitaban guardar silencio.

—Ve. Como lo hemos planeado.

—Lo veré en el campo de batalla, su Excelencia.

Asintieron con la cabeza, y Owen regresó al lado de sus hombres. Se detuvo para enfrentar a sus tropas. A pesar de que algunos guerreros estaban montados a caballo, la mayoría iba a pie.

—Ha llegado la hora —les informó intentando mantener la voz lo más baja posible—. En marcha. Los que estén a caballo, déjenlos aquí. Subiremos a pie.

Varios hombres se desmontaron y ataron las riendas a arbustos y árboles. Las tropas de Roberto avanzaron, y Owen, su padre, Craig, Ian, Domhnall y el resto de los *highlanders* emprendieron el sendero serpenteante apenas visible para subir la pendiente.

Owen se agachó y avanzó. Varias piedritas se deslizaban bajo sus pies. Los arbustos y el sotobosque se volvían cada vez menos abundantes cuanto más subían. Podía ver a Roberto y sus tropas que avanzaban por el camino abajo. También podía ver que más adelante había al menos quinientos hombres bloqueaban el camino.

Quinientos soldados ingleses. Vio las banderas rojas con los leones dorados. Oh, esperaba que *sir* de Bourgh se encontrara entre ellos. Esperaba que ese fuera el día en que el hombre pagara por lo que le había hecho a Amber. Deseaba poder ser la espada que le perforara el corazón.

Si Roberto se acercaba más, los hombres que estaban escondidos arriba comenzarían disparar flechas y arrojar piedras. ¿Por qué Douglas no estaba haciendo nada al respecto?

De pronto un sinfín de flechas pasó volando por encima de ellos, y se oyeron gritos de dolor y aullidos que provenían de los arbustos. Cuando la última flecha de James Douglas aterrizó y se oyó el grito de guerra de sus hombres, Owen supo que estaban atacando a los MacDougall.

Había llegado el momento. Era la hora de brillar. De demostrarle a todos que no era solo un libertino rebelde. No era solo una espada. Era un líder. Y se merecía que se lo tomaran en serio. Él podía ser el líder que su clan necesitaba.

—¡*Cruachan*! —Owen se puso de pie y elevó el puño con la espada en el aire.

—¡*Cruachan*! —repitieron los Cambel.

A sus espaldas, los otros clanes pronunciaron sus propios llamados a guerra, todos mezclados en un rugido gaélico mientras se lanzaban al ataque.

Había llegado el momento de que los MacDougall pagaran. Owen lucharía por Amber. Por Marjorie. Por Ian.

Lucharía como el líder que siempre debió ser.

Entonces vio a los MacDougall; eran al menos mil guerreros. Estaban confundidos y luchaban contra los soldados de Douglas que los habían invadido desde arriba.

Un hombre echó a correr hacia Owen, quien blandió su *claymore* y frenó el hacha del enemigo. Más hombres se fueron enfrentando y pronto el aire se llenó de ruidos metálicos. De abajo se oían gritos y aullidos de dolor. El oponente le esquivó la espada e intentó golpearle el rostro con el escudo. Owen se agachó, pero no logró evitar que el escudo le cortara la mejilla. Le incrustó la espada en la cabeza, y el enemigo cayó salpicando sangre por todos lados.

Owen luchó contra el siguiente hombre, y luego contra otro más, para ir abriéndose paso entre los ejércitos. La furia de la batalla le palpitaba en la sangre, caliente y abrasadora.

Dos hombres se lanzaron contra él desde diferentes frentes. Uno blandía un hacha, mientras que el otro, una espada. Owen desvió la espada con un gruñido y apenas logró agacharse cuando el hacha le pasó volando por encima de la cabeza. El espadachín alzó el arma para insertársela en el lateral, pero antes de que pudiera bajar la hoja, una lanza le atravesó el pecho. El hombre se quedó rígido y cayó sin vida. A unos metros de distancia, se hallaba Angus Mackenzie, que le asintió a Owen.

El hombre con el hacha miró el cuerpo durante unos instantes con los ojos abiertos de par en par. Raghnall Mackenzie apareció detrás de él y le dio una palmada en el hombro. Cuando el enemigo se volvió, Raghnall le asestó un puñetazo en el rostro, y la cabeza le salió disparada hacia atrás. El hombre gruñó y se lanzó contra el *highlander*, blandiendo el hacha como si fuera un leño. Raghnall desvió los ataques, pero el hombre giró el arma y logró engancharle la *claymore* entre la parte más ancha de la hoja del hacha y el mango. Acto seguido, le quitó la espada de las manos y alzó el hacha para asestarle el golpe letal, pero Owen se lanzó hacia adelante y le clavó la *claymore* en el lateral. El enemigo gruñó y cayó aferrándose a la herida abierta.

Owen se agachó, tomó el arma de Raghnall y se la arrojó. Raghnall la tomó y le sonrió.

—Gracias.

Más enemigos se lanzaron contra ellos, y la batalla continuó. En algún momento, notó que Ian, Craig y su padre estaban luchando a su lado también. No supo cuánto tiempo transcurrió, todo parecía un destello borroso de metal, sangre y rostros desfigurados.

De a poco, la pelea fue descendiendo por la montaña, pues los MacDougall iban perdiendo tras verse atrapados en la emboscada de Roberto desde dos frentes. Entonces lo vio. Con ojos fríos y oscuros y la armadura inglesa.

Sir de Bourgh.

A Owen se le escapó un gruñido bajo. Oh, ese hombre era suyo.

Bajó la pendiente caminando y deslizándose por momentos; los pulmones le ardían y los músculos le vibraban del agotamiento.

Nada de eso importaba. El hombre pagaría por todo lo que le había hecho a Amber. Por no mencionar lo que sin lugar a dudas le habría hecho a Muireach.

De Bourgh acababa de perforar el cuello de uno de los caballeros de Roberto cuando lo vio avanzar hacia él. Cuando Owen se paró sobre terreno plano, los ojos del hombre se agrandaron al reconocerlo. Tenía puesta una armadura buena y costosa. Owen solo llevaba el *lèine croich*, un abrigo de lana acolchado, la cota de malla en la cabeza y el casco. De Bourgh no saldría con vida de ese campo de batalla.

Se acercaron con las espadas en alto y soltaron un gruñido. De Bourgh era más bajo, pero más rápido que Owen: lo atacó desde un lateral bajo. Owen desvió la hoja, pero sintió el impacto en toda la columna vertebral. De Bourgh lo atacó desde el otro lateral, y Owen apenas tuvo tiempo de frenar la hoja.

Tenía que lanzarse al ataque. Apuntó la *claymore* al rostro del enemigo, pero de Bourgh la desvió y le clavó la empuñadura de la hoja en el rostro con un golpe demoledor. Owen oyó el chasquido del hueso, y la cabeza le explotó en un dolor cegador que le provocó puntos en la visión. Se tambaleó hacia atrás y movió los brazos en busca de algo en que apoyarse.

De Bourgh tomó la cota de malla de Owen y lo jaló hacia adelante. Quiso clavarle el casco en el rostro, pero Owen se agachó y le insertó la espada en el estómago. De Bourgh saltó a un lado, pero Owen lo alcanzó. La cota de malla previno que la hoja lo atravesara, pero sí logró herirlo, y de Bourgh gritó y se tambaleó.

Con un rugido de furia, de Bourgh lo atacó por abajo y le hizo un corte en el muslo. Owen sintió un dolor abrasador en la pierna y se cayó sobre una rodilla. De Bourgh alzó la espada para asestarle el golpe mortal; mientras miraba la hoja inflexible, Owen vio el destello de su vida ante sus ojos. Se dio cuenta lo inútiles que habían sido sus conquistas románticas. Lo tonto que había sido rebelarse contra su padre para demostrar su punto o llamar la atención. Cuánto tiempo había perdido discutiendo y bromeando cuando podría haber disfrutado momentos preciosos con sus hermanos y su padre.

Sobre todo, se dio cuenta que la noche anterior con Amber había sido la mejor noche de su vida. Esa noche valía cada error, cada duda, cada disputa, porque todo eso lo llevó a ella.

Era el amor de su vida.

Ahora que la espada estaba a punto de alcanzarle la cabeza, cerró los ojos, y su último pensamiento fue Amber y lo mucho que la amaba.

CAPÍTULO 31

AMBER CORRIÓ, y sintió que la espada que llevaba en la mano era un juguete pesado e inútil y no tenía ni idea de cómo utilizarlo. Mientras esquivaba a los hombres que luchaban con espadas y hachas, buscó a Owen y deseó tener un arma de fuego. Owen nunca le había enseñado ninguna técnica de lucha con espada, y se sentía muy fuera de lugar.

La batalla estaba en pleno auge. El olor a sangre pendía en el aire, y los ruidos del metal le hacían eco en los oídos. Los hombres luchaban, se lastimaban y morían. A todo su alrededor, había entrañas derramadas, heridas abiertas y gritos de dolor.

Así era la guerra, aún en otro siglo.

Con la mirada, recorría los rostros en busca de los atractivos rasgos de Owen, el cabello rubio, los pómulos entallados y la barba incipiente.

Al menos no lo había visto entre los caídos.

«Eso es bueno. Eso es bueno».

Más temprano ese día, había observado al ejército marchar hacia el norte, y todo en su interior se había puesto patas para arriba. El estómago le había dado un vuelco, y la respiración se le había acelerado y entrecortado.

En ese momento supo que tenía que unirse a la batalla. No

para pelear por Roberto, sino para proteger a Owen. Tenía un presentimiento, una suerte de premonición fría y oscura. Debía ir.

Corrió en busca de Amy para pedirle una espada y un caballo. Y luego galopó tras el ejército. Aunque no había sido difícil seguirles el rastro, temía haber llegado demasiado tarde.

De pronto, alguien la sujetó de la trenza y la jaló hacia atrás. Amber sintió un dolor desgarrador en el cráneo. El sujeto le pasó un brazo fuerte alrededor de los hombros para inmovilizarle los brazos.

—¿Por qué tienes una espada, mujer? —le preguntó un hombre.

Se volvió para mirarlo y vio que se trataba de un joven de unos veinte años, con el cabello rubio y el mentón cuadrado. Su rostro reflejó sorpresa y lujuria mientras la recorría con la mirada.

—¿Ahora los escoceses tienen mujeres de tez morena? —Con la otra mano, le apretó la hoja de un hacha sangrienta contra la garganta, y el metal frío le produjo un escalofrío—. No te vas a resistir, ¿no?

El temor se le aferró a las extremidades con unas garras congeladas, pero Amber se retorció y lo golpeó.

Y de pronto vio a Owen. Y a *sir* de Bourgh.

Estaban luchando, las espadas destellaban.

Oh, gracias al cielo, seguía vivo. Ahora solo debía llegar hasta él. Para ayudarlo.

—¡Vete al infierno, patán! —exclamó antes de levantar la pierna y bajarla sobre el pie del soldado con toda la fuerza que tenía. El inglés gritó y la liberó, pero en breve la volvió a sujetar del brazo. Luchar contra él la retrasaría para llegar hasta Owen.

Entonces un rostro familiar apareció al lado del hombre. Era alto, de cabello negro y tenía unas cicatrices de batalla en el rostro.

—Hamish... —suspiró.

Unas salpicaduras de sangre le cubrían el rostro y el abrigo, y sus ojos reflejaban la furia fría de la batalla, como si la misma muerte la estuviera mirando. La última vez que lo había visto, los había ayudado y le había salvado la vida a Owen. ¿De qué lado estaría ahora?

—Ven, Hamish, ayúdame a controlarla —le pidió el hombre rubio.

Hamish tuvo un tic en un ojo y se le dilataron las fosas nasales. Empujó a Amber para alejarla del hombre y le apuntó la espada al inglés. El hombre esquivó el ataque con una expresión de perplejidad.

—¡Vete, Amber! —ladró Hamish—. ¡Ahora!

Amber se volvió y echó a correr hacia Owen. De Bourgh acababa de alzar su espada sobre la cabeza y estaba a punto de matar a Owen.

—¡No! —gritó, y el alarido bastó para distraer al hombre.

Con toda su fuerza, le clavó la espada a *sir* de Bourgh, pero la hoja se limitó a rebotar contra la armadura sin penetrarla. Al menos había logrado detener el golpe que le iba a dar en la cabeza. De Bourgh se tambaleó hacia adelante y la miró con una mezcla de sorpresa e irritación en el rostro.

Owen la miró con los ojos abiertos de par en par.

Diablos, la herida que tenía en el muslo no se veía nada bien.

—No me lo quitarás —le aseguró a *sir* de Bourgh al tiempo que soltaba la espada. En sus manos, era un objeto inútil.

Amber se lanzó contra él. Cuando casi lo alcanzó, rotó y le asestó una patada en el pecho. La fuerza del golpe fue tan poderosa, que de Bourgh se cayó de espaldas.

La pesada armadura le dificultó los movimientos para incorporarse antes de que Amber se detuviera frente a él y le colocara un pie en el cuello.

—Te puedo aplastar la garganta con una buena pisada —le informó—. Las vías respiratorias se te hincharán, y no podrás respirar. No es una muerte agradable.

—No lo harás —alardeó, al parecer despreocupado por las

amenazas—. Eres demasiado noble como para matar a un hombre sin darle la oportunidad de defenderse.

—Ella sí —acordó Owen al tiempo que se detuvo al otro lado de él—. Pero yo no. —Llevó la punta de la *claymore* al lado del pie de Amber y la apretó contra el cuello de *sir* de Bourgh.

Miró a Amber a los ojos durante un instante y, por primera vez, ella le tuvo miedo. Era una mirada letal.

—Esto es por Amber —gruñó y le insertó la espada.

De Bourgh hizo un sonido de gorgoteo, y los ojos se le llenaron de miedo antes de morir.

Amber cerró los ojos durante unos segundos hasta que oyó que Owen caía al lado de *sir* de Bourgh.

—¡Owen! —exclamó y se apresuró a su lado.

Estaba pálido. ¿Cómo no lo había notado antes? Estaba perdiendo mucha sangre.

—Has venido... —susurró—. ¿Por qué has venido, muchacha? Deberías estar muy lejos de aquí.

—Calla. —Extrajo la daga de su cinturón y corto varios trozos de tela de su abrigo. El material no estaba estéril, pero tendría que bastar—. Debo detener el sangrado, de lo contrario...

No terminó la oración. Ni siquiera podía permitirse en pensar en eso. Aunque él no le había dicho que la amaba, ella lo amaba a él y por eso había ido. Lo amaba y no soportaba la idea de que muriera. Tenía que protegerlo.

Al parecer, había llegado en el momento justo.

Presionó el trapo con firmeza contra la herida, y pronto estuvo empapado. Para elevar la herida, le dobló la rodilla y le apoyó la pierna contra el suelo. Apretó más trozos de tela contra la herida, pero seguía sangrando. ¡Oh, no! El único modo de detener la hemorragia sería encontrando el punto de presión de la arteria femoral. Le amarró un largo trozo de tela alrededor del muslo para mantener la presión en la herida lo más posible y luego le llevó los dedos a la arteria de la entrepierna mientras miraba el trapo que sostenía con la otra mano con la mirada de un halcón.

Owen se rio.

—Muchacha, yo también te deseo, pero ¿y si esperamos hasta estar a solas? —La voz le sonaba débil y lenta, como si estuviera ebrio. Amber hubiera apreciado la broma de no haber estado tan rígida y fría de temor por él.

Siguió observando la compresa.

—Ni se te ocurra morirte en mis brazos, ¿me oyes?

—¿Por qué me iría a morir? Detestaría hacerlo cuando acabo de encontrar a la mujer que amo.

—¿Qué?

—Detestaría hacerlo...

—Eso no. —El corazón le dejó de latir y luego se lanzó al galope—. ¿Me amas?

Owen le ofreció una sonrisa débil y estiró la mano para acariciarle el rostro. A su alrededor, continuaba el caos, pero todo se ralentizó y nubló, como si un domo invisible y protector hubiera aterrizado sobre ellos.

—Sí. —Tenía los ojos en llamas de un tono verde intenso, el mismo color del océano—. Te amo.

A Amber se le nubló la vista, y le ardieron los ojos.

—Eres un tonto. ¿No me lo podías haber dicho antes?

—¿Acaso no lo sabías?

—Por supuesto que no. Temía que me estuvieras usando para tener sexo. Que fuera una conquista. Que fingieras preocuparte por mí.

—¿Me puedes besar, por favor? Tengo unas pequeñas dificultades para moverme.

—Si me muevo, comenzarás a sangrar otra vez.

Lo miró a los ojos, que eran tan bonitos y tan queridos. El par de ojos que más quería en todo el mundo.

—Te amo más que a la vida —le dijo con la voz ronca—. Te necesito, muchacha, más que al siguiente aliento. Mantenerme alejado de ti durante todo este tiempo ha sido como arrancarme los dientes. Lo detesté. Pero tenía que mantener la cabeza fría para que esto funcionara. —Señaló la batalla con la cabeza.

Amber negó con la cabeza, y derramó unas lágrimas de felicidad.

—Y funcionó. Mira. Los MacDougall están corriendo en todas las direcciones.

Owen miró alrededor y frunció el ceño cuando sus ojos se detuvieron en un punto en particular.

—¿Esos son Ian y John MacDougall?

OWEN CONTUVO EL ALIENTO MIENTRAS OBSERVABA A SU enorme primo de cabello rojizo luchar contra el traidor MacDougall a unos cuantos metros de distancia. Ian era gigante, el más alto de todos los Cambel, pero MacDougall no era un hombre pequeño.

El jefe de los MacDougall llevaba puesta una armadura de hierro, mientras que Ian, al igual que muchos *highlanders*, solo llevaba su *lèine croich* y una cota de malla alrededor de la cabeza, el cuello y los hombros.

Los hombres intercambiaron golpes. MacDougall atacaba a Ian con golpes descendentes y pesados similares a los de un herrero. Ian retrocedió y se cobijó de la tormenta de hierro bajo su espada. Toda la columna vertebral le debería vibrar del impacto de los golpes.

—Vamos, hermano —murmuró.

Por supuesto que Ian no era su hermano, pero lo sentía como uno. Y esa era la oportunidad de Ian de vengarse por lo que le habían hecho los MacDougall. Owen había jurado que se vengaría de Amber, y se sentía bien haberlo hecho. Deseaba que Ian también pudiera sentir lo mismo.

Era evidente que uno de los brazos de MacDougall estaba más débil que el otro, y recordó que en Stirling lo había visto lastimado. MacDougall bajó la espada un instante, e Ian utilizó la pausa para embestir al hombre en el hombro con su *claymore*, pero el enemigo la desvió. Ian lo atacó por un lateral, pero MacDougall también desvió ese ataque.

Ian se estaba enfadando. Owen había visto a su primo luchar en la batalla de la granja MacFilib, y podía ser un animal. Un predador mortal. En ese momento, se estaba convirtiendo en eso. Gruñó como un oso al que habían provocado demasiadas veces. Sujetó a MacDougall de la pechera y lo jaló hacia adelante.

El casco de MacDougall se salió por el movimiento; Ian le asestó un puñetazo en el mentón, y John se cayó. A continuación, Ian tomó un hacha que había cerca y con un gran movimiento lo apuntó al brazo de MacDougall y bajó el arma a la altura del codo.

El grito ensordecedor de MacDougall hizo que muchos hombres volvieran las cabezas hacia ellos horrorizados, y los MacDougall que quedaban se dispersaron con rapidez. Solo algunos hombres corrieron hacia Ian, listos para luchar por su *laird*, que se sostenía el brazo boquiabierto.

Cuando Ian alzó el hacha para asestarle el golpe final, uno de los MacDougall movió una mano en el aire en gesto de rendición.

—¡Por favor! Por favor. Piedad.

Confundido, Ian se enderezó y observó al hombre. Luego soltó el hacha y adoptó una expresión ilegible antes de volver a mirar al jefe de MacDougall.

—Llévenselo. Huyan como los asquerosos cobardes que son.

Algunos hombres sujetaron a John MacDougall de las axilas al tiempo que Roberto se detenía al lado de Ian. Los hombres intentaron darse prisa, pero era imposible cargar al jefe que carecía de fuerzas.

—Aguarden —ordenó el rey.

Se volvieron, y John MacDougall abrió los ojos.

—Se ha acabado para ti, John, ¿me oyes? —le dijo Roberto—. Soy el rey de Escocia.

MacDougall se las ingenió para ofrecerle una mueca de asco.

—Tu reinado nunca será justo, tienes la sangre de miles de

compatriotas en tus manos. —Escupió saliva sangrienta a los pies de Roberto—. Has asesinado a mi familia.

—Todos en tu familia son bastardos traicioneros. John Comyn lo fue, y tú también. Ahora, lárgate. O te mueres por la pérdida de sangre o vives el resto de tu vida como un lisiado impotente, lamiéndoles el trasero a los ingleses y rogándoles protección. Cualquiera de las dos opciones será un buen castigo para ti. Pase lo que pase, le daré tus tierras a tus peores enemigos, los Cambel. Tú y tu clan están acabados.

John apretó los labios hasta formar una línea delgada, y le tembló la barba de la furia que contuvo. Roberto hizo un gesto con la cabeza para que se marcharan, y los hombres que sostenían a John MacDougall se apresuraron a partir.

Owen estaba seguro de que se dirigirían hacia los *birlinns* que había visto antes en el río.

Roberto miró a los últimos enemigos que intentaban escapar.

—¡Atrápenlos! —ordenó—. ¡Y tomemos el castillo de Dunstaffnage!

Allí era donde residía el padre enfermo de John MacDougall. Los hombres que rodeaban al rey alzaron los puños en el aire. Los que tenían caballo se montaron sobre los animales, y los que iban a pie recogieron las armas y los escudos. Pronto, todos emprendieron la marcha con gruñidos y gritos de victoria. Roberto divisó a Owen en el suelo y se apresuró a su lado.

—Owen. —Se arrodilló y lo miró con preocupación—. Oh, cielos, hombre, has resultado malherido.

—¿Hay algún médico aquí? ¿O un curandero? —le preguntó Amber.

—Sí, varios. Se quedarán a ayudarte, ¿de acuerdo?

—Gracias, su Excelencia.

Roberto le tomó las manos entre las suyas.

—No, Owen Cambel. Gracias «a ti». De no ser por ti, es probable que estuviera muerto o derrotado. Lo has hecho todo bien. Lo has hecho todo bien. —Miró a Amber—. Y tú también, muchacha.

—Gracias —respondió Amber.

El rey volvió a mirar a Owen.

—Debo ir a dar el último golpe, pero cuando te recuperes, te prometo que te daré una propiedad en Lorne por tu servicio. Serás el señor de tu propia casa.

Sentimientos de gratitud y orgullo florecieron en el pecho de Owen. Lo había hecho todo bien. Habían aplastado a los MacDougall. No le había provocado ni vergüenza ni bochorno a su clan. Todo lo contrario. El rey le iba a dar todas las tierras de los MacDougall a los Cambel.

Y, en gran parte, Owen era responsable por ello.

—Buena suerte, su Excelencia —dijo Owen, y el rey le sonrió a través de la barba—. Hágales pagar.

Roberto asintió y se alejó. Se montó a su caballo y lo espoleó para emprender el camino hacia el oeste con sus caballeros, hacia el corazón de Lorne.

Owen miró a Amber. Ahora lo tenía todo. El cansancio lo quería envolver en un abrazo negro y cálido. Comenzó a dejarse llevar, y no sabía si se dirigía a la muerte o a un sueño profundo. Pero sin importar a donde fuera, quería saber que Amber no lo dejaría.

—Quédate... —Fue todo lo que logró decir antes de hundirse en la oscuridad absoluta.

CAPÍTULO 32

Amber acarició la mejilla pálida de Owen. Se veía tan atractivo como siempre en la penumbra de la habitación. El fuego crepitaba con suavidad. Las persianas estaban abiertas, y la luz del sol se colaba por la ventana y le caía sobre el pecho.

Amber se sentó en la cama. Desde que lo encontró en el campo de batalla el día anterior, no lo había dejado ni un minuto. Un curandero le había atendido la herida lo mejor que pudo, y Amber no había perdido tiempo y se había llevado a Owen de regreso a Glenkeld en una carreta, junto con varios hombres heridos más.

De regreso en Glenkeld, Amy le volvió a limpiar la herida con un trapo limpio que hirvió. También se la desinfectó con alcohol, con una versión de aguardiente mucho más fuerte que era nociva para beber. Luego le cosió el corte del muslo y, por fortuna, eso había logrado detener el sangrado por completo. Owen recibió el mejor cuidado médico posible en esas circunstancias medievales.

Los párpados de Owen se estremecieron, y luego abrió los ojos. A Amber le explotó el corazón de alegría al verlo despierto.

Luego de que Amy lo cosiera, proceso durante el cual se mantuvo despierto y sibilante debido al dolor, había dormido durante la mayor parte de la noche.

—Amber —susurró.

Aún tenía la mirada nublada por la pócima que le había dado Amy para calmar el dolor y ayudarlo a dormir toda la noche.

Amber le tomó el rostro en las manos al tiempo que unas lágrimas de felicidad le hacían sentir cosquillas en las comisuras de los ojos.

—Hola. ¿Cómo te sientes? ¿Quieres un poco de agua?

Owen emitió un chasquido de cansancio.

—Sí. Siento como si cada maldito brazo me pesara un barril lleno de *uisge*.

—Sí, es por la pérdida de sangre, amigo. —Lo ayudó a beber —. ¿Te duele algo? —le preguntó cuando terminó.

—Sí. Tengo la pierna en llamas.

—Estarás bien. Detuvimos el sangrado, que es lo más importante. De Bourgh te provocó una buena herida.

—Y pagó por eso.

—Sí, es cierto.

—¿Alguna noticia de mi padre y mis hermanos? ¿O de Ian?

—Todos fueron a Lorne con Roberto. Aún no tenemos noticias, pero los vi a todos vivos antes de que se marcharan.

Owen suspiró aliviado.

—Gracias a Dios. Y gracias a Dios tú estás viva. Pero qué cosa más tonta aparecerte en el campo de batalla. —Se detuvo—. No deberías haber ido.

Amber tragó con dificultad.

—¿Quieres que me marche ahora?

Él inhaló profundo y le sostuvo la mirada.

«Di que no. Por favor, di que no».

—No —respondió, y de pronto Amber se sintió más liviana que una pluma, como si pudiera elevarse en el aire. —No quiero que te marches nunca. Quiero que seas mía. Para siempre.

El corazón le explotó de amor y gratitud. Cada célula de su

cuerpo se iluminó como la intersección de avenidas del Times Square.

—¿Te quieres quedar conmigo?

Amber abrió la boca para responder que sí, por supuesto, que no había nada que deseara más que eso.

Y aun así...

Tenía una sensación inquietante en la boca del estómago que le decía que no podía. Que aún tenía algo que hacer en su siglo. Que nunca se sentiría feliz y completa si no se ocupaba de eso.

Se había enfrentado a un rey para defenderse. Había soportado la tortura y la prisión en el siglo XIV. Bien podía limpiar su nombre y hacerle frente a un tirano en su época. Debía impedir que el traficante de drogas les hiciera daño a otras personas. De lo contrario, se pasaría la vida huyendo. Y no podía vivir de ese modo.

—No puedo. —La voz se le apagó.

Owen se quedó quieto y pareció que dejó de respirar. Frunció el ceño. Y, si fuera posible, hubiera perdido aún más color.

—¿Por qué? —Hizo la pregunta con voz tan baja que sonó como un susurro rasposo.

Amber se humedeció los labios. Cómo detestaba lastimarlo así. Solo podía esperar que la entendiera.

—He sido una cobarde, Owen. En mi tiempo, hui. He aprendido mucho acerca del valor y la fortaleza gracias a ti y a lo que he vivido, pero sigo huyendo.

Se le cerró la garganta, y tragó con dificultad un nudo doloroso.

—Sentía terror de quedarme a luchar y limpiar mi nombre. A enfrentarme a un traficante de drogas, a un asesino. A buscar justicia para aquellos a los que lastimó.

La boca de Owen se curvó en una mueca de dolor.

—No tienes que preocuparte por eso, muchacha. Tu vida puede estar aquí, conmigo. ¿No puedes olvidar todo eso?

Amber negó con la cabeza.

—Pensé que eso era exactamente lo que podía hacer. Pero al

ver la valentía con la que has luchado por aquello en lo que crees, arriesgando todo para salvar a tu rey y a tu país... Yo debería ser así. Yo también soy una soldado. Mi trabajo es arriesgar la vida por otros. Y en lugar de estar a la altura del desafío, me acobardé.

—Muchacha, nadie te culparía...

—No, Owen. Te amo y quiero estar contigo. Pero si queremos tener un final feliz, no puedo permitirme ser cobarde. Tú no te mereces eso. —Soltó el aire y lo miró a los ojos—. Diantres, necesito ser mi propia heroína.

—Sí, sé tu propia heroína, muchacha. Ya eres la mía —le dijo lleno de orgullo. Luego suspiró, y los ojos se le llenaron de tristeza—. Este es el adiós, ¿no?

—Espero que lo entiendas.

Pensativo, asintió varias veces con la cabeza.

—Sí, claro que sí. —Le cubrió la mano con la suya—. Estoy orgulloso de ti, muchacha. Y no pensaría nada diferente si soltaras todo eso.

—Gracias.

Owen se incorporó un poco y se sentó erguido. Luego miró uno de los baúles alineados contra la pared.

—¿Podrías hacer algo por mí?

—Claro.

—¿Puedes buscar una pequeña bolsa de cuero marrón en ese baúl y traérmela?

—*Okey*.

Amber se puso de pie y avanzó hasta el baúl que le señaló. Allí encontró la bolsa de cuero y se la llevó. Owen la abrió y extrajo un anillo.

A Amber le dio un vuelco el estómago, y la cabeza le giró como si estuviera cayendo al centro de la tierra. Un anillo...

—Me lo dio mi madre antes de morir, y nunca pensé que lo iba a necesitar. Quizás en tu época, a la gente le guste tener «citas» durante toda la vida, o como lo llamen. Pero estamos en mi época. Y, en mi época, tengo que casarme contigo para hacerte mía. Nunca querré a una esposa que no seas tú.

Le ofreció el anillo.

—Me quiero casar contigo.

Amber tomó el anillo, que le quemó los dedos. Era una sencilla alianza de plata con dos ondas que se unían al frente en un hermoso acabado celta.

Se le nubló la vista, y las lágrimas le hicieron arder los ojos.

—Lo que más quiero es ponérmelo y decir que sí.

Owen tragó con dificultad.

—Pero no planeas regresar. —Había cierta finalidad en su voz.

—Quiero regresar. —Amber se subió a la cama y se acercó a él intentando no rozarle el muslo—. Pero, si te soy sincera, no sé si pueda regresar. Sin importar cuánto lo intente, me pueden enviar presa o...

O sentenciarla a muerte.

El rostro de Owen perdió toda expresión.

Amber le tomó una mano entre las de ella.

—El punto es que puede que no logre regresar. —Le colocó el anillo en la palma y le cerró los dedos—. Por eso no puedo prometer que me casaré contigo. No soy lo suficientemente egoísta como para hacerte esperar toda la vida si no puedo regresar.

—Pero ¿te quieres casar conmigo?

—Claro que sí.

Owen le volvió a poner el anillo en la palma.

—Entonces te esperaré por siempre.

—Owen...

—No, no digas nada. Si no me puedo casar contigo, no me casaré nunca. Y prefiero pasar el resto de mi vida esperando que algún día regreses a pasarlo con una mujer a la que no amo.

Amber dejó que la alegría de oír esas palabras le llegara a cada célula de su ser y le sacudiera un enjambre de mariposas en el estómago. Le acarició el rostro cubierto con barba incipiente.

—Entonces, pase lo que pase, no me detendré hasta encontrar el modo de regresar a ti. Pondré el mundo de cabeza si es necesario.

Cuando se inclinó y lo besó, las mariposas comenzaron a bailar.

Y mientras Owen la envolvía en sus brazos, Amber rogó por que el tiempo se detuviera para poder absorber cada momento con él, temerosa de que fuera el último.

CAPÍTULO 33

Dos semanas después, 2020

La casa de Jonathan se veía como la recordaba Amber en su última visita cinco años atrás. Era una edificación de dos pisos de color verde claro con un gran pórtico. Varios árboles con helechos crecían alrededor de la casa; el follaje largo y plateado que colgaba de los árboles creaba una imagen idílica de una casa de familia típica del sur de los Estados Unidos.

El corazón se le cerró de dolor. Echaba de menos a su familia. A su madre, a su padre y a sus tres hermanos. La casa le hacía acordar al sitio donde creció, y se preguntó si Jonathan la habría escogido por ese motivo.

No podía ganar esa batalla sola. Necesitaba a Jonathan. Él tenía contactos en el ejército y en la policía. Él podía ayudarla.

Había regresado al siglo XXI hacía dos semanas. Amber no tenía dinero, ni pasaporte, ni teléfono, ni nada más que las prendas que llevaba puestas. Owen le había dado su daga, y Amy había sugerido que se llevara algunas joyas para venderlas en una tienda de antigüedades. De ese modo, tendría dinero para viajar a los Estados Unidos.

No quiso pedirle más ayuda a la tía Christel. No quería ponerla en más peligro.

Atravesó la piedra y anduvo a pie hasta Fort William, donde vendió las joyas y la daga. Con los ojos brillando, el vendedor le ofreció £25.000. Había accedido al precio demasiado rápido, lo que la hizo pensar que le podría haber ofrecido un precio mejor.

Sin embargo, el dinero le bastó para comprar una licencia de conducir y un pasaporte falsos en el mercado negro lo suficientemente buenos como para pasar los controles migratorios. Se demoraron una semana en llegar, y de pronto era Susan Francis, nacida en Nuevo Hampshire y residente de Inverness.

Sabía que no ganaría ese juego sin la ayuda de su hermano mayor y sus contactos. Había considerado contactar a Jonathan para decirle que iba en camino, pero al final decidió no hacerlo, por si el teléfono estaba intervenido. Tras un vuelo y dos controles de seguridad que casi le provocan un infarto, aterrizó en Nueva Orleans.

Desde allí, había rentado un coche para llegar a Nicholson, y ahora se encontraba frente a la casa de Jonathan con una peluca de cabello corto y negro que le caía por encima de los hombros. Había escogido el aspecto de una madre de los suburbios y se había puesto una camiseta, unos pantalones vaqueros y unos tenis cómodos y elegantes. Por las dudas, se había colocado una gorra de béisbol para ocultar parte del rostro.

Aparcada en frente de la casa, aguardó en el coche. Cuando vio que Jonathan se marchaba, se le aceleró el corazón. Su hermano había envejecido y tenía varios cabellos grises. Con la edad, se parecía cada vez más a su padre. Tenía la misma altura y la misma contextura. Los hombros anchos se encorvaban de forma similar, y al notarlo, Amber sintió que algo se le movía en el pecho.

Jonathan se subió al coche y lo puso en marcha. Como en una película de suspenso, lo siguió. Hasta donde sabía, no los vigilaba nadie. Jonathan llegó al aparcamiento de un supermercado Costco y cuando se bajó del coche, Amber lo persiguió. Con el pulso acelerado a mil kilómetros por hora, corrió hasta él antes de que llegara a la entrada.

—Jonathan —lo llamó, y él se volvió. Los ojos se le agrandaron de la sorpresa, y miró alrededor.

—Pero ¿qué diantres, Amber? ¿Qué haces aquí?

Se le tensó la espalda y se le cerró el estómago. ¿Acaso eso era un error? ¿La traicionaría como cuando eran niños?

—¿Podemos hablar, por favor? —le pidió—. ¿En algún lugar más privado?

Jonathan masculló algo, la tomó del codo y la condujo al otro lado de la carretera, donde había un pequeño parque. El aire estaba cargado con el aroma a flores y humedad. Se sentaron en un banco frente a un estanque. Varios helechos colgaban de los árboles que rodeaban al agua. Algunas madres empujaban carritos, varias mujeres retiradas caminaban a paso ligero, y unos adolescentes montaban bicicletas y monopatines por el sendero.

—Habla —le dijo Jonathan—. Hace un mes estabas en todos los canales de noticias. Nos volvimos locos buscándote.

El tono de acusación en la voz la sorprendió. ¿Acaso había estado preocupado por ella?

—¿Y bien? ¿Lo asesinaste? —le preguntó.

Amber apretó tanto las manos que se clavó las uñas en las palmas. ¿Siquiera tenía que preguntarlo? Claro que él no le creería. ¿Cómo pudo creer que lo haría?

—¿Tú qué crees?

—No creía que fueras capaz, pero no se vio muy bien que luego huyeras y te escondieras.

Una sonrisa le iluminó el rostro. Su hermano estaba de su lado.

—Me tendieron una trampa. Por eso estoy aquí. Necesito tu ayuda para demostrar que soy inocente.

Él suspiró.

—¿Por qué no viniste antes?

—Porque... —Se tocó la uña del pulgar— no pensé que me fueras a creer.

—¿Qué? ¿Por qué?

—Tú sabes por qué. No éramos muy cercanos. En realidad, nunca lo fuimos. No pensé que quisieras arriesgar nada para ayudarme.

Jonathan suspiró y se masajeó el rostro con las manos.

—Sí, bueno, te equivocaste. Tienes mi apoyo, ¿me oyes?

Por fin encontró la fuerza para mirarlo. Su hermano siempre había sido intimidante. Su padre lo había tratado como al heredero, al hijo perfecto. Esa era la imagen que Amber le había ayudado a mantener al asumir la culpa de varios de los pecados que él había cometido.

Pero ahora que lo miraba a los ojos, no veía ni irritación, ni arrogancia, como lo había hecho tantas veces en el pasado. Vio culpa. Y amor.

Él le cubrió la mano con la suya.

—Lamento todo lo que te hicimos cuando éramos niños. Sé que estuvo mal, pero era joven y estúpido. Y cobarde. Papá te quería mucho más a ti, y nunca pensé que nada pudiera cambiar eso.

Amber soltó un bufido.

—¿Qué dices? ¿A mí?

—Tú nunca te defendías. Nunca decías nada.

—No decía nada porque pensé que me detestarían aún más si lo hacía. Lo único que quería era llevarme bien con ustedes. Que ustedes vieran que todos estábamos del mismo lado.

Él suspiró.

—Pero nunca lo estuvimos, ¿no? —Negó con la cabeza—. Y tras la muerte de papá me di cuenta de cuántos errores había cometido. De lo precioso que era el tiempo que pasamos juntos. Daría lo que fuera por recuperar a papá y a mamá.

—Sí, papá era el pilar que quedaba. Sin él, la familia se deshizo. No quedó nadie que nos protegiera.

—No, te equivocas. —Le apretó la mano—. Quedo yo y te ayudaré.

Unos sentimientos de esperanza y amor le florecieron en el

pecho. En ese momento comprendió cómo se debió de sentir Owen cuando su padre le ofreció su apoyo delante del rey. Su hermano la protegía.

—Gracias. —Le apretó la mano, y unas lágrimas se le asomaron por los ojos—. No te haces una idea de lo que significa eso para mí.

Él le sonrió con cariño y los ojos llorosos. Luego se pellizcó el puente de la nariz y se secó las lágrimas.

—Bien, cuéntamelo todo y comienza por el principio —le pidió con tono serio.

—*Okey*.

Amber le contó acerca de Bryan y cómo se había endeudado con Jackson y se había vuelto un hombre cada vez más irritable y enfadado.

—Creí que era su orgullo —prosiguió—. Que detestaba deberle algo a alguien. Pero ahora creo que detestaba haberse metido en negocios con él. Detestaba estar involucrado en un crimen de ese modo. Bryan era de perder la calma, pero era un buen hombre. Creo que se sentía culpable de ayudar a Jackson a traficar drogas a los Estados Unidos.

—¿Recuerdas algo de información? ¿Algo que haya dicho que nos pueda ayudar a encontrar pruebas?

—Mencionó a Aman Safar, el dueño de una casa de té con el mismo nombre en Kabul. Pero no le gustaba hablar de nada de lo que hacía con Jackson. Se enfadaba y se inquietaba mucho cuando le hacía preguntas. En fin, las cosas se fueron poniendo cada vez peor, hasta que un día dijo algo acerca de haber hecho un trato con el diablo.

Jonathan asintió pensativo.

—Jackson.

—Sí. Me doy cuenta ahora. En su momento, no tenía ni idea de qué quería decir, y no lo quiso aclarar. Al poco tiempo, nos separamos, pero vi que cada vez se irritaba más fácil. —Bajó la mirada a sus manos—. Ahora creo que intentaba buscar la manera de salirse del trato que tenía con él. Debí haber sido más comprensiva. Pero en ese entonces, pensé que solo quería regresar conmigo.

—Deja la culpa, Amber. Si lo hubieras sabido y hubieras intentado hacer algo, ¿quién sabe qué te hubiera hecho Jackson? O si estarías viva a estas alturas.

—Sí, pero a lo mejor Bryan estaría vivo ahora.

—Ya no importa, dime qué pasó la noche del asesinato.

Con las manos temblorosas por recordar esa noche, le contó hasta el último detalle. Que lo empujó delante de todos. Que más tarde lo encontró en un charco de sangre. Que le contó acerca de Jackson y le pidió que lo detuviera. Y que Jackson la vio allí.

—¿Y luego qué pasó?

—Lo apunté con el arma, lo amarré y hui. Había muchos testigos que me habían visto comportarme de manera agresiva con Bryan. Parecía que había matado a mi exnovio. En el mejor de los casos, me iban a acusar de homicidio culposo. En el peor de los casos, Jackson me iba a acusar de homicidio agravado y se iba a asegurar de que me condenaran a pena de muerte. Conociéndolo, no creí que tuviera alguna manera de luchar contra él. Me sentí muy indefensa. Él es un maldito comandante, Jonathan.

—Sí, lo sé, pero eso fue muy tonto, Amber. Al huir, firmaste tu declaración de culpabilidad.

Amber suspiró.

—Bueno, pero ahora estoy aquí y quiero luchar. Primero debo encontrar a Aman Safar. A lo mejor quiera presentarse ante la policía y hablar. Si no, quizás podamos encontrar otras pruebas en su contra. O grabar a Jackson en acción.

Jonathan se apoyó los codos en las rodillas y se inclinó hacia adelante.

—No —se negó—. Tú no. Iré yo.

—Jonathan, no. Es mi lío.

—Sí, pero cada vez que pasas por un aeropuerto o un control de seguridad, pones a prueba tu suerte.

Amber abrió la boca para contradecirlo, pero él hizo un ademán y continuó:

—Llamaré a mis contactos. Conozco a alguien en la policía militar. Quizás me den una idea de qué tienen en tu contra y a qué cargos te enfrentas.

No, eso era demasiado peligroso. Amber no quería involucrar tanto a su hermano.

—Jonathan...

Él no la dejó continuar.

—Y cuando tengamos alguna prueba, sería bueno que te presentaras ante la policía. Te van a arrestar, pero yo pagaré la fianza, y si conseguimos algo contra Jackson quizás podamos hacer un trato. Kyle conoce a un abogado de defensa militar estelar.

Amber negó con la cabeza. Eso era demasiado. Pensó que Jonathan le daría un buen consejo o haría algún llamado por ella. Eso era mucho más. Eso era arriesgar su propia libertad.

—Podrían buscarte por ayudarme...

La miró con tristeza en los ojos.

—¿Cuántas veces asumiste la culpa por mí y nuestros hermanos? Es hora de que te devuelva el favor.

CAPÍTULO 34

Virginia Occidental, **un mes después**

La casa del comandante Jackson se veía tal y como él: grande e imponente.

«Supongo que aquí es donde acaba el dinero de las drogas».

Con el estómago hecho un nudo y las palmas sudorosas, Amber luchó una batalla en el interior de su cabeza. A pesar de su valentía anterior y de haber tomado la decisión de regresar para limpiar su nombre, su confianza y coraje habían desaparecido. No estaba segura de haber tomado la decisión correcta. De hecho, había comenzado a pensar que era el mayor error que alguna vez cometería. Un intento de lo más patético que podría arruinarle la vida para siempre.

Y quizás nunca volvería a ver a Owen.

Se bajó del coche. Con el corazón latiéndole desbocado, se acomodó la camiseta. El micrófono que tenía pegado en la piel le producía picor.

—Jonathan, por favor, no me decepciones —susurró.

Claro que no tenía forma de saber si su hermano la podía oír.

Tenía que asumir que sí. Al fin y al cabo, habían verificado la conexión.

Tomó una profunda bocanada de aire y lo soltó con lentitud. Luego avanzó hasta la casa. El comandante Jackson se encontraba con licencia, lo que había sido un golpe de suerte. Aunque Amber hubiera encontrado la manera de llegar a Afganistán, eso hubiera complicado mucho las cosas.

No tenía dudas de que la noticia del asesinato de Bryan y su implicación se había esparcido por la base como un enjambre de ratas famélicas. Era probable que hubieran publicado artículos en los periódicos y que los canales de TV hubieran cubierto la noticia. Una mujer loca que asesinaba a su novio en una base militar era un suceso digno de salir en las noticias.

Bueno, al diablo con ellos. Al diablo con todos. Al diablo con Jackson. Eso es lo que Owen le habría dicho. Al diablo con todos.

La furia le daba fortaleza. Sí, eso era bueno. Era lo que necesitaba.

Lo único que debía hacer era hablar con Jackson. Amber sabía que estaba divorciado y vivía solo. Tras estudiar sus movimientos, ella y Jonathan descubrieron que no solía ir a ningún sitio y que nunca recibía visitas durante la hora del almuerzo.

Amber se detuvo frente a la puerta de Jackson y oyó la voz estruendosa al otro lado. Bastardo. Siempre hablaba tan alto, su presencia se podía palpar. Con los nudillos, Amber llamó a la puerta enérgicamente.

Al cabo de unos instantes, abrió la puerta con el teléfono apretado contra el oído y el hombro. El vestíbulo a sus espaldas era largo, con una gran escalera que conducía a la segunda planta. Llenaba toda la habitación, y Amber sintió como si estuviera de regreso en la cámara de tortura. A pesar de que, en la casa moderna y costosa, no había instrumentos de tortura, el hombre era más peligroso que cualquier suplicio inminente.

—Ya, ven aquí de una vez y muéstrame lo que tienes —dijo con su voz estruendosa. Luego rompió a reír tan fuerte que a Jonathan le deberían haber explotado los tímpanos desde donde estaba escuchando al otro lado del micrófono—. Te llamo más tarde —le ladró Jackson al teléfono y se lo guardó en el bolsillo de los vaqueros.

Parecía un predador que acababa de divisar al animal más débil de la manada, y Amber sintió una gota helada de sudor que le recorría la columna vertebral.

—Bueno, bueno, bueno, pero qué tenemos aquí —dijo con lentitud al tiempo que daba un paso al costado.

—Comandante —lo saludó y entró en la casa.

El comandante cerró la puerta con una nota de finalidad.

—¿No deberías estar escondiéndote? —le preguntó—. ¿Qué haces aquí?

—He venido a salvarte de la pena capital que te mereces.

Él arqueó las cejas y se acercó a ella. Era evidente que estaba entretenido. Luego extrajo el móvil.

—Tienes treinta segundos para decirme qué haces aquí, luego llamo a la policía militar.

—Tengo pruebas en tu contra, Ronald —le aseguró—. Pruebas de que traficas drogas, pruebas de que tenías un motivo para asesinar a Bryan. He venido a darte la cortesía de entregarte y conseguir un trato. De lo contrario, les entregaré las pruebas.

Se le borró la expresión entretenida del rostro por unos instantes, pero la repuso pronto. La miró de arriba abajo, pero no como un pervertido. La estaba evaluando. ¿Sospecharía que llevaba un micrófono?

—No sé de qué drogas hablas. Y eso de que yo maté a Bryan es puro invento.

A pesar de lo dicho, no estaba llamando a la policía. Era evidente que quería saber qué tenía en su contra.

—¿Ah, sí? —le preguntó y se adentró en el vestíbulo. Eso podía ser un error, pues él podría intentar bloquearle la salida—. Y entonces ¿por qué no llamas a la policía?

—¿Qué «pruebas» tienes, Amber? —le preguntó.

—Despachas las drogas en trenes elevados. Y tienes un

contacto que supervisa las entregas y no permite que se acerquen los perros. Sé todo acerca de Aman Safar, y lo sé porque Bryan te ayudaba. Quería salirse y amenazó con delatarte. Por eso lo asesinaste.

Él negó con la cabeza al tiempo que los ojos se le oscurecían y la miraban amenazantes.

—Abre los ojos, princesa. Quiero saber qué mierda estás fumando para delirar esas ideas.

Él no cedía. Amber tenía que subir el nivel, y eso implicaba correr más riesgos.

—*Okey* —dijo y avanzó unos pasos hacia la puerta—. Al menos te di una oportunidad.

Él se movió tan rápido, que no lo vio. Apoyó la palma contra la puerta y torció la boca en una sonrisa.

—No, no me has dado nada. ¿Qué es, en concreto, lo que tienes en mi contra?

Amber se quedó clavada en su lugar. No era una confesión, pero se estaba acercando. El sudor le cubrió la piel. Lo miró a los ojos. Por todos los cielos, tenía mucho menos coraje del que intentaba dejar ver.

—Aman está listo para presentarse a la policía y declarar en tu contra.

Jackson se quedó perplejo.

—¿Qué dices?

—Ha hecho un trato con el gobierno de los Estados Unidos. Permitirán que su familia se mude a los Estados Unidos mientras él cumple su sentencia en la cárcel. Te tiene mucho miedo.

—Mientes.

Amber arqueó una ceja.

—¿Quieres esperar y averiguarlo?

Él negó con la cabeza.

—No nací ayer, princesa. No puedes demostrar nada.

—Entonces quita la mano de la puerta y déjame ir.

Jackson cerró la mano en un puño y los nudillos se le pusieron blancos.

Por instinto, a Amber se le tensó el cuerpo. Él estaba a punto de explotar. Podía explotar físicamente en lugar de confesar, y Amber necesitaba que dijera las palabras. Esas palabras la liberarían.

Eso no estaba funcionando. Debía arriesgarse aún más.

—Todos los que forman parte de tu organización de narcotraficantes te temen —continuó—. Bryan estaba listo para delatarte. Ahora Aman. Estás acabado, Ronald. Porque no puedes callar a Aman. No lo puedes matar como mataste a Bryan. Lo único que te queda por hacer es confesar.

Él entrecerró los ojos.

—¿Cómo llegaste aquí?

Ella parpadeó.

—¿Cómo dices?

—Eres prófuga. Nadie sabe dónde estás. La última vez que te vieron estabas en Escocia. ¿Cómo cruzaste fronteras internacionales? ¿Con un pasaporte falso?

—Sí, con un pasaporte falso. ¿Por qué?

—¿Alguien te ayudó a reunir esa información?

Y entonces comprendió todo: él quería saber si alguien más sabía que se encontraba allí. Por si quería hacerla desaparecer.

—No —respondió con la esperanza de que eso lo calmara—. Nadie más lo sabe.

Algo cambió en su mirada. Con un movimiento rápido que casi no vio, la tomó de la garganta y la estampó contra la puerta para comenzar a ahorcarla. A Amber se le cerró la garganta del dolor desgarrador. Jadeó desesperada en busca de aliento, pero solo logró emitir sonidos de arcadas. En medio del pánico, intentó quitarse la mano del comandante de la garganta, pero fue en vano.

—Te deberías haber mantenido bien lejos de mí, princesa. Te deberías haber escondido debajo de una piedra, como un escarabajo.

Los pulmones le ardían. La visión se le estaba poniendo negra. Era probable que Jonathan la estuviera oyendo ahorcarse.

A excepción de él, nadie sabía que estaba allí. Todo había sido un engaño para conseguir una confesión grabada del comandante Jackson.

Estaba perdiendo. Estaba a punto de morir. Por nada.

—Oh —dijo apretándole los dedos aún más—, mírate. Tienes la misma mirada de impotencia que tenía Bryan antes de que apretara el gatillo.

La mente se le estaba quedando en blanco. Estaba privada de oxígeno y, a juzgar por el dolor, quizás ya le había aplastado por completo las vías respiratorias.

Había ido demasiado lejos. Se estaba muriendo.

Nunca volvería a ver a Owen. Su prometido. La felicidad de su vida.

Y entonces, como un distante susurro del viento, oyó su voz:

«Sé tu propia heroína, muchacha. Ya eres la mía».

Tenía que vivir. Tenía que escoger vivir. Casi tenía a Jackson.

«Por Owen».

Recurriendo a la fuerza que le brindaba la tierra, algo que le habían enseñado en las clases de kung-fu, buscó en lo más profundo de su ser porque cada célula de su cuerpo era amor por Owen.

Pateó al comandante Jackson en la entrepierna.

Él la soltó, se dobló de dolor y dio un paso hacia atrás.

Amber tosió y tomó aire con desesperación. Se aferró a la puerta, y las piernas apenas la sostenían de pie. Respirar le resultaba doloroso, pero necesitaba que el oxígeno reingresara en su sistema. Su trabajo aún no había acabado.

Aunque Jackson aún se sostenía la entrepierna, comenzaba a pararse más erguido. Avanzó hasta un mueble que había contra la pared, abrió un cajón y extrajo un arma.

Amber no tenía tiempo que perder. Su cuerpo se estaba recuperando, pero dio un paso hacia atrás para tener espacio, rotó y lo pateó en el rostro. Jackson cayó hacia atrás, y Amber le quitó el arma y se la apuntó.

Él alzó los brazos en señal de derrota.

—Estás acabado, Jackson —dijo con la voz entrecortada—. Jonathan, ¿has grabado todo?

El móvil le vibró en el bolsillo de los vaqueros y respondió con una mano.

—Hola, hermanita. ¿Te encuentras bien?

—Sí, estoy bien —respondió con la voz ronca. Le dolía mucho la garganta—. ¿Lograste grabar todo?

—Sí, la policía militar va en camino. Erickson dice que es suficiente para una confesión. Eres libre.

Amber exhaló y sintió una ola de alivio en todo el cuerpo parecida a un rayo de sol. Había limpiado su nombre. Era libre. Y ese sujeto estaría tras las rejas y obtendría su merecido.

Cuando llegó la policía militar y arrestó a Jackson, Amber salió de la casa e intentó respirar el aire fresco. Observó cómo lo subían a un automóvil mientras se llenaba los pulmones de aire y dejaba que la sensación de libertad le recorriera todas las células del cuerpo.

Mientras la policía se alejaba, alguien se le acercó: una figura femenina con una capa verde... ¿Sìneag? Amber sintió un escalofrío. ¿Qué quería? ¿Y de dónde había salido? Parecía como si se hubiera materializado en el aire.

Mientras se acercaba a Amber, sonrió y se le formaron hoyuelos en las mejillas rosadas. ¿Acaso los demás también la veían? No había nadie alrededor. Su hermano se había marchado con la policía para entregar las pruebas y la confesión grabada. La calle de los suburbios se veía serena y normal. Ver a Sìneag allí hizo que a Amber le diera vueltas la cabeza.

—¡Veo que te ha ido bien, muchacha! —señaló Sìneag al detenerse al lado de ella.

—Eh, gracias. —Amber frunció el ceño—. ¿Qué haces aquí?

Sìneag miró alrededor maravillada.

—Me encantan los Estados Unidos de América. Es un país mucho más interesante que la vieja Escocia. Tienen unos platillos deliciosos, cosas de las que no he oído hablar en dos mil años.

Amber sintió un escalofrío. ¿Dos mil años?

—Hablando de eso... —Sìneag la miró—. Tengo que decirte algo importante. Una advertencia. —Los ojos se le iluminaron traviesos—. Pero según la tradición de las Tierras Altas, solo te lo puedo contar si me das un soborno delicioso e inusual antes. —Tragó saliva—. Bueno, lo que sea.

Amber arqueó tanto las cejas que casi le llegaron al nacimiento del cabello.

—¿Quieres comida a cambio de información?

—Sí.

Amber negó la cabeza con una sonrisa.

—El hecho de que seas un hada podría no ser lo más peculiar en ti, Sìneag. —Anduvo hasta el coche y abrió la puerta del copiloto. Encontró un paquete de cacahuetes en la guantera y se lo dio a Sìneag—. Aquí tienes. Es comida. Así que, ¿qué me querías decir?

Los ojos de Sìneag prácticamente se iluminaron. Abrió el paquete y clavó la mirada maravillada en el contenido.

—Son cacahuetes —le dijo Amber—, son salados.

Sìneag tomó un cacahuete y lo estudió. Luego se lo llevó a la boca, lo masticó con lentitud y lo saboreó con los ojos cerrados.

—Es delicioso. —Miró a Amber con la mirada llena de luz—. Gracias. —Se llevó otro cacahuete a la boca y lo masticó.

—¿Y bien? ¿Qué me querías decir?

—Oh, sí. Ahora que has vencido a tu enemigo, ¿qué planeas hacer?

—Regresar con Owen, por supuesto.

Sìneag sonrió.

—Qué bueno. Pero te lo debo advertir: es la última vez que podrás cruzar el río del tiempo. Cada pareja solo lo puede cruzar tres veces.

Amber se mordió el labio y asintió. Tres veces... Esa sería la última vez que lo cruzara. Debía despedirse del siglo XXI, de sus hermanos y de sus amigos. Nunca volvería a comer cacahuetes, nunca podría ir al médico, hacerse una limpieza dental o beber una taza de café. Si ella y Owen llegaban a tener niños, no los vacunarían ni podrían enviarlos a la escuela.

—¿Acaso saber eso cambia las cosas? —le preguntó Sìneag.

¿Las cambiaba? Podría quedarse. Podría vivir su vida allí en la relativa seguridad y estabilidad que ofrecía el mundo moderno. Y morirse por dentro todos los días echando de menos a Owen. Esa vida llena de comodidades, de sentirse cálida y satisfecha, sería una vida vacía sin él. Amber nunca se respetaría si escogía la seguridad y las posesiones materiales por sobre el amor.

—No —respondió y supo que era la decisión correcta—. Mi lugar está al lado de Owen. Tenías razón. Es el amor de mi vida, el hombre con el que estoy destinada a estar.

Una sonrisa floreció en el rostro de Sìneag y se extendió tanto que casi se lo corta a la mitad. Suspiró alegre y se llevó otro cacahuete a la boca.

—Otra pareja que encuentra la felicidad gracias a mi —señaló —. Tu mundo es mucho más divertido que el reino de las hadas. —Le acarició el mentón a Amber, y el roce se sintió frío y le provocó una pequeña vibración, como si estuviera parada al lado de un altoparlante gigante en un concierto—. Soy un hada, y el amor no es posible para mí, de modo que lo vivo a través de los demás. Ahora ve con él. Se feliz. Y yo buscaré otra pareja a la que atormentar.

Abrió la boca para preguntarle a Sìneag por qué nunca podría encontrar el amor, pero el hada había desaparecido.

Amber suspiró y negó con la cabeza. Qué criatura más hermosa, extraordinaria y extraña. Sìneag bien podría ser su persona favorita en el mundo, después de Owen, porque ella los unió. Y ahora por fin podía ir al lado de su amado.

CAPÍTULO 35

Castillo de Inverlochy, tres meses después

Owen recorría la alacena subterránea de un lado a otro y no dejaba de arrojarle miradas frecuentes a la piedra.

—Maldita piedra —masculló.

Había estado allí abajo todos los días desde que llegó a Inverlochy hacía un mes. Y todos los días la piedra permanecía inmóvil y se negaba a devolverle a Amber.

A Owen no dejaba de palpitarle un nervio en la mejilla. ¿Podía hacer algo? ¿Qué?

Se había preguntado lo mismo al menos cien veces al día desde que Amber se había marchado. Y la respuesta era siempre la misma. No, nada. No podía hacer nada en absoluto para ayudarla o para averiguar si había tenido éxito en su misión.

Por más que hubiera tenido éxito, ¿y si había cambiado de parecer? ¿Y si había decidido que no valía la pena dejar su vida cómoda y segura en el futuro por él?

Al contemplar el pensamiento, se le clavaron cien dagas en el corazón. Aunque le había dicho a Amber que estaba feliz de esperar, detestaba sentirse de ese modo. Indefenso. A merced de ella. A merced del destino.

Toda su felicidad dependía de esa piedra. De esa piedra fría y silenciosa. Nunca se había sentido tan desamparado y desconfiado.

Se contuvo de patear la maldita piedra y salió de la alacena. Subió las escaleras y salió al patio.

Había llegado el invierno, y una gruesa capa de nieve cubría el suelo. La atmósfera había cambiado en Inverlochy desde que Roberto había ganado la batalla del paso de Brander. Ya no quedaban más enemigos en Escocia.

Los MacDougall habían huido a Inglaterra, al igual que los MacDowell de Galloway y los Comyn. A pesar de que no había paz con Inglaterra, conformaban una amenaza distante. Roberto había reducido el ejército en Inverlochy, por lo que había menos soldados presentes, pero el castillo seguía fortificado y preparado para lo que fuera.

Roberto cumplió su promesa y le entregó todas las tierras de los MacDougall al clan Cambel, que de pronto se convirtió en uno de los clanes más poderosos de Escocia. Tal y como Roberto había prometido, Owen recibió una propiedad en Lorne que aún no había visitado. En cuanto se recuperó, cabalgó hasta Inverlochy. No había tesoro o propiedad en el mundo que le fuera a hacer perder la llegada de su novia.

Tras la muerte de Kenneth, Alexander MacKinnon se convirtió en el guardián del castillo, y los miembros de los clanes aliados podían ir allí a descansar durante sus viajes.

Owen cruzó el patio y se dirigió hacia la muralla opuesta. Él mismo había sugerido que mientras estuviera viviendo allí y esperando a Amber, podía servir como parte de la guarnición. El aire estaba fresco, y el cielo azul y despejado. El sol brillaba con intensidad, y la nieve era de un tono blanco tan brillante que entrecerró los ojos.

Entró en la torre para subir los escalones y salir a la muralla donde haría su guardia. A pesar de que la situación era más relajada ahora, aún necesitaban mantenerse alerta ante cualquier amenaza. ¿Quién sabía si los ingleses no decidían atacar? Aún no se había firmado ningún tratado de paz.

Angus y Raghnall Mackenzie se detuvieron al lado de él. Observaron la vastedad blanca de las Tierras Altas que se extendían ante ellos e intercambiaron algunas palabras. Luego Raghnall miró detrás de Owen, y su rostro adquirió una expresión de sorpresa y admiración. Con el corazón desbocado, Owen se volvió.

Se le detuvo el corazón. Ella se hallaba de pie ante él, viva, bien y más hermosa de lo que recordaba. Llevaba puesto un largo abrigo de lana y piel. Debajo de él, tenía prendas de hombre: unos pantalones de cuero que le envolvían las piernas y unas botas altas. También tenía puesto un gorro de lana blanco del que salía una trenza.

Tenía los ojos grandes y rasgados cubiertos de lágrimas.

—Owen —susurró, y él sintió que tenía el cuerpo lleno de aire y no de sangre, y que estaba a punto de elevarse.

Con una sonrisa deslumbrante, Amber cruzó el espacio que los separaba, pero antes de poder abrazarlo, se patinó. Estuvo a punto de caerse, pero Owen la atrapó y la sostuvo contra su cuerpo.

—Gracias —murmuró—. Maldito hielo.

Sin decir más nada, sin prestarle atención a los Mackenzie y a los soldados que los miraban desde el patio, se la acercó más y la abrazó.

Su novia...

—Muchacha... —susurró mientras inhalaba su aroma delicioso, esa misteriosa mezcla dulce de especies y frutas que solo había sentido en ella.

Amber se sintió fuerte y frágil en sus brazos. Le pasó los suyos por el cuello, y Owen sintió algo cálido y húmedo contra la mejilla.

La miró sin soltarla. Estaba llorando.

—¿Amber?

—Estoy bien —le aseguró—. Es que estoy muy feliz de verte... Hubo momentos en los que pensé que nunca... Y creí que quizás habías cambiado de...

Owen se tragó sus palabras con un beso y se hundió en el festín delicioso de sus labios. El mundo dejó de existir, todo desapareció, excepto él y su hermosa novia. Ella se fundió contra él y lo encendió en fuego. Hambriento de ella, profundizó el beso, y el corazón le latió tan rápido que le dolía.

Cuando se apartó, Amber se apoyó contra él. Con la respiración agitada, le confesó:

—La espera me estaba volviendo loco. ¿Por qué te demoraste tanto?

Amber negó con la cabeza y se rio.

—Bueno, estaba intentando que no me atraparan... o me mataran. Jackson casi me ahorca.

Owen sintió que perdía el color del rostro.

—¿Cómo dices?

Amber le sonrió.

—Está bien. He vencido. Me has vuelto a salvar la vida. Oí tu voz en mi cabeza, y me dio la fuerza para luchar. Le di una patada en los testículos. Ahora está en prisión. Así que gracias por lo que hayas hecho telepáticamente.

—De nada, muchacha. Creo que lo único que hice fue arrancarme los pelos de la cabeza. De haberte demorado más, te hubieras encontrado un hombre calvo al regresar.

—Te acepto con cualquier forma y aspecto.

—Casi muelo la piedra a polvo de la frustración. Debe haber una trinchera en la alacena subterránea de tanto caminarle por alrededor todos los días.

Amber se rio, y el sonido le hizo eco en el pecho y le derritió la tensión que le quedaba, al igual que los temores y las reservas. Ella estaba allí, en sus brazos.

—Ven, muchacha. —La tomó de las manos y la condujo hacia abajo—. Debes estar congelada. Te haré entrar en calor. Ahora hay menos guerreros en el castillo, así que hay más habitaciones libres. El guardián me ha dado una habitación, de modo que podremos pasar mucho tiempo a solas.

Bajaron la escalera y llegaron al patio.

—Me alegra mucho que hayas esperado —le dijo.

Miró alrededor para ver si alguien los estaba viendo, y con lentitud le metió la mano por el abrigo y le apretó el trasero a través de la tela.

—Déjame darte la bienvenida como corresponde, como he querido hacerlo todo este tiempo que estuviste lejos.

—¿Y piensas que me quedaré en la misma habitación que tu sin estar casados?

Owen se detuvo y la miró anonadado.

—¿Cómo dices?

—Solo bromeaba.

Él negó con la cabeza y, con un movimiento rápido, la recogió y se la arrojó por encima del hombro. Amber gritó y le golpeó los puños contra la espalda. Sin importarle quién los viera, Owen le dio una palmadita en el trasero.

—Con que solo bromeabas, ¿eh? No me des... ¿cómo es que lo llamas tú? Un paro cardíaco.

—¡Bájame!

—Todavía no, muchacha. Cuando estés en mi habitación y haya trabado la puerta. No te dejaré salir por más que los ingleses nos vengan a atacar.

Llegó a la torre pequeña y subió la escalera que conducía a la primera planta con su preciosa carga sobre el hombro. El castillo de Inverlochy era un castillo real, y Owen la llevó a la habitación diseñada para los invitados de honor. Allí era donde dormía Roberto cuando estaba de visita. Un fuego ardía en el hogar, y la habitación estaba cálida y seca. Owen la depositó sobre la cama y se extendió encima de ella.

—Te he echado de menos, muchacha.

Amber le pasó los dedos por el cabello.

—Y yo a ti.

La besó con profundidad y se colocó entre sus piernas. Owen ya estaba duro y anhelaba sentirla. Le abrió el abrigo.

—¿Fue difícil despedirte? ¿Dejarlo todo?

Ella se mordió el labio, que estaba hinchado del beso y Owen ansiaba morder.

—Mi hermano Jonathan me ayudó a limpiar mi nombre. Sin él, nunca lo hubiera conseguido.

—Sí, es tu familia.

—Mientras trabajábamos juntos, nos volvimos mucho más cercanos de lo que nunca fuimos. Al final, fue difícil.

—¿Le dijiste que te ibas a casar con un hombre que nació hace cientos de años?

Su sonrisa fue triste.

—No, me habría encerrado en un hospital psiquiátrico o algo por el estilo.

—Y entonces ¿qué le dijiste?

—Le dije que me iba a viajar por el mundo. Y le pedí a mi tía Christel, que vive cerca de Inverlochy, que le envíe una carta dentro de un año en la que le explico la verdad. Le escribí que, aunque piense que estoy loca, debería saber que soy feliz y que encontré el amor. Y que vale la pena perder la razón por amor.

Owen la volvió a besar con un aprecio y un amor que nunca antes le había demostrado. Le besó el mentón, fue descendiendo por el cuello e inhaló su aroma como si quisiera volverla parte de su torrente sanguíneo. Le pasó las manos por el cuerpo, le desató el cinturón de la túnica e introdujo las manos debajo de ella para acariciarle la piel suave.

Amber inclinó la cabeza hacia atrás y se arqueó contra sus manos. Owen le quitó la túnica y se asombró al ver su hermoso cuerpo.

—Soy muy afortunado. —Le besó la curva inferior del pecho—. Eres una mujer sin igual. Estás hecha de maravillas, y la magia te ha hecho viajar en el tiempo hacia mí.

Amber se quedó quieta mirándolo con algo que parecía veneración en los ojos.

—Eres mía—susurró con un nudo en la garganta—. Eres mi maravilla.

Amber soltó un resoplido, y Owen regresó a sus pechos.

—Eres muy hermosa —murmuró antes de tomar un pezón con la boca.

Lo succionó y lo lamió al tiempo que acariciaba el otro con los dedos.

—Muy suave —susurró recorriéndole el estómago con los labios—. Muy deliciosa. —Le desabrochó el cinturón de los pantalones y los jaló hacia abajo, hasta que se tuvo que detener para desatarle los lazos de las botas con dificultad y quitárselas. Se quedó mirando perplejo sus caderas delicadas, su estómago y el triángulo de vello oscuro en la unión de sus muslos.

Se le estremeció el miembro, que ya le dolía de lo endurecido que estaba. Le terminó de quitar los pantalones y se acomodó entre sus piernas para comenzar a depositarle besos lentos en el muslo desde la rodilla hasta llegar a la entrepierna mientras le masajeaba el otro muslo. Amber le regaló un dulce gemido bajo y enroscó los dedos de los pies. Owen llegó a su sexo e inhaló su delicioso aroma femenino y lascivo.

El deseo que sentía por ella le prendió fuego la sangre. Le separó los pliegues y acercó la boca a su centro para lamer y chupar su capullo sensible. Amber estaba húmeda y sabía divina.

Comenzó a emitir unos gemidos de deseo, como una gatita, y Owen sintió una ola de satisfacción masculina de saber que él era quien le brindaba todo ese placer. Quería darle más. Quería dárselo todo. Quería serlo todo para ella. Todo lo que ella siempre había querido y necesitado.

Cuando le introdujo un dedo en el interior húmedo y cálido, Amber se tensó a su alrededor. Owen anhelaba que se tensara de ese modo alrededor de su erección, hundirse en su profundidad aterciopelada y sentir que ella le pertenecía. Que era suya.

Comenzó a moverle el dedo en el interior, pero de repente Amber se incorporó. Estaba sonrosada y tenía los labios entreabiertos. Con los párpados pesados, jadeaba, y sus ojos eran como una noche oscura.

—No —le dijo—. Eso no bastará.

—¿Ah, no?

—No. Te quiero a ti. No a tu dedo. Adentro. Ahora.

Con una risa silenciosa, negó con la cabeza.

—Como tú mandes, muchacha.

Se quitó la túnica por la cabeza y se abrió los pantalones. Amber lo observó con apreciación al tiempo que le recorría el cuerpo con la mirada. Él se acomodó sobre ella y le apoyó las manos al lado de la cabeza y se sostuvo sobre los brazos.

—Muchacha, deja de mirarme como si fuera comida o me sonrojaré —la provocó.

—Eres mejor que la comida. —Le dio una palmadita en el trasero y le apretó las caderas para instarlo a que se acercara más —. Sabes mejor, y nada me da más placer que tú. —Le clavó las uñas en el trasero—. Ahora demuéstramelo.

—Vamos a tener que hablar de tus modales. —Se sujetó la erección, pero Amber le apartó la mano y tomó su miembro. Se acercó la punta a la entrada, y Owen gruñó al sentirla cálida y húmeda.

—¿Tu espalda sanó lo suficiente como para hacer esto? —le preguntó.

—Sí, está bien. —Se frotó contra él, y los movimientos lo volvieron loco—. ¿Y tu pierna?

—Viviré.

—Qué bien. Ahora tómame.

La miró profundamente a los ojos. Era increíble todo lo que habían vivido juntos. Todo lo que habían cambiado. Y cuánta felicidad les quedaba por experimentar.

Se hundió en ella, y el placer lo recorrió desde los dedos de los pies hasta el cabello. Cerrando los ojos, Amber gimió y arqueó la espalda. Se aferró a él, lo envolvió en sus brazos, y le clavó las uñas en los músculos.

Owen comenzó a embestirla, loco de deseo. Se hundió lo más

que pudo en ella. Amber lo envolvió con sus piernas, y él le enterró el rostro en el cuello para inhalar su aroma. Respiraba entre jadeos, y el corazón le latía desbocado.

Amber se retorció bajo su cuerpo y le devolvió cada embestida como una ola perfecta. Se fueron elevando juntos al clímax, y el sudor les cubrió la piel. Los gemidos de placer de ella desencadenaban la voracidad de Owen. Amber echó la cabeza hacia atrás hasta apoyarla contra el colchón.

Y de pronto estuvo allí. Llegó a la cima con ella, se estremeció y se perdió en su cuerpo, mientras unas olas de placer salvajes y furiosas rompían contra él. Le enterró los dedos en la cadera, la sintió ceñirse y contraerse a su alrededor y notó cómo su cuerpo se estremecía y se tensaba bajo el suyo. Amber gritó su nombre como una plegaria, y Owen intentó aferrarse a la realidad de que esa mujer divina, esa diosa de otro siglo, era suya.

Esa felicidad, esa expansión de su corazón y de su cuerpo, iba a ser su futuro. El amor que sentía por ella lo abrió y le llenó el corazón.

Ella era su primer amor. Ella era la primera mujer que le calaba el corazón. Y mientras vivieran, su corazón susurraría el nombre de ella con cada latido.

EPÍLOGO

La carretera desaparecía rápido bajo los cascos de los caballos. Amber creyó que el paso de Brander no podía ser más hermoso que con ese clima. Owen cabalgaba a su lado y observaba todo con una mezcla de estado de alerta y relajación, pero estaba listo para cualquier amenaza que surgiera.

El verano era cálido, el cielo estaba azul, y el sol hacía que los colores que los rodeaban se volvieran más vívidos e intensos. *Loch Awe* brillaba en un tono de azul casi zafiro, y las montañas que los rodeaban tenían mucha vegetación. Una brisa le acarició la piel y trajo el aroma del agua del río, el césped y las flores silvestres. El aire se llenó de vida con las canciones de los pájaros, y las hojas que se mecían en el viento. El lago murmuraba a la derecha.

Venían de Kinleith, la nueva propiedad de Owen donde habían pasado el invierno y la primavera, y se dirigían a Glenkeld. Luego, continuarían en dirección al sur. No tenían destino ni meta. Amber había sugerido viajar por Europa, y a Owen, que nunca había salido de Escocia, le encantó la idea.

El secreto del verdadero origen de Amber, al igual que el de Amy y el de Kate, estaba a salvo dentro de un grupo cerrado de personas. Los últimos seis meses habían sido increíblemente felices. Amber nunca creyó que podría ser tan feliz. Jamás.

Y ahora que sabía que podía defenderse a sí misma y a las personas que amaba, ahora que sabía cómo se debió sentir David al enfrentarse a Goliat, sabía que ella y Owen podían hacer lo que fuera mientras se encontraran juntos.

Y decidieron que lo que querían hacer juntos era emprender una nueva aventura.

Se casaron en su propiedad al mes de su regreso. Aunque Amber no quería la vida de una ama de casa, había disfrutado los meses que ella y Owen pasaron en su pequeño capullo instalándose en la nueva casa y haciendo las cosas a su manera.

En el siglo XXI, había comprado algunos libros acerca de relojes antiguos y relojería. Se acababan de inventar los relojes mecánicos, que eran caros y solo estaban disponibles en las ciudades. Amber sentía curiosidad de descubrir si podía hacer uno por su cuenta. Construir relojes era una manera de reconectar con su mamá. Sabía que cada vez que trabajaba en un reloj, su mamá estaba allí con ella.

Cuando descendieron el paso de Brander y llegaron a la orilla plana y arenosa del *loch* Awe, Owen dijo:

—¿Quieres que nos detengamos? Puedo pescar algo delicioso y cocinarlo en una fogata.

Amber conocía ese tono. La sonrisita en el tono de voz le decía que tenía algo en mente, algo que le encantaría, y que no quería arruinar la sorpresa. Por lo tanto, sabía que ese era el momento perfecto para seguirle la corriente.

—Un pescado asado suena delicioso.

Se desmontaron de los caballos y se acomodaron en la playa. Owen encendió una fogata y comenzó a desvestirse, y Amber se quedó quieta observándole el cuerpo poderoso y los movimientos de sus músculos. Habían estado casados durante algunos meses y, sin embargo, cada vez que le veía el cuerpo hermoso y esculpido, la dejaba sin aliento.

Owen se quitó los pantalones y le echó un vistazo por encima del hombro.

—No creo que tengas que estar desnudo para pescar. —Amber se rio—. Aunque no me estoy quejando.

Owen caminó hasta ella, que admiró sus piernas largas y musculosas.

—Ven a nadar conmigo.

Amber se puso de pie.

—¿Nadar? No tengo ganas. El agua debe estar fría.

—Yo te mantendré caliente, muchacha, no te preocupes.

—No, gracias. —Dio un paso hacia atrás—. Estoy bien y caliente aquí.

Owen dio un paso más.

—Muchacha...

Amber soltó un grito y salió corriendo. Con dos grandes zancadas, la alcanzó y la tomó de la cintura. Con un movimiento familiar, se la arrojó sobre el hombro y avanzó hasta el agua.

—¡No, Owen! ¡No me quiero cambiar! Owen, no...

Owen entró al agua hasta que le cubrió los tobillos y se detuvo.

—Si no te quieres mojar, será mejor que te desvistas, muchacha. Sea como sea, entrarás al agua conmigo. Tengo algo en mente que te va a encantar.

Amber gruñó sonriendo.

—Oh, de acuerdo, si no hay forma de hacerte cambiar de parecer, terco escocés.

—Exacto. —La volvió a bajar en la orilla, y ella se desvistió bajo la mirada atenta de Owen. No tenía que preocuparse del frío. El sol estaba cálido, pero el calor de esa mirada bastaba para hacerla sentir en llamas.

—Buena muchacha. —Le dio una palmadita posesiva en el trasero, y Amber ocultó una sonrisa al verle la mirada de orgullo masculino en el rostro—. Vamos. —La levantó y la cargó en sus brazos como si no pesara nada. Con una sonrisa de satisfacción en el rostro, avanzó hacia el lago.

Amber soltó un silbido al sentir el agua fría. Owen la besó mientras caminaba, y ella se derritió y se olvidó de todo. De pronto estaban inmersos en el agua, y Owen la movió para que sus brazos le envolvieran los hombros y le pasara las piernas por la cintura.

El agua ya no estaba fría, y nadar con él se sentía maravilloso.

—Mira el pescado que he atrapado —alardeó.

—No me cocines sobre la fogata.

—No lo haré, pero te quiero colocar en otro palo.

Le frotó la erección dura y cálida contra las nalgas.

—Bueno, no me molesta que me coloques en ese palo —admitió.

Lo besó, y sus labios se sintieron suaves y generosos a la vez que eran demandantes, y Amber estaba feliz de concederle lo que quisiera. Cuando sus lenguas se encontraron, comenzaron a provocarse, a jugar, a buscarse hasta que los dos se quedaron sin aliento. Ardía de deseo, y la extraña sensación de no pesar nada en el agua la excitaba aún más, la hacía sentir relajada y suave.

—¿Despacio y suave? —le preguntó Owen.

—Oh, no, cielo. Duro y rápido. Esto del agua es increíble.

Le apretó la pelvis contra la cadera para demostrarle que estaba lista, y Owen se hundió en su profundidad con delicadeza. Se enterró en ella con una embestida, y Amber movió las caderas para sentirlo.

Jadeó cuando la estiró al límite y su calor la invadió. Owen se estaba hundiendo en ella y jadeaba contra su garganta. Amber se abrió para recibirlo entero, para darle cabida a todo su miembro.

Owen comenzó a moverse más rápido, entraba y salía inexorable y con precisión, aunque también era suave y delicado. Cada centímetro de él estaba duro como una roca y le daba gran placer. Le susurró lo bien que se sentía, que nunca quería detenerse y que era hermosa.

En cuestión de instantes, Amber llegó a la cima. Una ola

violenta la aplastó, y jadeó al sentir su intensidad. Se estremeció y echó la cabeza hacia atrás al tiempo que las convulsiones la recorrían.

Owen se quedó quieto y gritó su nombre como si se estuviera deshaciendo y no pudiera detenerse. Gimieron al unísono respirando como uno. Cuando por fin se calmaron, se limitó a abrazarla, y ella disfrutó el aroma y el cuerpo que la envolvían. Observó la belleza sin precedentes de la naturaleza que los rodeaba. Allí no había ruido de automóviles, ni franjas blancas de aviones en el cielo, ni olor a gasolina. No había nada de contaminación.

La naturaleza era pura y silvestre. Y Amber se sintió parte de ella, como si se estuviera disolviendo en su belleza.

—Me siento muy bendecida —le dijo mirándolo—. Eres lo mejor de mi vida, lo mejor que me ha ocurrido.

Él la abrazó más fuerte.

—Te amo, Amber.

—Yo también te amo —le susurró y lo besó.

Nadaron un rato en el lago, y luego salieron y comieron un poco de pan y queso que habían llevado. Ya había atardecido, y querían llegar a Glenkeld antes de que cayera la noche. Todo el clan se había reunido para celebrar el otorgamiento oficial de Lorne a Neil Cambel, el tío de Owen.

Llegaron antes del anochecer. Cuando entraron en el gran salón de Glenkeld, Amber vio que la mayoría de los Cambel ya habían llegado y que la habitación estaba abarrotada de gente. Los aromas a carne asada y pan recién horneado permeaban el aire.

Dougal y el jefe Neil estaban sentados en la mesa alta, y Amber miró la multitud en busca de Amy y Kate. Vio a las mujeres sentadas al lado de Craig e Ian y avanzó hacia ellas.

—¡Allí estás! —exclamó Kate al tiempo que se ponía de pie y abría los brazos para abrazar a Amber.

Mientras la abrazaba, Amber sintió el aroma de Kate, que siempre olía a casa y algo parecido a la vainilla, aunque sabía que eso era imposible porque en la Europa medieval no había vainilla.

Se habían conocido en la boda de Amber y Owen y, al igual que con Amy, se comprendieron de inmediato. Kate era distinta a todas las personas con las que había conectado en el siglo XXI. Si bien era dulce y suave, también tenía una parte dura en su interior, y una fuerza de carácter que había admirado desde el comienzo.

Amy se unió al abrazo.

—Eso es, chicas, démosles motivos para mirarnos fijo —dijo Amber.

—A mí no me importa —repuso Kate—. Me alegra mucho verlas, chicas. —Interrumpieron el abrazo, y Amber se sentó al lado de Owen en la mesa—. Estaba esperando que llegaras porque hice algo especial.

Sobre la mesa, había un plato grande cubierto con un trapo de lino. Amy se inclinó un poco y olfateó.

—¿Qué hiciste?

Ian estiró la cabeza y se rio misterioso.

—Me dejó probar un poquito. —Miró alrededor y cuando se aseguró que nadie los oía, se inclinó hacia adelante y añadió en voz baja—: es algo celestial de su época.

Amber exclamó:

—Oh, por todos los cielos, ¿qué es? ¡Me muero de curiosidad!

Kate se rio y levantó el trapo. El plato contenía una gran pila de rosquillas.

—¡Rosquillas! —exclamaron Amy y Amber al unísono.

—Oh, cielos, echo tanto de menos el café —se lamentó Amy con la boca llena—. ¡Están exquisitas, Katie!

Amber mordió una rosquilla y cerró los ojos de puro placer. Sabía tan bien como las que recordaba. Los hombres también se sirvieron, y todos soltaron sonidos orgásmicos y gimieron de dicha.

—¿Cómo las hiciste? —le preguntó Amber—. ¿Se pueden hacer con los ingredientes de la Escocia medieval?

—¡Sí! Los ingredientes son los mismos, excepto el azúcar. Pero se puede reemplazar por miel sin problemas. Y la harina de trigo es todo un desafío, pero Ian gastó un dineral por mí. Y aquí tienen.

—Katie, por ti... por esto —Ian señaló el plato sosteniendo un trozo de rosquilla en la mano—, lo que sea.

Kate se rio.

—Tú sí que me inspiras a hornear —le guiñó un ojo a Amy y Amber— unos panecillos —hizo una pausa— en el horno.

Amy fue la primera que entendió el mensaje.

—¡Oh! ¡Felicitaciones! —Aplaudió y abrazó a Kate. Owen y Craig intercambiaron miradas anonadadas.

Amber sonrió.

—Están esperando un bebé —les explicó a los dos *highlanders*, que se apresuraron a sonreír. Amber miró a Kate—. ¡Felicitaciones!

—Gracias. —Kate e Ian intercambiaron una mirada llena de ternura y amor.

—Si les soy sincera, las rosquillas eran más para mí que para ustedes. ¡Estoy muy antojada de carbohidratos! —Kate se volvió a reír.

Amber creyó que tenía una risa contagiosa y agradable y también se rio.

—Que alegría ver a Ian tan contento —le dijo Owen a Amber en voz baja y con una sonrisa en el rostro—. Regresó de Bagdad roto y desesperado. Y míralo ahora. Es un esposo. Un futuro padre. Es feliz. Está entero.

Disfrutando de la felicidad de Ian y Kate, Amber se acercó a Owen y al rozar su piel, sintió una descarga de electricidad en todo el cuerpo. Se había acostumbrado a contenerse de tocarlo en público, y no podía negar que disfrutaba los roces secretos bajo la mesa, o las caricias casuales y los besos robados.

—Bienvenido a la paternidad —brindó Craig—. Que tu familia crezca, se fortalezca y prospere. Estoy muy feliz por ti, Ian.

Todos excepto Kate brindaron con las copas de cerveza.

—¿Y ustedes dos? —Amy les guiñó un ojo—. ¿Tienen noticias de pequeños Cambel en camino?

Amber intercambió una mirada con Owen. Habían hablado del tema y habían decidido que no estaban listos. Amber seguía su ciclo rigurosamente como método anticonceptivo. Aunque no ofrecía garantías y estarían felices si quedara embarazada, de momento querían vivir más aventuras.

—Aún no —respondió—. Y durante un tiempo tampoco.

Amy arrojó las manos en el aire en señal de derrota.

—Ya, ya. Comprendo. No hago más preguntas.

—Aunque a mí no me molesta practicar —señaló Owen.

Amy se tapó los oídos con los dedos.

—No quiero ni oír hablar de practicar.

Los seis echaron a reír divertidos.

Dougal apareció detrás de Owen.

—Hijo, te quería saludar. ¿Cómo estuvo el viaje?

Rompiendo con todas las convenciones, se puso de pie y abrazó a su padre. Los dos se dieron palmaditas en la espalda.

—Bien, gracias.

—Amber —Dougal asintió con la cabeza para saludarla—, te ves bien.

—Hola, Dougal.

A Dougal le agradaba, a pesar de que había cierta incomodidad entre ellos, Amber estaba segura de que se debía a que no se conocían demasiado bien.

—¿Cómo están? —les preguntó.

—Bien, nos dirigimos al sur para visitar a Roberto.

—Oh, sí. Qué bueno. Te tiene en gran estima. Y la guerra aún no ha terminado, así que tengan cuidado. El rey Eduardo se niega a reconocer a Escocia como reino independiente, y a Roberto como su rey.

—Sí.

Dougal le apretó el hombro con cariño.

—Lo has hecho bien, hijo. No podría estar más orgulloso.

Se alejó, y Amber vio que Owen lo seguía con la mirada y que se le habían humedecido los ojos.

Cuando regresó a sentarse a su lado, Amber entrelazó los dedos con los de él debajo de la mesa.

—Yo tampoco podría estar más orgullosa de ti —le susurró —. De nosotros.

—Oh, muchacha, soy yo quien está orgulloso de ser el marido de una mujer tan maravillosa como tú. Eres mi tesoro.

Y a pesar de que la gente los iba a mirar fijo, Amber se acercó a Owen y lo besó. No podía esperar un segundo más para demostrarle cuánto lo amaba.

Porque el mayor tesoro de su vida era el amor de su *highlander*.

FIN

SI TE GUSTÓ LA HISTORIA DE AMBER Y OWEN, NO TE PIERDAS la de Rogene y Angus en **El deseo del highlander**

OTRAS OBRAS DE MARIAH STONE

AL TIEMPO DEL HIGHLANDER

Sìneag (GRATIS)

La cautiva del highlander

El secreto de la highlander

El corazón del highlander

El amor del highlander

La navidad del highlander

El deseo del highlander

La promesa de la highlander

La novia del *highlander*

El protector de la *highlander*

El reclamo del *highlander*

El destino del *highlander*

AL TIEMPO DEL PIRATA:

El tesoro del pirata

El placer del pirata

En Inglés

CALLED BY A VIKING SERIES (TIME TRAVEL):

One Night with a Viking (prequel) — lese jetzt gratis!

The Fortress of Time

The Jewel of Time

The Marriage of Time

The Surf of Time

The Tree of Time

GLOSARIO DE TÉRMINOS

birlinns: bote de madera propulsado por velas y remos que se utilizaba en las islas Hébridas y en las Tierras Altas del Oeste en la Edad Media

claymore: espada ancha de empuñadura larga y de doble filo que se blande con las dos manos y utilizaban los *highlanders*

coif: cofia o gorro que usaban los hombres y las mujeres en la Edad Media

cuach: copa con dos asas

cruachan: grito de batalla del clan Cambel

handfasting: ritual de unión de manos; una tradición celta en la cual una pareja une las manos con un lazo que simboliza la eternidad

highlander: habitante de las Tierras Altas de Escocia

kelpie: espíritu del agua capaz de tomar diferentes formas, usualmente la de un caballo

laird: título que se le da al jefe de un clan

lèine croich: abrigo largo y fuertemente acolchado

loch: lago

mo gaol: mi amor

sassenach: sajón; inglés o inglesa

slàinte mhath: salud
uisge beatha: agua de la vida o aguardiente

ESTÁS INVITADO

¡Únete al boletín de noticias de la autora en mariahstone.com para recibir contenido exclusivo, noticias de nuevos lanzamientos y sorteos, enterarte de libros en descuento y mucho más!

¡Únete al grupo de Facebook de Mariah Stone para echarle un vistazo a los libros que está escribiendo, participar en sorteos exclusivos e interactuar directamente con la escritora!

RESEÑA

Por favor, deja una reseña honesta del libro. Por más que me encantaría, no tengo la capacidad financiera que tienen los grandes publicistas de Nueva York para publicar anuncios en los periódicos o en las estaciones de metro.

¡Sin embargo, tengo algo muchísimo más poderoso!

Lectores leales y comprometidos.

Si te ha gustado este libro, me encantaría que te tomes cinco minutos para escribir una reseña en Amazon.

¡Muchas gracias!

Mariah

ACERCA DEL AUTOR

Cuando Mariah Stone, escritora de novelas románticas de viajes en el tiempo, no está escribiendo historias sobre mujeres fuertes y modernas que viajan a los tiempos de atractivos vikingos, *highlanders* y piratas, se la pasa correteando a su hijo o disfruta noches románticas con su marido en el Mar del Norte. Mariah habla seis idiomas, ama la serie *Forastera*, adora el sushi y la comida tailandesa, y dirige un grupo de escritores local. ¡Suscríbete al boletín de noticias de Mariah y recibirás un libro gratuito de viajes en el tiempo!

facebook.com/mariahstoneauthor

instagram.com/mariahstoneauthor

bookbub.com/authors/mariah-stone

pinterest.com/mariahstoneauthor

amazon.com/Mariah-Stone/e/B07JVW28PJ